KB268172

짜
물
게
자

파문제자 7
한성수 新무협 판타지 소설

초판 1쇄 찍은 날 § 2003년 8월 21일
초판 1쇄 펴낸 날 § 2003년 8월 30일

지은이 § 한성수
펴낸이 § 서경석

편집장 § 문혜영
편집책임 § 장상수
편집 § 박영주 · 유경화
마케팅 § 정필 · 강양원 · 이선구 · 김규진 · 홍현경
펴낸곳 § 도서출판 청어람
등록번호 § 제1081-1-89호
등록일자 § 1999. 5. 31
어람번호 § 제2-0245호

주소 § 경기도 부천시 원미구 심곡1동 350-1 남성B/D 3F (우) 420-011
전화 § 032-656-4452 팩스 § 032-656-4453
http://www.chungeoram.com
E-mail § eoram99@chollian.net

ⓒ 한성수, 2002

값 7,500원

ISBN 89-5505-801-2 04810
ISBN 89-5505-563-3 (SET)

※ 파본은 본사나 구입하신 서점에서 교환하여 드립니다.
※ 저자와 협의하여 인지를 붙이지 않습니다.

한성수 新무협 판타지 소설

파문제자

破門弟子

7 대마교파멸지계
(大魔教破滅之計)

도서출판 청어람

목
차

제73장 마교를 증오하는 여인

　냉월정은 물 위에 세워진 선상누각(船上樓閣)이라 할 수 있었다. 인공적으로 만든 호수 위에 누각을 짓고 쇠사슬로 단단하게 고정시킨 형태였다.

　워낙 냉월정의 규모가 큰 탓에 조그만 바람에는 꿈쩍도 않지만 그 속에 앉으면 배 위에 올라탄 듯 흥취를 느낄 수 있었다. 본래가 절정의 암기술과 독공을 연마하거나, 암기를 제조하는 공정에 참가한 자들만이 머무는 곳이라 알려진 당가보이고 보면 냉월정은 꽤나 특별한 곳이라 할 수 있었다.

　그 냉월정에 모인 군웅들 간의 회의는 첫날부터 격렬한 격론을 잉태했고, 사흘 동안 계속됐다. 회의의 주최자라 할 수 있는 당가주 당천위와 군웅들 중 가장 세력이 크다 할 수 있는 철혈거상 막문위 간에 의견 차가 확연했기 때문이다.

두 사람은 다른 사람들 따윈 전혀 신경도 쓰지 않고 첫날부터 싸우기 시작해 사흘을 내리 연거푸 싸웠다. 냉월정에 모인 군웅들 중 어느 누구도 말릴 수 없는 기세였다. 딱히 중재를 자처하고 나선 이도 없었지만.

이 같은 상황은 회의에 참가한 군웅들 중 검문주 유안이나 점창파 장문인 자허 진인, 아미파(峨嵋派) 대장로 함월(涵月) 사태 등이 끼어 있다는 점을 감안하면 더욱 놀라운 일이었다. 그들은 각기 사천과 강남무림 중에 그 위세가 하늘을 찌를 뿐더러, 중원 전체를 놓고 보더라도 결코 녹록한 인물들이 아니었기 때문이다.

그러면 다른 때 같았으면 설사 자신들이 나설 자리가 아니라 해도 극구 나서서 큰 목소리를 냈을 이들이 사흘간 하나같이 침묵을 지킨 까닭은 무엇일까?

'호호, 저 늙다리들이 주변의 이름조차 알 필요 없는 군소문파의 영수들과 같이 입을 꾹 다물고 있는 건 나름대로 꿍꿍이가 있는 것이겠지? 아님 무지막지하고 용맹한 검법으로 이름 높은 검문의 명성답지 않게 능구렁이인 유안을 제외한 나머지가 이미 당 가주와 암묵적으로 묵약을 맺었다거나.'

냉월정에서 시작된 회의의 마지막 날이었다. 오늘이 지나면 닷새 안으로 다가온 당 가주의 육순을 축하하러 사천과 그 밖의 지역에서 손님이 몰려올 터이니 회의의 결론을 더 이상 뒤로 미룰 순 없었다. 강호무림에는 사천과 강남 외에도 용호와 같은 무림 세력들이 잔뜩 도사리고 있었다.

다른 날과 변함없이 조극충을 대동한 채 가장 늦게 냉월정에 들어선 막문위는 한차례 주변을 둘러보며 입가에 흐릿한 미소를 담았다. 무림에서의 지위로 보아 내심 불편한 심기를 보일 법도 하건만, 하나같이 자리에서 일어나 자신을 맞이하는 냉월정 안의 군웅들에게 보내는 인사 대신이었다.

어색한 침묵에 휩싸인 십여 명의 군웅들 중 한 사람이 나섰다. 지난 사흘간 나이를 떠나 막문위와 격렬한 설전을 벌였던 당천위였다.

"허허, 막 대인께서는 이번에도 늦으셨구려. 오늘은 그다지 새벽 잠자리가 불편하지 않았을 터인데?"

막문위가 말했다.

"잠자리는 불편하지 않았지만 몸 상태가 별로 좋지 않아서요."

"아니, 당가보에 온 손님이 몸이 안 좋다니! 그건 안 될 말이지요."

성큼 당천위가 막문위 쪽으로 다가서자 옆에 말없이 서 있던 조극충이 슬쩍 한쪽 손을 들어 올렸다. 그저 어깨를 한 차례 흔들어 보인 것이나 당천위는 막문위 쪽으로 향하던 걸음을 멈춰야 했다. 조극충이 들어 올린 수장의 무시무시한 위력을 잘 알고 있었던 것이다.

그러나 당천위는 중원의 하남, 호북과 더불어 가장 무시무시하다고 일컬어지는 사천무림의 수장이었다. 표정 하나 변하지 않은 채 조극충에게 슬쩍 시선을 던진 당천위가 반백이 다 된 수염을 가볍게 쓸어 내렸다.

"이만한 거리에서라면 내 암기도 극충 형에겐 별무소용이지 않겠소? 본래 독(毒)과 의(醫)는 한 뿌리에서 나와 가지를 친 것. 내 웬만한 의생들보단 의학에 대한 지식이 있기에 막 대인의 진맥을 보려 했을 뿐이오."

"의학은 이 사람도 조금 알고 있소이다. 이미 막 대인께는 적당한 처방을 내렸으니 당 가주께서 수고할 필요는 없을 것 같소이다."

“으음!”

“허어!”

익히 조극충의 명성을 알고 있는 터이나 냉월정 안의 군웅들 중 몇몇은 신음하고, 혀를 찼다. 이곳은 당가보이고, 당천위는 사천의 왕이나 다름없었다. 그를 앞에 두고 이런 방자한 태도를 보이는 사람을 그들은 지금껏 본 일이 없었다.

일시 군웅들의 시선이 자신에게 모여지자 그들의 우려를 불식시키려 함인가. 문득 하늘을 향해 너털웃음을 터뜨린 당천위가 조극충 뒤에 서 있는 막문위에게로 눈길을 던졌다.

“극충 형과 같은 호걸로부터 이만한 충성심을 이끌어낸 것만으로도 금산상회의 명성은 하늘을 찌를 터, 막 대인은 얼른 냉월정 안으로 드시지요.”

‘흥, 결국 자신이 수긍하는 건 조 군장이지, 결코 금산상회가 아니라는 거군.’

내심 코웃음을 터뜨린 막문위가 입가에 싸늘한 미소를 매달았다.

“조 군장은 물론 충성스런 사람이지요. 금산상회의 수천 명이 넘는 호위 무사 중 최강인 철기군을 맡길 정도니까요. 하지만 금산상회 역시 그만큼의 무사들을 유지하기 위해서 막대한 금력을 사용하고 있답니다. 상인들은 정당한 거래를 통해서만 이윤을 추구할 뿐, 문하 제자를 받아들여 그들로부터 사례를 얻거나 주민들에게 보호비를 받아내진 못하니까요.”

“어험, 험!”

“크험!”

냉월정 안의 군웅들 중 상당수가 불편한 표정으로 헛기침을 터뜨렸다. 막문위가 한 말에서 자유로울 수 있는 강호 방파란 극히 찾아보기 힘든 때문이었다.

그러나 너른 강남을 주름잡은 진면목이랄까. 순식간에 싸늘한 정막만이 감돌게 된 냉월정 안으로 막문위는 태연히 걸어 들어왔다. 잔뜩 차려진 음식상은 둘째 치고 너른 냉월정이 좁다는 듯 들어차 있는 인물들 모두를 무시하는 눈빛이었다. 당천위와 자허 진인 등을 제외하더라도 어느 누구 하나 사천과 중원무림에서 쉬이 보일 법한 사람이 없음에도.

그때였다. 단 한 마디로 주변을 몽땅 적으로 만든 막문위를 바라보고 다시 주변을 둘러본 유안이 상을 손으로 내려치며 대소를 터뜨렸다.

"허허허, 통쾌하구나! 통쾌해! 오랜만에 이 유안이 놀라운 배포를 봤음이야!"

그리곤 막문위 옆에 조용히 좌정한 조극충에게 쑤욱 얼굴을 내민 유안이 슬쩍 목소리를 내리깔았다.

"그런데 설마 막 대인이 '그날' 이신 건 아닐 테지요?"

꿈틀!

조극충의 냉막무쌍한 얼굴에 균열이 일었다. 평소 보기 힘든 광경이었다. 그러자 얼른 내밀었던 얼굴을 뒤로 물린 유안이 어색한 표정으로 말했다.

"허허, 굳이 조 대협이 당 가주의 진맥을 막기에 이 유 모는 그리 알았는데 아닌가 봅니다?"

"이……."

"맞아요, 요 며칠 그날이기 때문에 신경이 날카로웠어요. 당 가주나 조 군장도 몰랐던 사실을 눈치 챈 걸 보면 검문주의 의술은 이미 천의 무봉(天衣無縫)한 경지에 이른 듯하군요."

"그, 그럴 리가……."

"아니면, 여인과의 경험이 많은 탓인가요?"

"어험! 험!"

결국 유안은 주변의 다른 군웅들과 마찬가지 표정이 됐고, 불끈 수장에 힘이 들어갔던 조극충의 안색이 평정을 되찾았다. 언제 유안을 비롯한 눈앞의 군웅들을 조롱했냐는 듯 한 폭의 그림과도 같은 막문위의 담담한 기도를 느낀 것이다.

'말 한마디, 표정의 변화 하나에도 계산이 담겨 있다. 이런 주인을 모신 주제에 흥분하다니. 아직 수양이 부족하구나.'

자책과 달리 조극충의 안색은 전혀 변함이 없었다. 만약 눈앞에서 누군가가 죽는다 해도 눈 하나 깜빡하지 않을 모습이었다. 그러자 처음 조극충과 유안에게 향해 있던 군웅들의 시선을 단숨에 자신에게 끌어당긴 막문위가 천연덕스레 입을 열었다.

"그럼 슬슬 마교에 대한 건을 끝내볼까요?"

"으음."

"음!"

지난 사흘간 논의했던 문제의 중심에 위치한 세력이나 절대 누구도 입에 담으려 하지 않던 이름이었다. 천하에 두려운 게 없다고 알려진 당천위마저도.

그런데 은연중에 형성되었던 금기가 상인인 막문위에 의해 깨지자 냉월정 안의 군웅들은 크게 술렁거리지 않을 수 없었다. 마교에 대한 두려움과 더불어 수치심이 그들의 가슴을 짓눌러 온 것이다. 누구보다 강해지고자 무(武)를 배워 익힌 자들만이 이해할 수 있는 종류의. 그래서 상인인 막문위로선 절대 이해할 수 없고, 이해하려 하지도 않는 종류의.

*　　　*　　　*

중경에서 커다란 마차를 사 무석으로 출발한 담우소 일행은 한 명이 더 늘어 있었다. 중경삼림의 주인이자 현 사천 하오문 제일의 실력자로 부상한 천면호(千面狐) 주서안이 그 늘어난 한 명이었다.

별호에서 알 수 있듯 항시 얼굴을 인피면구(人皮面具)로 가리고 다니는 주서안은 고작 서른 안팎의 나이로 사천 하오문의 대부분을 장악한 풍운아였다. 다른 성의 하오문주들이 하나같이 오십 대를 넘긴 것에 비하면 대단히 빠른 출세라 할 만했다. 지닌 바 능력의 탁월함을 감안하더라도.

그런데 그런 주서안이 막 사천 하오문 전체를 장악하기 직전 재수없게도 담우소를 만나 인생 최대의 도박을 하게 된 것이다. 물론 그렇지 않았으면 웃는 얼굴을 한 채 '과거는 절대 묻지 않겠다' 던 담우소에게 무슨 짓을 당했을지 모르고, 상상하기도 싫지만.

'제길! 일이 더럽게 꼬이게 됐군. 하필이면 그 강남의 촌놈이 그동안 마교 같은 곳에 들어갔을 줄이야. 당가보와 철혈거상 막문위의 회동에 대해 꼬치꼬치 캐묻는 걸 보면 필시 사천에서 한바탕 일을 벌일 모양인데……'

덜컹거리는 마차에 앉은 채 주서안은 연신 입술을 우물거렸다. 마음이 불안해지면 보이는 버릇이었다. 자신이 평소 같으면 절대 끼어들지 않았을 일에 발을 담그게 되었기 때문이다.

게다가 담우소의 양 옆에 붙어 앉아 있는 여인들은 둘째 치고 주서안의 양 옆으로는 보기만으로도 일류가 분명한 고수들이 정자세로 앉아 있었다. 강개와 전충이었다.

밖에서 마차를 몰고 있는 고강남에게 몇 차례나 얻어맞았던 주서안은 강개와 전충이 시선을 던질 때마다 어깨를 움찔거리지 않을 수 없었다. 판단력과 정보 장악력 등은 탁월하나 무공은 삼류를 벗어나지 못한 그로선 이런 상황이 바늘방석과도 같았다. 상대가 마교의 인물들이란 점을 감안하지 않더라도.

그런 주서안의 심정을 이해한 것일까. 문득 눈앞의 주서안에게 시선을 던진 전영화가 위로하듯 말했다.

"정보를 다루는 자는 어떤 곳에서든 살아남을 수 있어요. 정보 그 자체가 큰 힘이 되니까요. 담 대가가 당신을 죽이지 않고 살려둔 건 필시 쓸모가 있기 때문일 테니 그리 두려운 표정은 짓지 말아요."

"예예, 필시 그랬을 테지요."

주서안이 연신 고개를 굽실거리자 전영화가 미간을 살짝 찌푸렸다. 진면목을 드러내 제법 준수한 주서안의 얼굴에 떠올라 있는 비굴한 표정 때문이었다. 정보 전문가이자 혈봉황단 최강의 무사인 그녀에게 있어 비굴함은 가장 싫어하는 행위라 할 수 있었다.

뭐라고 한소리를 하려는 전영화 대신 담우소에게 거의 매달리다시피 붙어 있던 소여영이 짤랑거리는 목소리로 말했다.

"맞아요! 혈봉황단에서도 정보 하나를 얻기 위해서 수없이 많은 전령들과 그림자들이 목숨을 걸었어요. 주 사숙은 사천 제일의 정보 전문가니까 필시 사부님께 많은 쓸모가 있을 거예요."

"주 사숙이라니! 당치 않은 말입니다. 어찌 제가 여영 아가씨의 사숙이 되겠습니까?"

"에! 하지만 주 사숙은 제 할아버지한테 직접 운중행을 사사받으셨 잖아요."

"그야 그렇긴 하지만……."

"할아버지께서는 항상 저희 집안 외에 운중행을 익힌 분을 만나면 반드시 사숙이라 호칭하라고 하셨어요. 할아버지한테는 은인이랄 수 있다면서요."

손사래를 치는 주서안에게 소여영은 입술을 내밀며 말했다. 주서안 을 반드시 사숙이라 호칭하고 말겠다는 고집이 엿보이는 모습이었다.

'으드득! 그런데 사숙인 내 퇴로를 운중행으로 그렇게 막았더냐! 그 리고 너희 두 여인들은 날 걱정해 주는 듯 말하지만 결국은 담가 녀석 의 판단에 의해 내 생사가 결정된다는 점을 확인시켜 준 것 외에 무엇 이 있겠느냐?'

내심 이를 갈면서도 입가에 어색한 미소를 매단 주서안은 힐끔거리 며 눈앞의 담우소를 곁눈질했다. 과거와는 비교도 되지 않을 정도로 무시무시해진 담우소가 얄미우면서도 두려운 것이다.

그러자 연신 흔들리는 마차의 미동에도 불구하고 지극히 편안한 자 세로 앉아 있던 담우소가 씨익 이빨을 드러냈다.

"날 그런 눈으로 바라보는 걸 보니 뭔가 말하고 싶은 게 있는 건가?"

"그, 그게……."

우물거리는 주서안에게 담우소가 화통한 표정을 지어 보였다.

"걱정 말게. 나는 서안, 자네한테 그리 많은 걸 바라지 않아. 이번 기회에 사천 하오문을 신교에 귀속시킬 생각도 없고. 신교에는 혈봉황 단이란 막강한 정보 조직이 있거든."

'그야 당연하잖아!'

내심 버럭 노성을 터뜨린 주서안이 자신도 모르게 손바닥을 비볐다.

"헤헤, 다, 담…….."

"그냥 예전처럼 담 형이라 부르게. 자네는 내 수하도 아니고, 우리는 과거 인연을 맺은 사이니까."

"하하, 확실히 과거 우리는 인연이 있었지. 그런데… 요."

바로 담우소에게 말을 놓으려던 주서안의 낯이 스윽 굳어졌다. 마치 목각 인형처럼 정자세로 앉아 있던 강개와 전충으로부터 무시무시한 살기를 느낀 것이다.

그러자 얼른 말꼬리를 다시 내린 주서안을 바라보며 피식피식 웃어 보인 담우소가 말했다.

"뭘 물어보고 싶은 거지? 자네 옆에 있는 사람들은 한평생 무학만 연마한 사람들이라 본래 얼굴이 좀 딱딱하니까 너무 신경 쓰지 말고 말해 봐."

"그, 그렇군요."

내심 한숨을 푹 내쉰 주서안이 말했다.

"그럼 담 형께서 그리 화통하게 말씀하시니 제가 한마디 여쭙겠습니다. 담 형께서는 언제까지 사천에 머물 생각이십니까?"

"내가 사천에서 활동할 때까지만 자네와 사천 하오문의 힘이 필요하다는 걸 아는 게로군?"

"이쪽 바닥에서 광명신교에 혈봉황단이라는 막강한 정보 조직이 있음을 모르는 바보는 없지요. 혈봉황단의 정보 조직과 맞설 만한 조직은 천하를 통틀어도 개방(丐幫)과 하오문 전체, 금산상회의 상인 조직, 그리고 마지막으로 황실의 동창 정도가 전부일 테니까요."

"그럼 어째서 내가 자네를 찾았지?"

"그건 이곳이 고래로부터 청해성을 장악하고 있던 광명신교가 중원으로 들어가는 길을 틀어막고 있던 사천성이기 때문이겠죠. 사천성에 혈봉황단의 점 조직이 없으리라곤 생각할 수 없지만 근래 들어 정파가 기세등등해지면서 활동이 위축됐으리란 건 자명한 사실이니. 그리고 또 한 가지 이유가 있는데……."

문득 말끝을 흐린 주서안이 자신의 눈치를 살피자 전영화가 차가운 안색을 살짝 허물어뜨렸다.

"그리 제 눈치를 볼 필요는 없어요. 확실히 신교가 분열한 이래 혈봉황단은 중원 각 성에 대한 정보 장악력이 떨어졌으니까요. 그렇지만 명존께서 건재하시고, 성화가 굳건하니 곧 신교는 예전의 성세를 회복할 거예요. 당연히 혈봉황단 역시 본연의 임무로 되돌아가면 예전의 막강한 정보 장악력을 회복할 것이고요."

"지당한 말씀! 지당한 말씀이십니다! 혈봉황단에는 분명 그만한 저력이 있지요!"

전영화에게 몇 차례나 고개를 조아려 보인 주서안이 다음 순간 고개를 담우소 쪽으로 돌리곤 간절한 눈빛으로 말했다.

"그러한 까닭으로 저는 담 형이 사천에서 몇 가지 일을 수행하실 동안 하오문의 정보를 이용하시리란 판단을 내린 것입니다. 또한 이렇게 담 형께서 화통하게 말씀해 주시니 제 마음속에 작은 부담을 내려놓을 수 있었습니다. 하지만 제 마음이 본래 밴댕이 같은지라 한 가지 더 물어봐도 되겠습니까?"

마차 안에 앉아 있는 자들은 소여영을 제외하곤 하나같이 전장에서 피로 핏물을 씻던 사람들이었다. 처음 지나칠 정도로 비굴한 주서안의 행동에 눈살을 찌푸렸던 것과 달리 그들은 곧 눈빛을 바꿨다. 그가 하는 말이 꽤 사리가 분명할 뿐더러 정확한 정세 판단을 동반하고 있다 느낀 것이다. 각자 담우소의 입술을 주시하며 주서안에 대한 처리 방법을 사뭇 다양한 종류로 마련하고 있을 테지만.

'역시 주서안은 제법 대단한 인재다. 이렇게 젊은 나이에 사천 하오문을 거진 장악한 것도 무리는 아니야. 게다가 천하무림의 공포인 마교의 고수들 앞에서 이렇게 자신의 의견을 피력하는 걸 보면 대문파인 점창파를 사칭하여 표물을 털어먹던 배포도 아직 사라진 것 같지 않고. 하지만 이렇게 쉽게 그의 뜻대로 내버려 둬선 재미가 없겠지?'

느긋하게 수하들과 주서안을 동시에 재어본 담우소가 말했다.

"흐음, 그렇군. 확실히 자네는 과거 소갈딱지가 밴댕이 같았어. 별로 간담도 큰 편이 아니었고."

"……."

"내 한번 들어볼 테니 자네의 고민을 말해 보게."

기다렸다는 듯 고개를 굽실거리며 주서안이 말했다.

"제가 궁금한 건 다름이 아니라 담 형과 형제 분들이 언제쯤 사천을 떠날 것이냐는 겁니다."

"응?"

"아니아니, 제가 굳이 그걸 알고 싶다는 게 아니라……."

얼른 손사래를 친 주서안이 목소리를 낮췄다.

"…저 역시 아직 성도 쪽 문제가 완전히 해결되지 않은지라 담 형의 일에 전력을 기울인 후 나머지 일을 처리할 생각으로다가 그런 질문을 꺼내게 된 겁니다."

"그렇군. 확실히 자네로선 성도의 문제가 중요하니 오랫동안 중경을 비워선 곤란하겠군."

담우소가 고개를 끄떡이자 주서안이 얼른 얼굴에 희색을 띠었다.

"알아주시는군요!"

"그야……."

씨익 웃어 보이다 다시 고개를 몇 차례 끄떡인 담우소가 말했다.

"그럼 이렇게 하기로 하지."

꿀꺽!

주서안의 목 울대가 가는 떨림을 보였다. 잔뜩 고였던 침이 넘어가는 모습이었다. 그 모습을 바라보며 담우소가 말했다.

"일단 자네는 나와 형제들이 사천에서 일을 보는 동안 물심양면으로 돕도록하고, 일이 끝난 후 나와 형제들은 자네를 도와 성도의 일을 처리해 주겠네."

"예?"

"자네 정도의 잔머리와 담력을 가진 자가 아직까지 완벽하게 성도를 장악하지 못한 건 다른 게 아니라 무력이 부족한 탓이 아니겠나?"

"그, 그야……."

"그러니 나와 내 형제들이 사천에서의 일을 끝낸 후 화끈하게 자네를 밀어주겠단 말일세. 광명신교의 기치를 내걸고!"

"억!"

열심히 머리를 굴려 도출한 계산과 완전히 다른 결론이었다. 아니, 절대로 현실화되어선 안 될 결론이었다. 담우소가 내린 결론은 결국 정파의 텃밭이나 다름없는 사천성의 하오문을 광명신교의 이름으로 장악하겠다는 뜻이나 다름없었던 것이다. 실질적인 사천 하오문 제일의 실력자인 주서안을 앞세워.

비명에 가까운 신음을 터뜨린 주서안을 바라보며 히죽거리는 얼굴이 된 담우소가 능글맞게 말했다.

"왜? 싫은가?"

"그, 그게 아니라 이곳은 정파의 대문파 세 개가 집결해 있는 사천인 데다 지리상 광명신교가 위치한 청해성과도 가깝고, 만약에 사천당가에서라도 그 사실을 알게 된다면……."

"뭐, 전쟁밖에 더 나겠나?"

"저, 전쟁?"

"물론 청해성에서가 아니라 사천성이 전쟁의 중심지가 되겠지. 아무리 사천성이 정파의 삼대강맹지 중 하나라곤 하나 마도연합이라 해도 과언이 아닌 광명신교를 직접 공격할 순 없을 테니까."

'그러니 결국 애꿎은 사천 하오문만 토벌당할 게 분명하잖아! 만만한데다 구실까지 생겼으니.'

내심 있는 대로 머리를 굴리다 결국 포기한 얼굴이 된 주서안이 더욱 기어들어 가는 목소리로 말했다.

"저기 죄송하지만, 방금 전에 제가 했던 말은 없었던 걸로 하면 안 될까요?"

"없었던 일로 하자고?"

"예, 그냥 제가 담 형과 형제 분들이 사천을 떠나실 때까지 성심 봉사하는 조건으로다가……."

"자네만?"

혹 떼려다 혹을 하나 더 붙인 꼴. 사색에 가까운 얼굴이 된 주서안을 바라보며 담우소는 껄껄거리며 웃어댔다. 과거 귀성장에서의 분이 싹 날아가는 기분이었다. 주서안을 도발한 이유는 다른 데 있었지만 한비자 외전을 전수받은 그에게 주객전도쯤이야 일도 아니었다.

사흘 뒤.
담우소 일행을 태운 마차는 무석에 도착했다. 사천성의 모든 길을 손바닥 보듯 알고 있는 주서안 덕분에 전에 갈 때보다 며칠을 앞당길 수 있었다.
바로 섬전표 당호의 집으로 찾아간 담우소 일행은 상당한 환대와 더불어 마경화를 볼 수 있었다. 그동안 소여영을 통해 연락을 보내오던 마경화는 사천 제일의 염상인 진소춘에게서 그새 소기의 목적을 이뤄 돌아온 것이다.
'하긴, 그렇지 않았다면 쩨쩨한 성미인 당호가 날 이렇게 환대할 까닭이 없겠지. 관부를 등에 업은 백문의 청해상단은 둘째 치고, 마교의 이름으로 위협하는 데 일개 염상이나 염효 주제에 감히 경화매한테 대적할 순 없었을 테니까. 하지만 사천 전체의 염업이란 건 물건이 너무 크다. 고작해야 사천 변두리에 처박혀 있는 당호 따위가 관장하기엔 절대 무리한 일이다. 당가보의 인준이 있다면 몰라도.'
얼른 다가와 고개를 숙여 보이는 마경화의 어깨를 몇 차례 두드려 준 담우소가 희색이 가득한 당호를 향해 꾸벅 허리를 숙여 보였다.
"사천 제일의 부자가 되신 걸 축하드립니다!"
"허허, 모든 게 자네와 백 대인 덕분이 아니겠나."
'여전히 돈밖엔 밝히는 게 없는 이류무인치고 자기 자신을 확실히 알고 있군.'
내심 비웃어준 담우소가 말했다.
"그런데 큰 부자가 되셔 갖고 술 한 잔을 아끼진 않으시겠죠?"

"허허, 그야 여부가 있겠나! 술 한 잔이 아니라 백 잔이라도 사야지! 하지만 종가에 큰일이 있어 내일 당장 성도 쪽으로 출발해야 하니 오늘은 간단히 반주 정도만 하세."

"종가라면 당가보를 말씀하시는 건지요?"

"맞네, 이 당 모의 당숙이 되시는 당 가주께서 이번에 회갑을 맞으셨다네."

마치 하얀 명주로 붉은 물이 스며들듯 당호의 안색이 득의양양한 기색을 띠었다. 그에게 있어 당가보란 자부심 그 자체임을 보여주는 모습이었다.

내심 더욱 심한 비웃음을 던지며 담우소가 말했다.

"그러셨군요! 당숙이시라면 대단히 가까운 촌수가 아닙니까? 당 대협께서 필히 인사를 가셔야겠군요!"

"암! 내가 당숙님께 인사를 가야지! 가야 하고말구!"

연신 고개를 끄떡이는 당호를 바라보며 담우소는 아주 환한 미소를 보여줬다. 진정 대단하고, 부럽다는 표정을 가득 담고서. 그래야 당가보로 가는 길에 끼어들 수 있을 테니까.

＊　　　　＊　　　　＊

달은 붉은 기운을 잔뜩 머금고 있었다. 만월이라 하나 그리 밝지 않은 게 잔뜩 몰려든 구름을 탓해야 할 듯싶었다. 내일이 바로 잔칫날인데 비라도 내릴 천기(天氣)였다.

하늘을 올려다보며 흐릿한 달밤의 정취라도 즐기고 있는 것인가!

섬세하고 가냘픈 모습 그대로를 막문위는 야풍에 내맡기고 있었다.

천하의 숱한 세력들 중 수위를 다투는 곳의 주인으론 보이지 않는 모습이랄까.

밤의 정기를 받았는지 평소 정형화된 미인도 같은 느낌만을 풍기고 있던 막문위의 얼굴은 다소 요염해 보였다. 당가보에 도착한 후 며칠간 보였던 철혈거상의 모습이 아니라 한 명의 다정한 여인 같아 보인다는 뜻이다.

지난 며칠간 냉월정에서의 회의가 끝나는 족족 당가보의 이곳저곳을 막문위에게 안내해 왔던 천독수 당현은 문득 가슴이 뛰는 걸 느꼈다.

이십여 세의 나이로 당당히 당가보에 속할 수 있었으니, 당현은 사천무림의 유망주이자 기대주라 할 만했다. 흔히 말하는 후기지수 중에서도 앞날이 창창했다. 여인에게 쉽사리 마음을 빼앗길 사람이 아니라는 뜻이다.

그러나 지난 며칠간은 당현의 눈을 크게 개안시켜 주는 일의 연속이었다. 한 명의 여인에 의해 내심 천하제일이라 여겼던 당가보의 전력이 비웃음을 당했고, 하늘같이 여기던 당가주 당천위 역시 마찬가지였다. 막문위의 거침없는 행보와 언변은 당현이 여태껏 절대적이라 믿어 왔던 모든 기반을 무참히 부수고 흔들어놓았다, 파격이라는 이름으로.

'아니, 눈앞의 여인이 부순 건 당가보와 사천무림의 자존뿐이 아니라 나 역시 포함되는 듯싶구나. 어제까지만 해도 나로 하여금 당혹감과 분노만을 자아내던 여인이 오늘은 이렇게 내 가슴을 뛰게 하다니. 내가 미친 것인가? 아니면, 달빛의 마력이 날 미치게 한 것인가?'

고작해야 네댓 걸음 떨어진 곳에 서 있는 막문위를 바라보는 당현의 눈빛은 열렬한 열정을 발산하고 있었다. 목이 말라왔다. 마치 신열이라도 들린 기분이었다. 당가보에 남기 위해서 오로지 독공 연마에만 전심전력을 기울였던 그로선 최초의 경험이었다.

문득 고개를 돌린 막문위가 특유의 조소 어린 미소를 입가에 매달았다.

“아직까지 떠나지 않고 있었군요?”

꿀꺽!

자신도 모르게 목젖이 떨리도록 침을 삼킨 당현이 주춤거리며 말했다.

“막 대인을 처소까지 안내하려고……..”

“됐어요!”

“예?”

“오늘은 좀 늦게까지 달 구경을 할 생각이에요. 내일부터 당가보는 대단히 떠들썩해질 테니 사천에서 마지막으로 맞는 고요함을 즐기고 싶거든요.”

“그렇지만……..”

“말귀가 어두운 사람이군요. 오늘로서 당가보를 안내하는 당신의 임무는 끝났다는 거예요. 당신의 안내가 없더라도 처소를 못 찾아 헤맬 일은 없으니 그만 물러가세요!”

막문위의 마지막 말은 지극히 냉정했다. 마치 쓸모없어진 물건을 버리는 듯한 말투였고, 표정이었다.

그러자 일순 뜨겁게 달궈졌던 체내의 피가 싸늘하게 식는 걸 느낀 당현의 안색이 창백하게 질렸다. 평생 처음으로 느낀 열정만큼이나 지독한 수치심 때문이었다.

하지만 상대는 강남제일세 금산상회의 철혈거상이었다. 잠시 두툼한 아랫입술을 가늘게 떨어 보이던 당현이 말없이 고개를 숙여 보이고 신형을 돌려세웠다. 어둠을 밟으며 떠나가는 그의 훤칠한 뒷모습이 미묘한 휘청거림을 보이고 있었다.

"호호호호!"

확인 사살이라도 하려 한 것이리라. 하늘을 바라보며 마음껏 비웃음 가득한 교소를 터뜨리던 막문위가 다음 순간 목소리를 바꿨다.

"조 군장!"

"예!"

대답이 들려온 곳은 막문위가 서 있는 정원에서 얼마 떨어지지 않은 곳이었다. 방금 전에 떠나간 당현은 기척조차 느끼지 못했으나 지척이나 다름없는 곳이었다.

그것이 당연하다는 듯 평소와 같이 그림 같은 표정이 된 막문위가 말했다.

"필시 내가 이곳 정원에 도착해 달 구경 하고 있을 때부터 와 있었을 텐데 지금까지 모습을 드러내지 않았던 건 무슨 까닭이죠?"

"속하에게 무슨 뜻이 있겠습니까."

"그럼 전혀 아무런 뜻이 없었단 건가요?"

막문위의 입가에 옅은 조소가 매달렸다. 그러자 조극충이 어둠 중에서 모습을 드러냈다.

"지난번 말했다시피 당현은 전도가 유망한 후기지수입니다. 비록 막 대인의 눈에는 미흡할 테지만 금산상회의 후일을 염두에 둔다면 함부로 희롱하는 건 전혀 막 대인답지 않은 모습입니다."

"호호, 그런가요?"

나직이 웃어 보인 막문위가 입가의 조소를 더욱 짙게 했다.

"역시 조 군장이 당현이 떠나기까지 모습을 드러내지 않은 건 그런 이유가 있었군요. 혹시라도 전도유망한 후기지수에게 수치심을 심어 줄까 봐?"

"당 가주와는 전날 녹림도를 토벌하며 인연을 좀 맺은 까닭에 신경 쓰게 되었습니다. 혹시라도 주제넘었다면 용서를!"

조극충이 고개를 숙여 보이자 그제야 입가의 조소를 지운 막문위가 말했다.

"난 조 군장을 탓하는 게 아니에요. 무학의 대종사이지만 무림인들을 경멸하는 조 군장이 갑자기 당현 따위에게 신경 쓰는 게 의외였을 뿐. 그래서, 보고는요?"

기다렸다는 듯 냉막한 얼굴을 든 조극충이 말했다.

"며칠간 모든 걸 파악할 순 없었지만 속하가 둘러보니 당가보는 과연 명불허전이었습니다. 곳곳에 수십 개가 넘는 기관 매복이 있을 뿐만 아니라 속해 있는 자들 또한 하나같이 범과 같고 용과 같았습니다. 그동안 사천 지역에서 활동하던 간자들이 보내온 자료를 감안한다 하더라도 몇 배는 더 대단한 모습이었습니다."

"만약 금산상회의 최정예군인 조 군장의 철기군과 비교한다면요?"

"……"

침묵은 오래가지 않았다. 잠시 대답이 없던 조극충이 담담한 목소리로 말했다.

"철기군은 그 편제를 황실 금의위(錦衣衛)와 같이 두고 있고, 병진과 기마전술은 송대(宋代) 연환마진(連環馬陣)에 두고 있습니다. 일반적인 무림 세력이라면 어떤 곳이든 세 배 이상의 인원과 맞상대할 수 있다고 생각합니다."

"세 배라?"

나직이 중얼거린 막문위가 말했다.

"게다가 조 군장은 본래 황실 금의위의 대영반이었고, 황실 제일의 고수이기도 했어요. 천하를 통틀어도 아마 조 군장의 쌍수를 막아낼 사람은 그리 많지 않을 거예요. 그런데도 사천당가는 강적이란 건가요?"

"만약 대결 지역이 사천이 아니라 일반적인 평야 지대라면 완승할 자신이 있습니다. 하지만 당 가주는 과거 철기군의 운용을 조금이나마 견식한 일이 있어 결코 그런 대결은 벌이지 않을 테니, 독과 암기와 기관을 이용해 유격전을 벌인다면 승패는 짐작키 어려울 것입니다."

과거를 말해 주듯 일반적인 무림인과는 다른 전술적인 답변이었다. 조극충은 지나치게 자신을 과신하지도, 상대를 얕보지도 않는 것이다.

그러자 잠시 동안 조극충의 대답을 천천히 곱씹고 있던 막문위가 나직이 한숨을 내쉬었다.

"호오, 그럼 본 상회가 천지이단의 뜻을 좇아 사천당가와 직접적인 대결을 벌인다는 건 바보 같은 짓이로군요? 아무리 강북 상권을 장악하기 위한 교두보가 필요하다 해도."

"전술적인 면만으로 본다면 그렇습니다."

"그럼 결국 그 위험한 마교를 중원으로 끌어들이는 수밖에 없는 건가요? 그렇게 되면 앞으로 수없이 많은 사람들이 죽게 될 테고 강북은 초토화가 될지도 모르는데?"

"……."

"하긴 전쟁만큼 상인들의 주머니를 두둑하게 해주는 일도 드물긴 하죠. 장기전을 수행하기 위해선 군량과 병기를 비롯한 보급이 절대적으로 필요할 뿐더러, 거기엔 막대한 돈이 들어가기 마련이니.”

“분명 그렇습니다만…….”

“천지이단을 제외한다면 오직 강남에만 기반을 두고 있는 금산상회에서 어떻게 강북의 상인들을 제치고 전쟁의 보급을 책임질 거냐고요?”

자신의 말을 막문위가 빼앗자 조극충이 얼른 고개를 끄떡였다.

“예, 그렇습니다. 강북에는 무림의 대문파들뿐만 아니라 몇 개나 되는 거대 상단이 존재합니다. 오래전부터 대문파들과 유대를 쌓아온 그들 상단을 제치고 금산상회가 이번 정마대전의 보급을 맡는다는 건 굉장히 힘든 일입니다.”

막문위가 피식 입가에 미소를 담았다.

“그야 지금까지처럼 사천무림의 군웅들을 잘 구슬려 봐야겠죠. 사천은 그동안 마도의 본산이랄 수 있는 마교의 중원 침입을 막는 방파제 역할을 했는데도 중원의 사파연합(四派聯合)에게 무림에서의 주도권을 내주고 있었어요. 물론 소림, 무당, 개방, 모용가의 사파연합은 과거 마천루의 준동을 막는 데 큰 기여를 하긴 했지만 세월이 꽤 많이 흘렀잖아요? 사천무림인들이 사파연합이 주도하는 정파무림에 은근히 피해의식을 느끼고 있음은 자명한 사실이니까요.”

대상인으로서의 견식이 드러나는 말의 내용과 달리 막문위의 안색은 생생하게 살아나고 있었다. 앞으로 일어날 일이 즐거워서 견딜 수 없다는 표정이었다. 얼마 전 붉은 달빛과 더불어 당현의 가슴을 펑펑 뛰게 만들었던 요염하면서도 위험한 색깔을 띤 채.

하지만 그런 얼굴을 할 때의 막문위가 얼마나 무서운지 누구보다 잘 알고 있는 조극충이었다. 비록 미간이 찌푸려지는 것까진 어쩔 수 없었으나 그는 침묵을 선택했다. 이미 이곳에 올 때부터 막문위가 내심 결정을 내리고 있었다는 것을 잘 알고 있었기 때문이다. 막문위의 말처럼 그것이 강북무림과 마교를 비롯한 마도의 공멸(共滅)을 불러올지라도.

그런 조극충의 내심을 읽은 것일까? 문득 하늘을 바라보며 활짝 기지개를 켠 막문위가 활달하게 말했다.

"그동안 당가보에서 당현을 데리고 노는 건 무척 재밌었어요. 천지이단의 멍청이들을 이용해 먹는 것만큼. 그로선 건방지게 본 상회를 깔봤던 대가를 받은 거지요. 하지만 마교의 광명소주는 감히 금산상회 전체를 우롱하고 엄청난 자금을 끌어갔는데도 아직 합당한 대가를 지불하지 않았어요."

"그건……."

"그 간교한 자가 내세운 이유처럼 마교 내에서 권력 투쟁이 일어났기 때문이라 말하고 싶은 건가요?"

"……."

조극충은 대답하지 않았고, 막문위는 천천히 고개를 가로저었다.

"권력 투쟁과 정혼 파기는 전혀 관련이 없는 사항이에요. 만약 그가 힘들다면 내가 도와줄 수도 있는 문제였고요. 한데 그는 일방적으로 파혼을 선언했어요. 후일 마교를 도모하고 난 후 빚을 청산하겠다는 말과 함께."

달빛 아래 막문위의 얼굴이 창백한 빛을 발했다. 귀기에 가까운 모습이었다. 그리고 다음 순간 새하얀 주먹을 피가 나도록 쥔 막문위가 평온을 가장한 채 말했다.

"어쨌든 중요한 건 정혼 파기 따위가 아니에요. 내가 금산상회 전체를 장악하는 데 광명우사와 뇌음사의 천지이단으로부터 몇 가지 도움을 받긴 했지만 막대한 투자에 비하면 미미한 정도에 불과해요. 완전 손해라고요. 그러니 이번 기회에 쓸모가 없어진 천지이단과 더불어 마교 전체를 박살 낸 후 엄정하! 그 건방지고 오만한 사내한테 그동안 밀렸던 빚을 받아낼 작정이에요. 내가 당했던 치욕의 무게까지 몽땅 단 채로!"

평소답잖게 목소리를 높인 막문위의 얼굴이 다시 그림처럼 변했다. 마음을 몽땅 불태우며 타오르기 시작한 분노를 감출 필요성이 있었기 때문이다.

아무리 측근인 조극충이라 해도 보일 수 없을 정도로 어둡고, 격렬한 자신의 감정. 그 가장 밑바닥으로부터 스멀거리며 숫아오르는 애증(愛憎)이라는 이름의 검은 기운을.

제74장 사천! 들끓어 오르다

　당가보로 향하는 관도는 온통 무림인들로 가득했다. 승도속(僧道俗)이 혼재된 그들은 두세 명에서 십여 명까지 무리를 이루고 있었다. 본래 일행이었던 사람들보다 합류한 사람들이 많았다. 목적지가 같고, 목적 역시 비슷했기 때문이다.

　오늘은 잔칫날. 사천무림 전체의 잔칫날이었다. 사천제일인이라 해도 과언이 아닌 당가주 당천위가 육순을 맞이한 날이니 당연했다. 사천무림의 명숙이라 자처하는 자들은 이미 며칠 전부터 당가보로 몰려가 식객 노릇을 하고 있는 형편이었다. 강자존만이 절대율인 무림의 생리를 보여주는 모습이었다.

　그래서인지 관도를 메운 무림인들 중 일류라 불릴 만한 자들은 거의 보이지 않았다. 잔칫날 전에 당가보로 달려가 아부를 떨고 싶은 마음이야 한량없지만 정식으로 초대받지 못한 이, 삼류들이 주류를 이루고 있었다. 일정 부분 잔칫날을 빌미 삼아 사천무림의 성역을 구경해 보려는 자들이었다.

때문에 당가보로 향하는 관도 주변은 평소와 비교할 수 없을 정도로 시끌벅적했다. 대목을 보기 위해 몰려든 장사꾼들과 무림인들 간의 흥정이 시끄럽게 이뤄지고 있었다. 처음부터 당가보로 향하던 것이 아니라 소문을 듣고 몰려든 자들도 많은 터라 미처 선물을 준비하지 못한 무림인들이 많았던 것이다.

그런데 웬만한 성시 중의 저잣거리를 무색케 하는 관도의 한 켠에서 갑자기 자그만 소란이 일어났다. 워낙 주변이 시끄럽던 터라 웬만한 일은 대충 묻힐 게 분명한데 이번에 일어난 소란은 점점 커지기만 할 뿐 도통 수그러들 줄 몰랐다. 호수에 돌멩이 하나가 떨어진 듯 소란의 중심으로부터 점점 파문이 확산되는 형국이랄까.

"암기무적(暗器無敵), 독중지왕(毒中之王)!"

"게다가 천세만수(千歲萬壽)라……."

"대단한 글귀로구만?"

소란의 중심에 서 있던 무림인들은 서로가 서로를 바라보며 중얼거렸다. 눈이 좋은 사람이라면 수십 장 밖에서도 볼 수 있을 정도로 큼지막하고 화려찬란한 깃발의 등장 때문인데, 거기에 쓰인 세 줄의 글귀는 지나친 감이 없지 않았다.

암기무적이며 독중지왕이란 당가주 당천위를 말하는 게 분명한데 밑에 천세만수라 적혔으니 왕야나 황제—왕야를 천세야, 황제를 만세야라 부른다—와 동격으로 놓은 격이기 때문이다. 만약 이곳이 사천이고, 당가보가 위치한 곳이 아니라면 누구라도 눈살을 찌푸릴 만큼 노골적인 아부가 담긴 내용이었다.

하지만 관도 위의 무림인들을 놀라게 한 건 깃발에 쓰인 글귀만이 아니었다. 깃발을 형성하고 있는 재질의 화려함과 웅장함이 그들을 더욱 놀라게 만들었다.

깃발의 깃대와 깃봉까지의 길이는 대략 일 장이 넘었는데, 전체가 황금으로 되어 있는 듯 햇빛에 번쩍거리고 있었다. 오늘이 당 가주의 회갑임을 감안한다면 필시 안쪽에 쇠를 넣고 순금을 두텁게 입혀 만든 게 분명했다.

게다가 바람에 힘차게 펄럭이고 있는 깃발은 경사를 나타내는 상서로운 홍색 비단에 용사비등(龍蛇飛騰)한 금필이 휘갈겨져 있었다. 학문과는 거리가 먼 무림인들이 보기에도 서체의 대가가 정성을 다해 썼음을 알 수 있었다. 하긴 햇빛에 번쩍거리는 글귀에 압도된 사람들에게 서체 같은 게 눈에 들어올 리 없겠지만.

"허어! 그 선물 정말 비싸게 먹혔겠군."

"정말 그렇군. 벌써 며칠 전에 무림의 명숙들은 전부 당가보에 도착한 걸로 아는데 누가 있어 저런 선물을 마련해 온 것이지?"

막 근처의 장사치들과 몇 가지 토산물과 수제품들의 가격을 흥정하고 있던 무림인들은 잔뜩 얼굴 근육을 꿈틀거렸다. 눈앞에 등장한 깃발이 회갑 선물이라기보다는 뇌물에 가깝다 느낀 것이다. 그러자 주변에 모여 있던 사람들 중 연배가 제법 되어 보이는 노련한 표정의 장사치 한 명이 얼른 한마디 아는 척을 하고 나섰다.

"커험! 대략 이십여 명의 인원인데 하나같이 검은색 장포를 걸치고, 가슴에 수놓은 혈갈의 크기가 꽤 큰 걸 보면 당가의 분가에 속한 사람들이 틀림없군요."

"당가의 분가?"

사천길이 초행인 무림인 하나가 묻자 예의 장사치가 손바닥을 비비며 입가에 간교한 웃음을 만들어냈다.

"헤헤, 그런데 저희 신화상회(神花商會) 최고의 상품인 벽옥주(碧玉珠)가 못마땅한 모양이시죠? 이만한 품격을 지닌 물건은 쉽게 구할 수 있는 게 아닌데……."

"이런 젠장할 장사치 같으니! 지금 이런 순간에도 흥정을 하려는 건가?"

"헤헤, 저희 장사치들은 어디까지나 손님에게 친절, 봉사하는 걸 기쁨으로 생각하지만 목구멍이 포도청이다 보니."

"알았네, 알았어! 은 다섯 냥이라고 했던가?"

"어이쿠! 감사합니다."

성질이 급해 보이는 대머리사내에게 큼지막한 은 한 덩이를 건네 받은 장사치가 얼른 벽옥주를 내주며 고개를 굽실거렸다. 그리고 그제야 앞에 했던 설명을 계속했다.

"당가는 본가라 할 수 있는 당가보가 있고, 방계와 외가로 이뤄진 분가들이 사천 곳곳에 위치해 있습니다. 여타 문파의 분타와 같은 개념이지요."

"흠, 그럼 저들이?"

"예, 당가의 인물들은 하나같이 옷에 혈갈 문양을 새겨 넣는데, 무공이 고강한 당가보의 사람들은 보일 듯 말 듯 하고 분가의 사람들은 저렇게 한눈에 알아볼 수 있을 정도로 큼지막하게 옷에 수를 놓고 다니죠. 다른 무림인들이 한눈에 당가의 인물임을 알아볼 수 있도록. 그리고 음… 혈갈의 한쪽에 작게 뇌전 문양이 있는 걸 보면 섬전표 당호 대협이 있는 무석의 분가 같은데……."

"……."

"흐흥, 무석같이 작은 곳에서 이번에 정말 돈을 많이 번 모양입니다. 그렇지 않고서야 아무리 회갑연이라 해도 저렇게까지 공들인 선물을 해올 수 없을 텐데……."

장사치는 미약한 냉소와 함께 뒷말을 흐렸다. 사천에서 장사하는 사람들치고 당가의 인물들에게 뒷돈을 갖다 주지 않는 사람은 없었다. 관부보다도 더욱 큰 이권을 행사하는 곳이 당가인 까닭이었다.

그런데 느닷없이 무석같이 작은 곳의 분가에서 이처럼 요란하게 나오니 자연 장사꾼의 본능이 움직였고, 신경이 쓰이는 모양이었다.

하지만 워낙 끝에 가서 소리가 작아지기도 했지만 분가나마 당가 인물의 출현에 놀란 무림인들 중 장사치의 마지막 말에 신경 쓴 이는 아무도 없었다. 이곳 관도 위에 모인 자들 중 정식으로 초대받은 이들이 없는 형편이니 어떡하든 분가의 인물들에게 묻어 들어갈 생각을 하게 된 것이다.

우루루…….

잠시의 머뭇거림의 끝은 성난 노도와 같았다. 그동안 십년지기인 듯 어울려 있던 사람들을 뒤로한 수십 명이나 되는 무림인들이 금빛 찬란한 깃발 쪽으로 몰려들었다. 지금까지의 동료를 적으로 돌릴 만큼 당가의 일원에게 붙어 당가보에 들어간다는 건 매력적인 일임에 분명했다. 상황 판단에 늦은 몇몇 사람들이야 '어어!' 하며 황당함과 당혹감으로 얼굴을 물들였지만.

그러자 이만큼 눈에 잘 띄는 깃발을 앞세우고 당가보에서 몇 리도 떨어지지 않은 이곳까지 오는 동안 충분히 단련이 된 것일까?

당가보가 가까워오자 직접 황금 깃발을 든 당호의 뒤를 좇던 검은색 일행 중에서 재빨리 두 명의 무사가 뛰어나왔다. 당가보까지 오는 동안 당호가 데려온 무사들보다 오히려 더 열심히 움직이던 전충과 강개였다.

일단 노숙한 표정과 차가운 눈빛으로 몰려드는 무림인들의 발길을 멈추게 만든 강개와 전충이 우렁우렁한 목소리로 소리쳤다.

"자자, 줄을 서시오! 시간은 없고 길은 아직도 많이 남았으니 선착순 열 명까지만 얘기를 들어보겠소!"

일단 멈칫했던 노도를 급류로 바꾸는 한마디였다. 그 순간 그나마 체면을 지키고 있던 사람들까지 얼굴이 바뀌었다. 그리고 다급한 빛이 된 그들이 가세하자 곧 무공까지 사용하며 새치기를 하려던 자들 중에 부상자가 속출하기 시작했다. 무림의 철혈율인 강자존은 이런 곳에서도 극명하게 나타나고 있었다.

"……."

의외로 소란이 커지자 특유의 소심한 성격이 발동했을 것이다. 평생 최고로 위풍당당한 표정을 짓고 있던 당호가 옆에 서 있던 담우소에게 자그마한 목소리로 말했다.

"당가보 앞에서 이렇게 소란이 커지는 건 안 되는데……."

입가에 옅은 미소를 띤 채 난장판이 된 관도를 바라보고 있던 담우소가 히죽 웃었다.

"깃발을 만드는 데 투자한 본전은 뽑아야 되잖습니까?"

"으음, 그렇긴 하지만……."

"이곳까지 오는 동안 일행을 받지 않은 건 크게 한 건 터뜨리기 위해서였잖습니까? 이 정도 경쟁률이 없다면 말이 안 됩니다. 그럼 잠시!"

당호에게 고개를 한 차례 까딱여 보인 담우소가 앞으로 쑤욱 나섰다. 그리고 강개와 전충에게 눈짓을 해 보이자 눈앞의 소란을 수수방관하고 있던 그들이 움직였다. 병장기까지 빼 들고 설치던 몇 명을 잡아다가 길 옆으로 내동댕이치는 걸로 소란을 잠재운 것이다.

그러자 입가에 떠오른 흡족한 표정. 눈앞에 줄을 선 열 명과 뒤에서 열심히 눈치를 살피고 있는 이, 삼십 명의 무림인들을 한 차례씩 일별한 담우소가 입을 열었다.

"이 사람은 당가의 무석 분가를 맡고 계신 섬전표 당호 대협의 밑에 있는 사람으로 이번 당가보행에 전권을 위임받은 사람입니다."

'전권을 위임받은 사람?'

'총관 비슷한 건가?'

느닷없이 튀어나온 담우소를 바라보는 무림인들의 눈빛이 확 달라졌다. 그보다 급이 낮은 게 분명한 강개와 전충이 일류고수의 무위를 보인 것과 무관하지 않은 반응이었다. 물론 섬전표 당호란 이름은 그들로서도 별로 전해 들은 바가 없었지만.

"무석에 한 사람의 범과 같고 용과 같은 영웅호걸이 살고 있었다는 소문은 익히 들었지요!"

"한 번 손을 쓰면 어떤 흉마나 마두도 손쓰지 못하고 쓰러져서 섬전표던가요?"

"허어! 사천무림의 영웅을 이런 곳에서 뵙게 됐구나!"

노소가 따로 없었다. 선착순에 들었으니 근처에 모인 무림인들 중 제법 명성이나 무공이 괜찮은 축에 들 자들임에도 그들은 하나같이 아부의 목소리를 냈다. 아부와 찬양을 반 마디라도 적게 하면 탈락하리란 절박함이 보이는 모습이었다.

히죽!

평생 들어본 일이 없는 찬사에 얼굴이 벌겋게 변한 당호를 한 차례 곁눈질한 담우소가 입가에 웃음을 띤 채 말했다.

"아아! 그런 당연한 소리는 그만 하시고, 이제 본격적으로 몰려온 까닭을 설명해 주시면 감사하겠소이다. 딱 세 분만 모실 터이니."

'허어!'

'대단하군! 대단해!'

멀찌감치 떨어진 채 눈앞에서 벌어지는 촌극을 지켜보고 있던 장사치 중 몇이 나직이 혀를 찼다. 담우소가 무림인들을 다루는 모습이 자신들이 호객 행위를 하는 것과 다름없을 뿐더러 오히려 더욱 능숙하다고 생각한 것이다.

그러거나 말거나 별다른 소요 없이 흥정은 진행됐다. 재물의 유무에 의해 선착순이 깨지긴 했으나 누구도 감히 반항하지 못했다. 강개와 전충뿐 아니라 남장을 한 전영화와 마경화까지 나서서 일벌백계를 보여줬기 때문이다.

잠시 후.

담우소가 대충 깃발 값에 우수리까지 남겼을 때였다. 슬슬 정리가 된 관도 저편에서 두 개의 홍영이 다가들었다. 처음 발견됐을 땐 수십 장 밖이었는데 금세 십여 장 안팎으로 거리를 좁혀오고 있었다. 대충 이십 대 초반의 청년들이었는데, 한 명은 온순한 홍안이었고 다른 한 명은 냉기가 느껴질 만큼 차갑고 선이 얇은 얼굴이었다.

두 홍영의 정체가 바로 당가보에서 나온 사람들임을 눈치 챈 장사꾼들 중 상당수가 놀란 표정으로 황급히 바닥에 깔아놨던 좌판을 거뒀다. 그들의 등장을 오히려 반기고 있는 몇몇 깃발을 꽂아놓은 장사꾼들과 비교가 되는 모습이었다. 이번 당 가주의 회갑연에 맞춰 주변의 큰 상회에서 돈을 뿌린 탓에 중소장사꾼들은 당가보로 향하는 관도 근처에서 장사를 하지 못하게 되어 있었기 때문이다.

사람들이 많이 몰려 있는 곳에 이르자 두 홍의청년은 자연스레 신법을 거뒀다. 헐레벌떡 달아나는 장사꾼들을 잡지 않는 걸로 보아 단속을 나온 건 아닌 듯했다.

다시 웅성거리기 시작한 관도를 가로질러 다가오는 두 청년을 바라보며 여전히 깃발을 들고 있던 당호가 고개를 끄떡였다.

"허어, 저들은 당가보의 정예인 홍의백영단(紅衣百影團)에 속한 자들이구나."

"홍의백영단? 그렇다면 당가보뿐 아니라 사천을 통틀어 최강의 무력을 지녔다는 당가 최정예를 말하는 것입니까?"

담우소가 운을 띄우듯 말하자 당호의 얼굴에 끈적끈적한 자부심이 떠올랐다.

"그렇지. 홍의백영단에 속한 개개인은 암기술과 독공이 모두 일류 이상의 경지에 올라 있으니 사천에선 점창파나 아미파의 일대제자들과도 맞상대할 수 있단 말씀이야."

'흐음, 당가 최고의 기재들만이 들어갈 수 있고, 십 년간 당가보 내에서 철혈의 수련을 받는다 알려진 그 홍의백영단이 맞다면 분명 그렇겠지. 하지만 자기 자식이 들어간 곳을 이리 노골적으로 칭찬하는 걸 보면 이 당호란 자도 참 웃기는 자로군. 뭐, 그렇기 때문에 이용해 먹는 맛이 나지만.'

내심 당호를 비웃어준 담우소가 얼른 맞장구를 쳤다.

"하하, 당 대협의 자제 분이 들어간 곳이니 당연히 대단한 곳이겠지요."

"허허허, 우리 관(瓘)아가 어려서부터 기재가 대단하지 않았겠는가?"

"모두 당 대협의 가르침이 훌륭했기 때문이겠지요. 그러면 당 대협은 저 소협들의 어른이 되는 셈이니 딱히 앞으로 나서서 맞을 필요는 없겠군요?"

"그, 그야 그렇긴 하지만……."

"알겠습니다. 그럼 제가 앞장서서 인사를 올리겠습니다."

당호를 뒤로하고 담우소가 앞으로 나섰다. 벌써 두 명의 홍의백영단원은 사람들을 제치고 다가들고 있었다. 침착한 표정으로 그들에게 걸어간 담우소가 포권을 해 보였다.

"홍의백영단의 소협들이시겠지요? 이 사람은 무석의 당 대협을 모시고 있는 사람입니다. 어찌 당가보 밖으로 모습을 보이는 일이 없다는 소협들께서 이렇게 어려운 걸음을 하셨는지요?"

이미 수십 장 밖에서 당호가 들고 있는 화려찬란한 깃발을 확인한 터였다. 두 청년이 역시 담우소에게 포권을 해 보였다.

"무석 분가에서 오신 분들이셨군요. 저는 당경(唐璥)이라 합니다."

"당중(唐仲)입니다."

"반갑습니다. 담우소라 합니다."

홍의백영단에 속했다면 당가뿐 아니라 사천을 대표하는 기재들이라 할 수 있었다. 자신들을 대수롭지 않게 대하는 담우소를 한차례 바라본 당경이 말했다.

"저희 홍의백영단은 가주님의 회갑연을 맞아 주변을 순찰하고 있던 중입니다. 혹시라도 경사스런 날에 불측한 마음을 품은 무리라도 끼어

들면 안 되니까요."

"하하, 그러셨군요."

"그런데 제가 과문하여 담 소협의 대명을 듣지 못했습니다. 혹시 따로 별호라도 있으신지요?"

담우소가 담담히 웃으며 말했다.

"별호라는 건 무림의 유명한 영웅호걸들이나 얻는 게 아닙니까? 천하를 떠돌아 돌아다니다가 당 대협에게 몸을 의탁한 몸이 어찌 따로 별호란 게 존재하겠습니까."

"천하를 떠돌아 다녔다함은?"

"본래 태생이 강남인데 몇 가지 권각을 배운 후 용병 생활을 좀 했습니다."

"아! 그러셨군요."

당경이 고개를 끄떡였다. 명조 초기에 벌어진 북방 개척 전쟁 때 생겨난 용병들은 종종 무림에 몸을 담곤 했고, 따로 별호 같은 것에 신경 쓰지 않았기 때문이다.

'애송이들이!'

일부러 섞은 강남 사투리 끝에 희미한 조소를 담은 담우소가 얼른 당호 쪽을 손으로 가리키며 말했다.

"당 가주님의 육십 회 생신을 맞아 저희 분가주께서 조그마한 선물을 하나 준비하셨는데, 그 때문에 이곳이 좀 시끄러웠습니다. 아마도 소협들께선 소란의 근원을 조사하러 오신 게지요?"

"확실히 그렇습니다. 그런데 소란의 근원을 직접 목도하고 보니 참 대단하군요."

당중이 솔직히 시인하자 당경이 얼른 변명하듯 말했다.

"만약 분가의 가족이 오시는 줄 알았다면 이렇게 급히 달려오진 않았을 것입니다. 다른 분가의 식구들은 벌써 사흘 전에 도착했기 때문에……."

담우소의 은근한 눈짓을 받은 당호가 깃발을 가볍게 떨어 보이며 앞으로 나섰다.

"이 사람은 무석의 당호라 하네. 당관이가 바로 내 아들이지."

"당관이라면……."

담우소가 얼른 설명했다.

"삼 년 전에 분가주님의 아드님인 당관 소협이 홍의백영단에 들어갔지요."

"아아! 그 바보 당관!"

당중이 크게 목소리를 높이다 얼른 입을 다물었다. 대뜸 일그러진 당호보다는 살짝 찌푸려진 당경의 눈살 때문이었다. 벌써부터 당호의 아들에 대해 그리 큰 기대를 품지 않고 있던 담우소가 얼른 사태를 수습했다.

"하하, 그런데 참 잘됐습니다!"

'뭐가 잘됐다는 거냐?'

아들을 자랑하려다 망신당하고 불편한 심기가 된 당호와 주변의 시선이 자신에게 모아지자 담우소가 말했다.

"그렇지 않아도 깃발 때문에 자꾸 사람들이 모여들어 당가보로 가는 걸음이 느려졌는데 두 분 소협께서 오셨으니 더 이상 그럴 걱정이 없어지게 되었잖습니까?"

"우린 다른 임무가……."

"잠깐만!"

당중의 말을 가로막은 당경이 말했다.

"무석 분가주께서 준비한 선물은 지나치게 주변의 눈길을 끈다. 물론 그런 일이야 없겠지만 혹시라도 사고가 일어날 수도 있으니 우리가 앞서 나가며 길을 여는 게 좋을 것 같다."

"그렇지만 그리되면 총관 어른한테 된소리를 들을 텐데?"

"그분도 이번에는 아무 말 안 할 것이다."

'당연하지! 아무리 당 가주의 회갑이라곤 하지만 이만큼 눈에 띄는 선물은 드물 테니. 자고로 성의를 다한 뇌물이 안 통하는 일이란 존재하지 않는 법이거든.'

흐릿한 조소를 입에 담은 채 담우소가 얼른 한마디 덧붙였다.

"게다가 저희 분가주님께서는 당가의 식구이고, 아드님은 소협들과 같은 홍의백영단 소속이 아닙니까? 소협들께서 앞장서시는 건 그리 큰 흠이 되지 않을 것입니다."

"그야……."

당중이 머리를 긁적이는 동안 당경은 벌써 앞장을 서고 있었다. 아직까지도 미련을 못 버리고 있던 관도 주변 무림인들의 얼굴에 절망이 떠오르는 순간이었다.

당가보는 참으로 오랜만에 대문을 활짝 개방하고 있었다. 당가보를 사천 제일의 성역이자 귀역(鬼域)으로 만든 삼십육방(三十六方)의 기관 진식은 지금 일제히 멈춰 있는 상태였다. 벌써 며칠째 몰려들기만 할 뿐 나가는 사람이 없는 손님들을 원활히 맞기 위함이었다.

그만큼 요즈음의 당가보에는 드물게 당가 전체의 힘이 모였을 뿐만 아니라 천하 정파 중 한다 하는 인사가 문전성시를 이루며 몰려든 상황이었다. 일반적인 손님은 물론이거니와 각 파의 수뇌나 장로급 인사들까지 모였으니, 마천루가 사라진 후 가장 큰 무림 모임이라 해도 과언이 아니었다. 벌써 수십 년간 중원에서 소외받아 온 마도나 사파의 인물들은 철저히 배제되었지만.

황금 깃발을 앞세운 당호를 뒤따라 당가보에 들어선 담우소는 슬그머니 이십삼 명으로 늘어난 무사들 틈으로 몸을 숨겼다. 그리고 주변을 훑어보니 예상대로 당가보 안은 벌써 잔치 분위기가 잔뜩 무르익어 있었다.

벌써 며칠 전부터 손님들이 몰려든 탓에 보 내의 이곳저곳에 설치된 임시 차양 아래에선 연신 부어라 마셔라가 진행되고 있었다. 아마도 초대를 받기는 했으나 그리 명망이 높지 않거나 신분 높은 자들을 좇아온 자들이리라.

'흠, 비싸게 먹힌 황금 깃발의 효과라야 여기까지가 전부일 테고, 일단 당가의 멍청이들을 이용해서 침투에는 성공했지만 당호의 신분을 고려해 볼 때 현 상황에서 당가보 안쪽으로 들어가기란 불가능하겠군.'

그때였다. 담우소의 예상을 확인이라도 시켜주려는 듯 잔뜩 얼어붙은 얼굴이 된 당호가 주변의 몇 사람과 인사를 나누곤 주저주저 다가왔다.

"저기……."

"일단 저와 제 동생들은 한쪽에 끼어서 요기나 하고 있겠습니다. 당대협께서는 지금부터 중히 하실 일이 계실 터이니 빨리 가보셔야 하지 않겠습니까?"

담우소가 선수를 치자 당호의 안색이 금세 밝아졌다.

"그래도 되겠는가?"

"하하, 요기를 한 지 꽤 되어서 배가 고팠는데 이런 진수성찬을 보고서 어찌 딴생각이 나겠습니까. 넉살은 좋은 편이니 저희들은 염려 마시고 당 대협께서는 일을 보러 가십시오."

"고맙네! 고마워!"

당호는 고개를 몇 차례나 끄떡거렸다. 이곳까지 오는 동안 물심양면으로 도움을 받았던 담우소가 이렇게 말해 주니 마음이 한결 홀가분해진 듯했다. 뭇 분가들 중에서도 서열이 떨어지는 무석 분가주인 당호로선 담우소 일행을 당가보 내에서 챙겨주기에 곤란함을 느꼈으리라.

담우소의 어깨를 손바닥으로 몇 차례 두드려 준 후 발길을 돌리려던 당호가 문득 멈칫했다. 담우소 쪽으로 고개를 돌린 그의 얼굴에 망설임이 엿보였다.

"그런데 말일세……."

몇 채나 되는 고루거각의 그림자 속에서 사람 몇이 바쁘게 움직이는 모습을 흘깃 바라본 담우소가 얼른 말했다.

"어차피 이번 일은 덩어리가 무척 큽니다. 청해성과 사천성에서 나는 소금은 중원의 절반에 해당되니까요. 저와 의논한 대로만 고하신다면 당 가주께서도 쾌히 승낙하실 겁니다. 이미 사천의 대염상인 진소춘과 청해상단주인 백 대인 간의 약조가 끝났으니 전혀 문제 생길 구석이 없지 않겠습니까?"

"여, 역시 그렇겠지?"

탐욕에 젖었음에도 잔뜩 겁에 질린 표정이다.

'자신의 그릇에 넘치는 먹이를 문 쥐새끼 같군.'

내심 간략하게 촌평을 내린 담우소가 입가에 흐릿한 미소를 담았다.

“당 대협은 이번 건으로 부자가 되는 건 물론이거니와 사천당가 안에서의 입지 역시 강화되실 겁니다.”

“흐허허! 그렇군! 그래!”

자신도 모르게 입가를 실룩거리며 대소를 터뜨린 당호가 어깨를 활짝 폈다. 그리고 주변에서 빠르게 움직이고 있는 홍의청년 중 한 명을 불러 몇 마디 묻고는 성큼성큼 걸어갔다. 언제 당가보의 위세에 눌렸냐는 듯 위풍당당한 모습이었다.

이윽고 당호의 모습이 시야에서 사라지자 당가보에 도착하자마자 황금 깃발을 옮기느라 자리를 비웠던 당중과 당경이 모습을 드러냈다. 당가보와 같은 규모의 장원이라면 내원과 외원으로 나뉘는 게 보통인데 전각의 배치가 기기묘묘하여 당중과 당경은 마치 불쑥 튀어나온 것처럼 보였다.

“각지에서 들어온 선물들이 줄을 잇는지라 좀 늦었습니다. 무석 분가주께서는 어디로 가셨지요?”

미안한 표정으로 당경이 묻자 담우소가 얼른 대답했다.

“당 가주와 당가보의 어르신들을 찾아뵈러 간 게 아니겠습니까?”

“그리 말씀하시던가요?”

“그냥 제가 추측한 것뿐입니다. 그냥 저희들더러 이곳에서 기다리라 하곤 자리를 뜨셨거든요.”

“그렇군요. 그렇다면 형장 일행이 머물 곳은 저희들이 안내하도록 하지요. 제가 알기로 각지의 분가주들이라 해도 당가보에는 별로 오는 일이 없어 형장 일행은 이곳이 초행일 테니.”

어느새 당경은 담우소를 소협에서 형장으로 격하하고 있었다. 하찮은 무석 분가에 속했을 뿐더러 용병 출신임을 알고 깔보는 마음이 된 것이다.

그러나 이와 같은 일은 오히려 담우소가 바라던 바였다. 당호를 보낼 때와 달리 담우소는 크게 반가운 표정을 해 보였다.

"그래 주시겠습니까? 분가주님께 일행의 통솔을 명령받긴 했지만 당최 아는 사람이 없어 당황하고 있었는데 소협들께서 도와주신다니 천군만마를 얻은 기분입니다."

당경이 시선을 더욱 아래로 깔아봤다.

"회갑연 때문에 보 내의 기관진식은 풀려 있지만 전각의 배치가 복잡하니 혹시라도 길을 잃으면 안내를 맡은 저희가 곤란하니까요."

"아무렴요! 이번 회갑연 때문에 홍의백영단 전체가 무척 바쁘니 우리도 그렇게 오래 시간을 낼 순 없습니다만, 일단 당관의 식구들이니 조금쯤 배려를 해야겠지요."

말을 끝낸 후 당중은 입술을 조금 실룩거렸다. 무공의 진도가 홍의백영단 안에서 가장 늦어 바보로 통하는 당관에 대한 얘기를 하자니 웃음이 나오는 모양이었다.

그 모습을 못마땅하게 쳐다본 당경이 담우소에게 손짓했다.

"그럼 따라오시죠."

"예, 그럼 부탁하겠습니다."

대답과 함께 담우소가 손을 들어 보이자 주변에 늘어서 있던 이십여 명의 일행들이 일제히 대열을 갖춰 섰다. 중간에 끼어든 세 명이 조금 늦었을 뿐 일사불란한 모습이었다.

당가보의 외원은 구조가 복잡했다. 내원과의 경계가 몇 개의 담장으로 되어 있는 게 아니라 십수 개나 되는 크고 작은 전각들로 되어 있었다. 철저히 외부의 침입을 방어하기 용이한 구조인 것이다.

당경의 안내로 담우소 일행이 도착한 장소는 외원의 곳곳에 세워진 십여 군데가 넘는 임시 차양 중 하나였다. 인원을 나눠 대충 사람들 틈으로 끼어드는 데 성공한 담우소는 주변 무림인들의 대화에 은근슬쩍 묻어 들어갔다. 그리고 안내 후 바로 떠나간 당경과 당중뿐 아니라 무석 분가의 이름마저 은연중에 팔며 정보를 수집하기 시작했다. 이곳에 이르는 동안 주서안과 전영화를 통해 많은 정보를 얻었지만 당가보의 내부 사정에 대해선 아는 것이 굉장히 적었기 때문이다.

그러자 뻔뻔하고 더러운 성격인 담우소의 평소 보인 적 없는 점잖은 말과 예의를 갖춘 행동에 놀란 것이리라!

멀찌감치 떨어져 있던 소여영이 놀란 토끼 같은 표정이 되자, 마경화가 얼른 싸늘한 눈빛을 던졌다. 이곳까지 오는 동안 소여영이 경솔한 행동을 하지 못하도록 마경화의 시선은 항시 그녀를 향하고 있었다.

'아!'

소여영이 얼른 벌어졌던 입을 손바닥으로 가리고 고개를 땅바닥으로 향하자 마경화의 입가에 가벼운 미소가 떠올랐다. 얼굴을 망친 후 감정의 기복을 전혀 내보이지 않던 그녀로선 드물게 보이는 모습이었다.

그러는 동안 이, 삼류무림인들 사이를 돌아다니던 담우소가 돌아왔고, 그에 맞춰 비슷한 행동을 하고 있던 주서안과 풍뢰영 일행이 모여 들었다.

무석 분가의 무사들과 중간에 끼어든 세 명이 여전히 잔치 분위기에 젖어 주변 인물들과 동화된 것에 비해 한데 모인 여덟 명은 별다른 표정의 변화가 없었다. 아니, 잔뜩 흥분해서 주변을 둘러보다 마경화에게 머리를 한 대 쥐어박히고 끌려온 소여영을 제외한 나머지가 그러했다.

슬슬 어둠이 깃들기 시작하자 주변을 밝히기 시작한 횃불의 일렁임을 한차례 바라본 담우소가 먼저 입을 열었다.

"먼저 영화매가 말해 보도록!"

평소의 냉랭한 성격을 벗어던지고 미인계를 마음껏 발휘하며 주변을 돌아다닌 전영화가 고개를 한 차례 숙여 보였다.

"당가보의 주변은 유명한 삼십육방의 진세와 기관매복으로 둘러싸여 있었습니다만 이번 회갑연을 맞아 작동을 멈춘 상태입니다. 내일부터 당가보 내의 축하객들이 대부분 빠져나갈 열흘 후까지는 멈춰 있으리라 봅니다. 이번 회갑연은 단순한 당 가주의 육십 회 생신을 축하하는 자리라기보다는 사천무림 전체의 영웅대회도 함께 병행하고 있기 때문입니다."

"그런 판단을 내린 근거는?"

"외원을 돌며 젊은 층들과 어울렸는데, 그들은 하나같이 흥분해 있었습니다. 이번 회갑연을 맞아 내일부터 삼십 세 이하의 무림인들 간에 비무가 시작되는데, 사강까지의 성적을 올린 자들에겐 사천무림의 강자들인 당가, 점창파, 아미파 중 한곳의 절기를 배울 수 있다고 하더군요."

"확실히 일리있군, 정파의 명문들은 하나같이 무공 유출을 꺼리는데 절기를 전수한다고 했으니. 사천뿐 아니라 타 지역의 후기지수들이 계속 몰려들 테니 오늘이 지나더라도 기관진식은 발동시키기 곤란할 게 분명해."

가볍게 고개를 끄떡인 담우소의 시선이 주서안을 향했다.

"당가보의 내원으로 잠입할 방도는 알아냈는가?"

주서안의 입술이 가볍게 일그러졌다.

"앞서 말했다시피 당가보의 내부 구조는 그리 호락호락한 게 아닙니다. 다른 장원들과 달리 담벽으로 내외가 구분된 게 아니라 크고 작은 전각들을 기묘하게 배치해서 길 자체를 미로처럼 만들어놨기 때문에……."

"그런 것쯤은 이미 이곳에 들어섰을 때부터 알 수 있는 일이었네. 자네한테 그런 말이나 들을 생각이었으면 이곳까지 데려오지도 않았을 거고."

주서안의 말을 끊은 담우소가 밉살맞게 이빨을 드러냈다.

"난 결론만을 듣고 싶단 말야."

"무림의 최하층인 하오문에서 빌어먹고 사는 녀석에게 너무 많은 걸 바라는 거 아닙니까?"

"나는 예전에 자네가 했던 말을 똑똑히 기억하고 있으니까."

"그때의 말은……."

"왜? 천하의 어떤 대문파와 비교해도 뒤떨어지지 않는 정보력을 지닌 하오문이란 소리는 모두 개소리였던 건가?"

"끄응!"

앓는 소리와 함께 인상을 와락 일그러뜨린 주서안이 그제야 툴툴거리며 말했다.

"아무리 당가보가 당가인들만의 성역이라곤 하지만 그곳에서 일하는 하인들까지 모두 당가의 피를 이어받진 않았습니다. 물론 몇 대에 걸쳐 충성을 다한 하인들의 혈족들이 대부분입니다만 하오문의 손길이 아주 닿지 않는 건 아니지요."

"지금은 알지 못하지만 며칠만 지나면 솔깃한 정보를 구할 수 있다는 게로군?"

"담 형이야말로 내 뱃속의 회충이오!"

"아니 다행일세."

주서안에게 징그러운 미소를 던진 담우소가 다시 마경화와 강개, 전충, 고강남 순으로 질문을 던졌다. 자신이 알아낸 정보의 뼈대에 살을 붙이기 시작한 것이다. 그리고 고강남을 끝으로 담우소가 질문을 끝마치자 소여영이 울상을 지어 보였다.

"사부님! 저, 저는요?"

"……."

소여영을 바라보는 담우소의 표정이 시큰둥했다. 그러자 소여영이 더욱 울상을 해 보였고, 담우소가 어쩔 수 없다는 듯 한숨을 쉬며 말했다.

"영아, 너는 경화매의 뒤를 쫓아다녔잖느냐? 경화매가 알아낸 사실 말고 다른 내용을 알아냈다는 것이냐?"

소여영의 얼굴이 활짝 퍼졌다.

"그럼요! 영아도 일급전령으로서 정보 수집의 중요성은 안다고요."

"그럼 말해 봐라."

담우소의 표정은 전혀 기대하지 않는다는 내심을 그대로 드러내고 있었다. 여전히 시큰둥해 있었다는 뜻이다.

그러나 소여영은 꽤나 열을 올리며 말했다.

"저기 있잖아요, 경화 언니를 쫓아 주변을 돌아다니다가 한 사람을 봤는데, 그 사람의 표정이 무척 음침했어요. 이곳에 모인 사람들은 하나같이 떠들지 않으면 술 마시느라 바쁜데 그 사람은 술도 안 마시고,

떠들지도 않았어요.”

“그래서?”

“그래서 사부님께 배운 지둔공을 펼쳐서 쫓아가 봤는데, 그 사람이 사람들 없는 곳에 이르러서 주변을 몇 차례 둘러보다가 전서구를 날리는 거예요.”

“전서구를 날렸다?”

“예, 분명히 전서구였어요. 혈봉황단에서 전서구에게 먹이 주는 일을 해본 적이 있어서 일반 비둘기하고 전서구의 차이는 제가 분명히 알거든요.”

“흐음!”

침음과 함께 음침한 인상의 사나이에 대해 몇 가지 사항을 더 질문한 담우소가 소여영의 머리를 쓰다듬어 줬다. 그리고 주변의 다른 사람들처럼 몇 가지 농담을 하며 잠시 시간을 보내고 있자니 시끌시끌하던 주변이 갑자기 조용해졌다. 몇 명의 홍의청년들이 주변을 달리며 목청을 높인 때문이다.

“가주님께서 친히 인사를 나오셨습니다!”

“가주님께서 군웅들에게 인사를 하십니다!”

“가주님께서 나오십니다!”

홍의청년들은 특별히 사람들에게 주목을 요구하지는 않았다. 하지만 궁상각치우의 오음(五音)이 어우러진 그들의 목소리는 높고, 맑았으며 멀리까지 퍼져 나갔다. 개개인의 내공이 어우러져 아무리 시끄러운 소음이라도 순간적으로 죽어 버렸다. 그렇게 일시에 통제 불가능해 보이던 소란이 씻은 듯 사라지고 난 뒤였다.

홍의청년들이 뛰어나왔던 전각의 그림자 속에서 전체적으로 위맹해 보이는 얼굴에 장대한 체격의 노인이 모습을 드러냈다. 드디어 오늘의 주인공이자 사천제일인인 당가주 당천위가 등장한 것이다.

"여러분, 안녕들하시오?"

어색하니 한 손을 들어 올린 당천위의 한마디가 끝나기도 전이었다. 잔뜩 고양된 채 정체되어 있던 임시 차양 속에서 격렬한 함성이 터져 나왔다, 사천 전체가 들끓어 오를 정도의. 그래서 당천위의 등장과 함께 차갑게 가라앉은 담우소의 눈빛을 숨기기에 적당할 정도로 열광적인 함성이었다. 마치 당가보 전체를 함몰시켜 버리려는 듯.

제75장 사천 영웅대회

회갑연이 끝나고 담우소 일행에게 배당된 숙소는 예상외로 그리 나쁘지 않았다. 외원에 임시로 지어진 막사가 아니라 하나의 전각을 통째로 배정받았다. 담우소의 의견을 빌려 말하자면 당호의 두 번째 선물이 당가주 당천위의 마음을 흡족하게 만든 결과였다.

게다가 두 번째 선물이 담우소 일행에게 부여해 준 이로움은 그뿐만이 아니었다. 본래 다른 분가 사람들처럼 가주 접견이 끝난 후 외원으로 돌아와야 할 당호이지만, 그 후 아예 내원에 자리를 잡게 되었다. 담우소가 고심한 끝에 준비한 선물인 청해성과 사천성 전체 염업권의 위력은 그만큼 대단했다.

"생각보다 집이 비좁군!"

단 한 마디로 무석 분가의 무사들 외 삼 명을 임시 막사로 쫓아내고 전각을 풍뢰영만의 것으로 한 담우소는 침상에 몸을 던진 채 뒹굴거렸다. 문득 그의 미간이 꿈틀거렸다. 회갑연이 무르익을 무렵 당가주 당천위가 즉흥적으로 내뱉은 영웅대회에 생각이 미쳤을 때였다.

'회갑연 후 열흘간의 영웅대회라? 즉흥적인 선언치고는 미리 소문이 나 있었던 데다가 시기가 매우 공교롭다. 마교가 분열되어 지들끼리 지지고 볶고 있는 상황에 코앞인 사천에서 영웅대회를 연다는 건 노골적인 마교에 대한 도발 외에 무엇이 있겠냐구.'

담우소는 몸을 뒤척이며 사천행을 명령한 엄정하를 떠올렸다. 사천에 도착한 내내 투덜거렸지만 이번에도 그의 예상이 맞아 들어가자 찬탄을 금할 수 없었다. 그저 몇 가지 정보만을 가지고 앞으로 일어날 일에 대한 예상과 판단을 동시에 내린다는 건 아무나 할 수 없는 일이니까.

'게다가 사강까지는 사천삼세인 당가, 점창파, 청성파의 절기 중 하나를 전수하고, 그 외에도 백여 명의 무사들을 뽑아 각기 공후백자남(公侯伯子男)을 서열로 하는 무사로 삼겠다니, 이거야말로 야전에서 흔히 사용하는 창칼받이를 뽑으려는 의도가 아니고 뭐란 말인가!'

생각이 여기에 이르자 담우소는 갑자기 까닭 모를 노화가 끓어오르는 걸 느꼈다. 도저히 그냥 잠을 청할 수 없는 기분에 침상에서 벌떡 일어났다.

그도 그럴 것이, 처음 영웅대회에 관한 말을 들었을 때만 해도 담우소는 가슴이 펑펑 뛰는 걸 느꼈다.

나이 서른이 넘도록 무공을 익혀 이제는 절정의 경지에 이르렀으나 담우소는 사문인 풍뢰문을 떠올렸다. 천여 년간 단 한 번도 무림에 이름을 날려보지 못한 삼류문파의 한(恨)을.

그런데 삼류문파 문도들로선 천하에 문파와 자신의 이름을 드높일

수 있는 유일한 기회인 영웅대회에서 개최자의 불손한 의도를 느꼈으니 그의 심사가 편할 리 없었다.

자신의 과거를 떠올리고 수십 년간 땀 흘리며 이번 같은 기회만을 기다려 왔을 천하의 뭇 삼류문파 제자들을 떠올리자니 울화통이 터지는 기분이었다.

머리로는 이번 영웅대회를 정파 수뇌부들처럼 철저히 이용하리라 생각하지만 시간이 갈수록 기분이 더러워져서 가만히 누워 밤을 보낼 수 없었다.

스윽!

마음이 움직이자 곧 바람처럼 침상에서 내려선 담우소의 발길이 바로 내실을 빠져나가려다 주춤하고 멈춰 섰다. 살그머니 열린 문틈으로 쌍수검을 품에 안은 채 쪼그려 앉아 있는 마경화의 모습이 보였다. 남들이 다 잠든 시각임에도 그녀는 줄곧 담우소의 방문 앞을 지키고 있었다.

'이, 이런 바보 같으니…….'

이때 담우소의 경공은 이미 천리종횡 최고봉이나 철혈대주 엄정하의 경지에 근접해 있었다. 그들과 비교하여 그저 종이 한 장이나 반 장 차이밖엔 나지 않을 지경이었다. 만약 마음만 먹는다면 마경화에게 기척조차 느끼지 못하게 하고 전각을 빠져나갈 자신이 있었다.

하지만 다음 순간 담우소는 나직한 한숨과 함께 다시 침상으로 돌아갈 수밖에 없었다. 한동안 마경화를 보고 있자니 수십 년을 하루같이 용맹정진하던 때가 주마등처럼 떠올랐다.

그 당시 담우소는 영웅대회 같은 비무대회에 출전해 이름을 드높이고자 하는 뜻이 없었다. 그저 온몸에서 분출되는 땀이 좋았고, 무학의 성취 한 가지만을 바라봤을 뿐이었다.

올곧게 자신의 임무에 충실한 마경화의 모습에서 담우소는 자신의 분노가 얼마나 하찮은 것인가를 깨달을 수 있었다. 그러한 깨달음이 얼마나 갈지 스스로도 자신할 순 없었지만.

다음날.

당가보의 대문 바로 앞에는 어느새 상당한 규모의 비무대가 마련되어져 있었다. 높이가 일 장에 넓이가 오 장여에 이르는 규모. 네 귀퉁이 중 한쪽으로는 오십여 석가량의 관람석이 보였다. 무림의 명숙이나 귀빈들을 위한 자리임에 분명했다. 아마도 밤새 수십 명이 넘는 인부들이 철야 작업을 벌인 결과이리라.

어제 이미 영웅대회에 대한 공표가 있었던지라 새벽부터 비무대 주변은 인산인해(人山人海)를 이루고 있었다. 영웅대회에 참가하려는 젊은이들과 사천무림에서 수백 년간 없었던 비무대회를 구경하려는 사람들이 잔뜩 몰려든 때문이다.

그러나 담우소는 새벽같이 찾아온 당호를 이용해 새치기로 영웅대회의 참가 신청을 끝내곤 느긋하게 당가보를 나섰다. 비빌 산이 있는데 그냥 놔둔 채 놀린다는 건 바보나 하는 짓이었다.

그래서였을까. 숙소에서 나서기 전 수하들에게 몇 가지 명령을 내린 담우소는 잔뜩 흥분한 다른 참가자들이나 관람객과 달리 여유만만한 모습이었다.

당가보로부터 담우소의 뒤를 좇아온 건 세 명의 여인이었다. 나머지는 몇 가지 일을 위해 당가보에 남은 상태였다. 은연중 담우소의 주변을 품(品) 자로 에워싸고 있던 세 여인 중 마경화가 슬그머니 다가들며 말했다.

"이까짓 비무대회라면 저나 고강남 등이 나서도 되지 않겠습니까?"

비무대 주변을 눈으로 살피던 담우소가 무심히 대답했다.

"난 오래전부터 강호의 비무대회를 제패해서 명성을 사해(四海)에 드날리고 싶었거든."

"그, 그러십니까?"

일시 딱딱하게 굳어진 마경화 쪽으로 고개를 돌린 담우소가 히죽 웃어 보였다.

"농담이야."

"그……."

"물론 경화매나 고강남 등만 출전해도 사강 안에는 충분할 거고, 영화매가 출전하면 우승이 확실하겠지. 정파의 무공이란 젊은 나이에 성취를 보기가 어려운 것투성이니까. 하지만 그만큼 경화매 등이 출전하면 정체를 발각당할 가능성이 높으니 내가 나서는 게 가장 적당하리라 판단한 거야."

"그렇군요."

마경화가 고개를 끄떡여 보이자 담우소가 한쪽 눈을 살짝 깜빡여 보였다.

"뭐, 그동안 손발 쓸 일이 없어서 그런지 몸이 근질거리기도 하고 말야."

"……."

과거 같으면 이런 농을 듣고 콧방귀라도 뀌었으련만, 마경화는 일순 얼굴이 화악 붉어지는 걸 느끼고 고개를 옆으로 돌렸다. 담우소의 미소를 정면으로 바라본 순간 꽁꽁 얼어붙어 있던 그녀의 가슴에서 쩌엉

하는 소리가 울려 퍼졌다.

하지만 이때 담우소는 이미 시선을 마경화에게서 떼고 있었다. 느닷없이 비무대 주변으로 몰려든 사람들의 입에서 천지가 떠나갈 듯한 함성이 터져 나온 것이다.

"점창파의 검선(劍仙) 자허 진인이시다!"

"아미파의 생불(生佛) 함월 사태도 계시다!"

"강남제일이라 불리는 검문의 삼검진천 유 대협이다!"

여기저기서 자기가 강호명숙을 알고 있단 사실을 알리는 걸 소명으로 삼은 자들의 호명이 터져 나올 때마다 함성은 커져만 갔다. 그리고 다음 순간 마치 극적인 효과라도 노리려는 듯 잠시의 침묵 끝에 떨리는 목소리가 흘러나왔다.

"…그리고 무당파의 천하제일검 석검(石劍) 노야이시다! 석검 노야께서 사천에 오셨어!"

"석검 노야?"

"천하제일인 청우 선인의 사형이시라는?"

"맞다! 맞아! 저 나이를 잊게 만드는 장대한 풍채는 바로 수천 사마(邪魔)의 무리를 단칼에 베어 무림을 구한 무당파의 속가제일인 석검 노야이시다!"

"우와아! 석검 노야께서 암기지왕 당 가주와 함께 자리하셨다! 이번 비무대회의 참관인이 되셨어!"

그것은 이미 함성 정도가 아니었다. 광란이라 해도 과언이 아니었다. 과거 마천루의 난을 종결시킨 이가 천하제일인 청우 선인이라면, 그 후 수십 년간 종횡무진 무림을 주유하며 무당검(武當劍)의 기치를 드높인 이는 석검 노야였다.

본래 이름이 막여(莫與)인 석검 노야는 청우 선인과 더불어 무당파의 속가제자이면서도 본산의 진산 무공을 대성한 사람이었다. 젊었을 때는 대협으로, 칠십이 넘은 현재는 노야로 불리는 천하제일 무당파 최강의 고수였다.

그런데 강호 제일의 배분 중 한 명인 그가 노구(老軀)를 이끌고 호북성을 떠나 사천까지 왔으니, 비무대 주변에서 광란이 일어난 건 지극히 당연한 일이라 할 수 있었다. 당가보에 모인 군웅들로선 그야말로 살아 있는 전설과 조우한 것이나 다름없었기 때문이다.

'옷!'

석검 노야는 주인석의 바로 옆에 위치한 귀빈석 중 상석을 차지하고 앉아 있었다. 주변의 군웅들처럼 칠십을 넘긴 나이라는 게 믿어지지 않을 정도로 장대한 백발흑염의 노인을 바라보던 담우소는 자신도 모르게 어깨를 부르르 떨었다. 십여 장도 더 멀리 떨어진 거리에서도 석검 노야에게서 뿜어져 나오는 천하를 떨어 울릴 기백을 느낄 수 있어서였다.

'그야말로 천 개의 검과 같은 기도가 아닌가!'

담우소는 내심 탄성을 터뜨렸다. 깊디깊은 무저갱 같은 두려움을 느끼게 했던 명존 엄철극과는 또 다른 초인(超人)에 대한 탄복이었다. 마음으로부터 우러나온.

만약 담우소가 그동안 수없이 많은 고난과 고련을 이겨내지 못했다면 주변의 다른 사람들처럼 경애의 목소리를 한껏 부르짖었으리라. 물론 그전에 아예 석검 노야에게서 발산되고 있는 장대하고 막강한 기도 자체를 느끼지 못했을 가능성이 더욱 많지만 말이다.

담우소가 그처럼 탄복하고 있는 동안 귀빈석은 하나둘 채워졌다. 석검 노야를 정점으로 앞서 모습을 드러낸 각 파의 수장들과 명숙들이 자리했고, 마지막으로 남은 한 자리에 얼굴을 면사로 가린 여인이 그림같이 좌정했다.

면사여인은 바로 강남제일세 금산상회의 철혈거상 막문위였다. 그녀가 참석함으로써 이번 사천 영웅대회에는 놀랍게도 천하무림과 상계를 지배하는 세력의 거두들이 한자리에 모습을 드러낸 셈이었다.

그러자 같은 여인이란 특수성으로 인해 주변의 군웅들과 달리 석검 노야보다 그와 어깨를 나란히 한 묘령의 면사여인을 주시한 것이리라!

경험이 부족한 마경화나 소여영과 달리 은밀하게 주변을 한 차례 둘러보고 돌아온 전영화가 담우소에게 다가들며 전음으로 말했다.

"그동안 입수한 정보를 취합해 볼 때 귀빈석에 앉은 면사여인은 강남제일세인 금산상회를 장악하고 있는 철혈거상 막문위가 분명합니다. 그녀가 아니고선 당금 강호상에 석검 노야나 당가주 당천위 등과 어깨를 나란히 할 여인이 없을 테니까요."

이미 담우소로서도 짐작했던 바였다. 그제야 석검 노야에게서 시선을 뗀 담우소가 미미하게 고개를 끄떡였다.

"그렇겠지. 철혈거상이 강남을 떠나 사천으로 오지 않았다면 우리가 지금 이렇게 고생하고 있을 까닭이 없으니까. 하지만 그렇다면 일이 더욱 공교롭게 됐지 않은가!"

"공교롭다 하심은?"

"무림의 전설적인 인물인 석검 노야까지 사천에 온 상황에서 천외지천지이단의 지원 속에 금산상회를 장악한 철혈거상마저 버젓이 등장했으니 공교롭지 않냐구. 저들이 분열되어 있는 신교를 치려는 의도가 아니라면 어찌 이렇게 쇠똥에 구더기 꾀듯 죄다 사천으로 몰려들었겠느냐 말야.”

전영화의 안색이 가볍게 변했다.

“설마 전… 쟁입니까?”

“진심으로 그런 일은 없길 바라지만, 지금 사천무림이 돌아가는 형세를 보아하니 다시 한 차례 마정대전이 벌어질 가능성도 완전히 배제할 순 없겠지.”

뒤통수를 긁적인 담우소가 다시 전음으로 말했다.

“으음, 그래서 말인데 지금 당장 철혈대에 도움을 요청할 순 없고, 혹시 사천 근처에 도움받을 만한 마도문파가 없나? 최소한 일류고수급의 인물 이, 삼십 명 정도는 있어야 할 것 같은데…….”

“만일의 경우 요인 암살 및 파괴 활동을 펼치고 퇴각 시 후방을 지원해 줄 문파를 말하시는 건지요?”

담우소는 고개만을 끄떡여 보였다. 그러자 잠시 아미를 찡그려 보인 전영화가 전음으로 말했다.

“중원에서 명존에 대한 충성심이 강하고, 그 정도의 고수가 있는 문파는 독지진천남 단연경의 혈사방뿐입니다. 위치도 사천성과 호북성의 중간이니, 만약 제가 간다면 칠팔 일이면 돌아올 수 있을 겁니다.”

“칠팔 일?”

“설마 하니 담 대가께서 이만한 비무대회를 제패하지 못할 리 없으니까 그때까지 원군을 끌어들일 수 있다면 어떤 식으로든 승부를 걸어 볼 수 있잖겠어요?”

문득 담우소가 피식 웃었다.

“영화매는 날 너무 과대평가하는 것 같군.”

드물게 전영화 역시 입가에 미소를 띠었다.

"담 대가는 제가 지금까지 유일하게 탄복했던 분께서 인정하신 분이
니까요."

"그건 영광이군."

입가의 미소를 지운 담우소가 고개를 끄떡여 보였다.

"그럼 부탁하도록 하지."

"반드시 팔 일 뒤까지는 돌아오겠습니다."

한 차례 고개를 숙여 보인 전영화가 뒤로 스르륵 물러섰다. 그리고
다음 순간 사람들 사이로 모습을 감췄다. 마치 모래 위에 쏟아진 한 줌
의 물과 같이.

'흐음, 딴 일에는 어수룩한 패도무적 군가 녀석이지만 여인을 보는
눈은 있단 말야!'

눈빛만으로 전영화를 송별한 담우소는 어깨를 으쓱해 보였다. 문득
심혼을 떨릴 듯 아름답던 빙예운과 엄소옥을 떠올리자니 자연 얼굴이
붉어져 왔다.

그러는 동안 비무대 위에선 연신 장문의 대전표가 불려지고 있었다.
나중에 크게 대자보로 붙여놓을 대전표이지만 비무대 주변에 몰려든
사람들은 연신 탄성을 터뜨리고, 한숨을 몰아쉬었다. 이곳에 모인 사
람들 중 상당수가 영웅대회에 출전하는 자들과 관련되어 있기 때문이
었다.

그러나 어차피 담우소에게 이번 영웅대회는 작전을 펼칠 시간을 벌
기 위한 수단에 불과했다. 은연중 주변에서 흥분하고 있는 사람들과
떨어져 서 있던 담우소가 일순 헛웃음을 터뜨렸다. 도대체 어느 틈에
사람들을 비집고 들어갔는지 비무대 근처에 붙어 귀를 쫑긋 세우고 있
던 소여영이 얼굴을 발갛게 붉힌 채 뛰어오는 것이다.

"사부님! 사부님!"

담우소를 대신하여 옆을 지키고 있던 마경화가 몇 걸음 걸어나와 소여영을 맞았다.

"영매! 금세 또 어디 갔던 거야?"

그대로 담우소의 품에 달려들려다가 마경화를 보고 움찔 놀란 표정이 된 소여영의 목소리가 잦아들었다.

"그, 그게 아니고요……."

"뭐가 아니란 거야?"

평소에도 항시 화난 표정인 마경화가 닦달하자 소여영은 금세 울상이 되었다. 직속상관인 전영화보다 마경화 쪽을 소여영은 더욱 무서워하는 것이다.

담우소가 그 모습을 보고 피식 웃었다.

"내 상대는 누구더냐?"

"어?"

소여영이 놀란 표정을 짓자 마경화가 한심하다는 듯 이맛살을 찌푸렸다.

"설마 하니 담 대가께서 나섰는데 대전 상대나 살피러 갔다 온 거야?"

"그렇지만 비무대회인 걸요?"

"하하하, 맞다! 맞아! 강호의 명숙들이 잔뜩 모인 비무대회이니 조금쯤 긴장하는 것도 나쁘지 않겠지."

"헤헤, 그렇지요?"

"흠. 그래서?"

"영매! 담 대가께서 상대가 누구냐고 물으시잖아!"

담우소와 마경화의 시선이 일제히 자신을 향하자 소여영의 얼굴에서 웃음이 사라졌다. 전령답게 이젠 자신이 알아온 사실을 보고해야 할 순간이 됐음을 직감한 것이다.

담우소의 판단처럼 마정대전을 위한 창칼받이를 뽑기 위함이라 해도 자파의 절기가 외부로 유출되는 건 용납할 수 없었으리라!

연달아 발표된 총 사백여 명의 영웅대회 출전자 명단에는 놀랍게도 당가와 점창파, 아미파 출신의 후기지수들이 포함되어 있었다. 주인격인 당가에서 두 명, 점창파와 아미파에서 각기 한 명씩, 이미 사천무림에서 그 무명(武名)을 드날리는 후기지수 중 최강자들이었다.

게다가 발표된 대전표상 위의 네 명은 사강에 오르기 전까진 서로 만날 일이 없는 조에 속해 있었다. 굳이 주최 측의 농간이란 말을 꺼낼 필요도 없을 정도로 뒤가 구린 조 편성임이 분명했다.

하지만 몇몇 초반 탈락자들이 밤중에 술기운을 빌려 불만을 토로했을 뿐, 영웅대회는 별 탈 없이 순조롭게 진행됐다. 적어도 사천에서 그들 삼강이 하는 일에 반항할 수 있는 자들은 아무도 없었기 때문이다.

영웅대회의 첫째 날과 둘째 날에 사백여 명 중 절반이 탈락했다. 그리고 나흘째에 이르러선 공후백자남의 서열이 매겨지는 백 명만이 남았다. 물론 비무에서 패배한 자들 중 대부분이 떠나지 않았을 뿐더러 나날이 구경꾼들이 늘어나 당가보의 잔치는 계속되고 있었다.

그런 가운데 두 번의 비무를 간단히 승리하고 최소한 남위(南僞) 무사의 자격을 획득한 담우소는 꽤나 분주한 나날을 보내고 있었다.

낮에는 자신을 응원하러 온 당호에게 청해성과 사천성에 걸친 염업권에 대한 지도를 해야 했고, 밤에는 수하들로부터 꼬박꼬박 보고를 받고 다음 명령을 내렸다. 거의 수천에 달하는 외부인들을 맞았음에도 철통같은 당가보의 내원을 공략할 방도를 담우소는 나흘 내내 강구하고 있었던 것이다.

그리고 영웅대회의 다섯째 날이 밝았다.

사라락! 사라락!

조심조심 움직이고 있는 손길. 당가보에 도착한 첫날로부터 담우소의 머리 손질은 마경화의 몫이었다. 지난 오 일간과 마찬가지로 여전히 서툰 마경화의 손길을 느끼며 담우소는 두 눈을 지그시 감고 있었다.

지위가 사람을 만든다고 했던가? 아니면 그새 사람이 달라진 것인가?

마경화에게 태연히 자신의 머리를 내맡기고 있는 담우소의 모습은 꽤나 그럴듯했다. 은은한 위엄이 아침 햇살과 함께 그의 온몸에서 풍겨 나오고 있었다.

여태껏 다른 사람들 앞에서 보였던 무뢰한의 모습이나 투박한 모습은 간 곳이 없고 한 사람의 절도있는 무인이 마경화를 등지고 앉아 있었다. 한 사람이 보여줄 수 있는 변화치고는 지나친 감이 있을 정도로 이질적인 모습이었다.

그만큼 그동안 천하를 호령하던 대마두와 무공 고수들을 상대하며 자연적으로 몸에 배인 기운과 지금 담우소가 발산하고 있는 기도는 또 달랐다.

광명정을 나선 후 곤륜비동에서 경공의 절정을 깨닫고, 다시 무명신공 하편의 이해할 수 없는 글귀와 도형을 외운 후 꾸준히 자신을 다스린 결과일까? 그도 아니면 며칠 전 본 석검 노야에게서 풍겨 나오던 기도에 감응된 변화일까?

당호 같은 소인배나 백문 같은 장사꾼을 상대할 땐 절대 보이지 않는 종류의 기도를 지금 담우소는 발산하고 있었다. 아마 그 자신도 아직 제대로 제어하지 못하는 종류일 게 분명한, 그래서 더욱 강렬한 존재감을 드러내는 기도였다.

그런데 순간적으로 담우소의 몸에서 발산되던 기도가 씻은 듯 자취를 감췄다. 그리고 스륵 눈을 뜬 담우소의 입가로 장난기 어린 웃음이 매달렸다.

"역시 경화매에겐 빗보다는 장검이 어울리는 것이겠지?"

순식간에 담우소의 머리칼을 한 줌이나 뽑아버린 마경화의 얼굴이 당혹감으로 딱딱하게 굳었다.

"죄, 죄송합니다."

"오늘도 꽤 많이 뽑힌 것 같은데, 이러다가 나 대머리 되는 거 아닌지 모르겠군."

"죄, 죄송합니다! 그래도 담 대가는 머리 숱이 꽤 많으셔서 그리 티는 안 납니다."

"뭐, 티가 나면 좀 어때? 대머리 좋아하는 아가씨들만 많더구만. 하하하!"

통쾌한 대소와 함께 담우소가 신형을 일으켜 세우자 다급한 표정이 된 마경화가 말했다.

"아, 아직 영웅건을 매시지 않았습니다!"

오랜만에 앞머리를 내려뜨려 눈앞을 반쯤 가린 담우소가 씨익 웃었다.

"오늘 상대는 당가보 출신의 두 명 중 한 명인 일점혈 당승이다. 본래대로라면 이번 영웅대회의 사강에 반드시 오를 인물이니 조금쯤 그에게 이점을 주는 게 옳지 않겠어?"

"그렇게 하시지 않아도 담 대가의 무공을 보고 신교와의 관련성을 알아낼 사람은 없을 터인데……."

다른 때와 달리 다소 근심 어린 얼굴이 된 마경화가 말끝을 흐리자 담우소가 그녀의 어깨를 가볍게 쳤다.

툭!

"설마 내가 암기나 다루는 애송이한테 당하리라 걱정하는 건 아니겠지?"

"무, 물론 그럴 리야 없겠지만, 호랑이는 토끼 한 마리를 잡을 때도 전력을 기울인다고 들었습니다. 그러니……."

"하하, 언제부터 전장을 누비던 냉혹한 가시나무꽃이 이런 근심쟁이가 된 거지? 그런 걱정 따윈 하지 말고 경화매는 청해성으로의 퇴각 시까지 내 선물이나 잘 챙기도록 하라구."

"선물이라시면, 그 흑상귀란 자를 말하시는 겁니까?"

"응. 진소춘에게만 맡겨놓지 말고 주서안도 닦달해서 반드시 찾아놓도록 해."

"명심하겠습니다."

담우소에게 고개를 숙이며 마경화는 흑상귀란 자에 대한 궁금증을 언뜻 얼굴에 드러냈다. 모든 일에 철저하고 냉철한 담우소가 이렇게 집착을 보이니 자연 궁금증이 더해갔던 것이다.

그러나 담우소는 흑상귀를 찾으라고만 했지 그에 대해선 일언반구도 언급하려 하지 않았다. 그저 이번 사천 작전에서 중요한 역할을 할 자라고만 마경화는 짐작할 뿐이었다.

　그렇게 흑상귀에 대한 궁금증을 한 켠으로 접은 마경화와 담우소가 함께 숙소를 빠져나오자 소여영이 바람처럼 달려왔다. 어제 담우소가 철야 임무를 내렸기 때문인지 그녀의 얼굴은 잔뜩 부어올라 있었다.

　퉁퉁 부어올라 더욱 귀여워 보이는 소여영의 볼을 담우소가 손가락으로 톡톡 건드렸다.

　"달려왔으면 얼른 보고할 것이지 어찌 입술만 잔뜩 내밀고 있는 것이냐?"

　"영아는 어제 잠을 못 자서 피부가 나빠졌어요. 사부님이 손가락으로 두드리면 더 나빠진다고요."

　"네 나이 때는 하루가 다르게 얼굴에 생기가 도는데 하루쯤 잠을 안 잔다고 피부가 나빠질 턱이 있겠느냐?"

　"나빠졌다고요! 나빠졌어요!"

　소여영이 발을 동동 구르자 담우소 뒤에 모습을 숨기고 있던 마경화가 대뜸 싸늘한 목소리를 냈다.

　"아무리 담 대가와 사제지간을 맺었다곤 하지만 어찌 작전 수행에 대해서 버릇없이 구는 것이냐! 나중에 치도곤을 당하기 전에 얼른 보고나 하거라!"

　"히잉! 경화 언니는 나만 미워해!"

　입술을 더욱 삐죽거리면서도 소여영은 얼른 입을 다물었다. 마경화의 눈빛이 흉악해진 순간이었다. 아무리 골이 났다 해도 마경화에 대한 두려움을 이길 수는 없었으리라.

　그 모습을 보고 피식 웃은 담우소가 말했다.

　"나는 이제 비무대로 가야 한다. 보고할 게 있으면 빨리 하도록 해라."

평소완 다른 담우소의 태도에 다시 발을 굴렀으나 다른 도리가 있을 리 없었다. 시무룩해진 얼굴의 소여영이 조그만 목소리로 보고했다.

"분부하신 대로 예의 음침한 사내의 뒤를 밤새 쫓았습니다."

"특별한 점은?"

"지난번에 전서구를 날렸던 것을 제외하곤 그다지 특별한 점은 찾을 수 없었습니다. 다만 밤중에 이상한 잠꼬대를 하던걸요?"

"이상한 잠꼬대?"

"예, 갑자기 버둥거리더니 '후안무치! 후안무치야!' 하는 거예요. 영아는 그때 너무 놀라서……."

"후안무치?"

"예, 분명히 그렇게 말했어요. 아마 전에 무슨 큰 잘못을 해서 가위에 눌렸나 봐요."

소여영이 드물게 자신의 의견을 내놓았으나 이미 담우소는 그녀의 말을 듣고 있지 않았다. 이마를 손가락으로 두드리길 몇 차례. 담우소의 입가에 흐릿한 웃음이 번져 나왔다.

'후안무치는 쌍뢰신기 상관옥으로부터 내가 빼앗은 기병의 이름이다. 이 년 전에 금산 전장에 속해 있던 그를 당가보에서 만나게 될 줄이야! 이거 예상외의 호재를 잡았군!'

내심 고개를 끄떡인 담우소가 손을 내밀어 소여영의 머리를 한 차례 쓰다듬곤 스윽 앞서 걸어갔다. 소여영뿐 아니라 마경화를 제외한 모든 수하들에게 철야를 명했기 때문에 별다른 명령을 내릴 필요가 없었기 때문이다.

그러자 느닷없이 바뀐 담우소의 태도에 '어!' 하고 놀랐던 소여영과 마경화가 얼른 따라붙었고, 세 사람은 곧 당가보를 나섰다. 오늘부터는 비무 참가자들이 모두 비무대 한 켠에 차려진 대기소에서 대기해야 한다는 규정을 지키기 위함이었다.

대기소는 몇 개나 되는 커다란 천막으로 만들어져 있었다. 비무에 참가할 사람이 백 명이나 되니 그들을 모두 수용하려면 피치 못할 선택이었다.

여느 때와 달리 대기소 앞에서 두 명의 여인과 헤어진 담우소는 천막 안을 한 차례 훑어보곤 눈에 이채를 떠올렸다. 놀랍게도 그가 들어간 천막 안에는 공공연히 영웅대회 사강자들이라 불리는 사천삼강 출신 중 세 명이 모여 있었던 것이다.

'만약 당일 비무자끼리 비무 전 한자리에 모일 수 없다는 규칙이 없었다면 오늘 내 상대인 일점혈 당승도 저기 끼어 있었겠지?'

그동안의 수련과 경험으로 머리는 냉철해졌지만 담우소의 가슴은 이 년 전 무명산을 내려올 때부터 조금도 변한 것이 없었다. 이런 비무대회에서까지 온갖 혜택을 누리는 대문파의 후기지수들을 보며 본성격이 드러나지 않을 수 없었다.

마치 이십 인용 천막 전체가 자신들의 것인 양 가운데 자리를 차지하고 있는 삼 인에게 걸어간 담우소가 무뚝뚝하니 말했다.

"옆으로 좀 비켜주겠소?"

"응?"

"엇!"

아무리 자신들끼리의 대화에 빠져 있었다 해도 놀랐으리라. 기척도 없이 자신들의 코앞까지 다가선 담우소를 바라보는 삼 인 중 두 명의 입에서 놀란 신음이 흘러나왔다.

그들은 점창파 출신의 후기지수인 청명쾌검(淸名快劍) 이옥환(李玉環)과 아미파 유일의 남자 속가제자인 단정봉(斷情棒) 모문룡(毛文龍)이었다. 그러자 일점혈 당승과 더불어 영웅대회에 참가한 천독수 당현이 눈살을 가볍게 찌푸렸다.

'확실히 이자의 걸어오는 소리를 나는 듣지 못했다. 내가 처음부터 천막의 입구 쪽을 바라보고 있지 않았다면 그의 등장조차 알 수 없었을 것이다. 그는 그저 천막의 입구로부터 이곳까지 느릿하게 걸어왔을 뿐인데……'

오싹!

등으로 소름이 돋는 걸 느끼며 이옥환과 모문룡을 한 차례씩 살핀 당현이 표정을 딱딱하게 굳혔다. 이곳은 당가보의 앞마당이었다. 그는 주인으로서의 모습을 보여야만 했다.

담우소를 차갑게 쏘아보며 당현이 말했다.

"형장이 꼭 이곳에 앉을 필요가 있을까요? 자리는 이곳이 아니고도 많을 텐데?"

당현의 시선이 주변의 구석 자리를 향했다. 노골적으로 꺼지라는 뜻이었다.

그러나 그저 입술을 몇 차례 일그러뜨렸을 뿐 담우소는 개의치 않는 표정으로 말했다.

"난 본래 가운데 자리를 좋아하는 편이라 여기에 앉았으면 하오만?"

"가운데 자리가 아니면 앉지 않겠다는 것이오?"

"흐흐, 어쩐지 가운데 자리를 차고앉으면 웬만해선 건드는 놈들이 없더라구."

그 말을 끝으로 담우소는 모문룡의 옆에 털썩 주저앉았다. 당현은 물론이거니와 근처의 이옥환과 모문룡의 허락도 받지 않은 채였다.

그러자 점창파와 아미파의 제자가 어찌 사천에서 이런 일을 당해봤으랴. 잠시 어이없다는 듯 담우소를 바라보던 이옥환과 모문룡이 동시에 벌떡 자리에서 일어났다.

"이게 무슨 무례한 짓이냐!"

"우리는 당신이 여기 앉는 걸 허락한 기억이 없소이다!"

그러나 담우소는 전혀 아랑곳없이 소지로 귀를 후빌 뿐이었다. 전혀 눈앞의 두 사람을 신경 쓰지 않는다는 표정이고 행동이었다. 그동안 마도에서 잔뼈가 굵은 담우소에게 이옥환이나 모문룡의 분노는 그저 귀여운 정도랄까.

'으음, 이자의 행동은 누군가를 닮았군.'

참혹할 정도로 얼굴이 일그러진 두 사람을 보고 다시 담우소를 바라본 당현의 안색이 어두워졌다. 오만한 여인 막문위를 떠올린 것이다. 나이는 비슷하나 자신으로선 도저히 감당할 수 없었던 철혈거상을.

'하지만 당가보의 영역에서 소란을 묵과할 순 없다.'

막 발작하려는 이옥환과 모문룡의 앞을 가로막아 선 당현이 담우소를 향해 포권해 보였다.

"본인은 당가보의 홍의백영단을 맡고 있는 천독수 당현이고, 옆에 있는 분들은 점창파의 청명쾌검 이옥환 소협과 아미파의 단정봉 모문룡 소협이오. 형장의 존성대명은 어떻게 되시는지 궁금하오만?"

"나 말이오?"

손가락으로 자신을 가리킨 담우소가 어깨를 으쓱해 보이곤 말했다.

"나는 강남에서 온 담우소라 하오."

"……"

제일 처음 반응을 보인 건 당현이 아니었다. 이름에 걸맞게 예쁘장한 얼굴을 한 이옥환이었다. 담우소의 이름을 중얼거린 그의 얼굴에 놀란 기색이 떠올랐다.

"담우소라면 오늘 일점혈 당승 형이 상대할 사람?"

"으음, 확실히 그런 이름이었던 것 같은데……."

모문룡마저 고개를 끄떡이자 당현이 눈살을 찌푸렸다. 이옥환이나 모문룡과 달리 당승이 강적을 맞았다는 판단 때문이었다.

그러자 그 모습을 바라보며 내심 피식거리고 있던 담우소가 선언하듯 말했다.

"확실히 오늘 내가 상대할 사람은 일점혈 당승 소협이오. 앞서 상대했던 자들이 너무 형편없어서 재미가 적었는데, 사천의 일독일혈 중 한 명과 대결하게 되어 무척 잘됐다고 생각하던 참이었소."

"이런 오만한!"

"일점혈 당승 형이라면 여기 계신 당현 형과 더불어 사천당가의 후기지수 중 일, 이위를 다투는 분인데 감히 그런 소리를 지껄이다니!"

이옥환과 모문룡은 거의 동시에 담우소에게 부르짖었다. 만약 주변에 사람들만 없다면 당장 담우소에게 출수하고 싶다는 표정이 얼굴에 가득했다. 그리고 그것은 옆에서 세 사람을 차갑게 바라보고 있는 당현이 마음속으로 바라는 바이기도 했다. 무공이 출중한 두 사람을 이용해서 담우소의 무공 실력을 가늠하고 싶었던 것이다.

'하지만 내가 있는 곳에서 이들이 소란을 피운다면 후일 문책을 면치 못할 것이니 아깝게 됐구나!'

내심 혀를 찬 당현이 얼른 담우소 앞을 가로막고서 이옥환과 모문룡에게 고개를 가로저어 보였다.

"이 형, 모 형, 화를 내시는 심정은 이해하겠습니다만 지금은 참아주십시오."

"당현 형?"

"어찌 저런 자를 감싸려는 것입니까?"

이옥환과 모문룡은 일시 치밀어 오른 노기를 담우소에게서 당현에게로 돌렸다. 본래가 야단치는 시어미보다 옆에서 말리는 시누이가 더 미운 법이었다.

내심 한숨을 토한 당현이 설명하듯 말했다.

"이 담우소란 사람은 곧 내 동생과 비무를 합니다. 만약 이 형과 모 형께서 지금 이 사람에게 위해를 가한다면 천하가 우리 당가를 비웃지 않겠습니까?"

"그, 그것은 그렇지만……."

"하지만……."

당현이 두 사람을 향해 포권해 보였다.

"이 형과 모 형의 의리는 이 당 모 마음속 깊숙이 간직하겠습니다. 하지만 이곳은 당가보의 앞이니 이 사람의 체면을 조금만 세워주십시오."

"당현 형께서는 어찌 그런 말씀을 하십니까!"

"사천에서 저희 점창파와 모 형의 아미파, 당현 형의 당가는 이와 잇몸처럼 지내오지 않았습니까? 당현 형의 어려움을 알겠으니 그런 말은 더 이상 꺼내지 말아주십시오."

한 켠에 앉아 흥미진진하게 세 사람의 행동을 구경하고 있던 담우소는 당현에게 박수라도 치고 싶은 심정이었다. 겉으로 보이는 그대로 당현이 자신을 도왔기 때문이 아니었다.

솔직히 눈앞에 있는 세 사람을 몽땅 상대한다 해도 담우소는 자신있었다. 그들이 뿜어내는 호흡과 기도만으로도 무공 수준은 대충 짐작할 수 있었다.

그럼에도 그가 당현에게 박수를 치고 싶었던 것은 능수능란하게 눈앞의 기재들을 다루는 모습 때문이었다. 무턱대고 시비를 걸었던 담우소가 무안해질 만큼 당현은 능숙하게 사태 수습하는 능력을 보여준 것이다.

'사천을 지배하는 당가라더니, 과연 명불허전이로군. 섬전표 당호 같은 녀석만 있는 건 아니었어.'

담우소가 내심 고개를 끄떡이고 있자니 천막 안으로 홍의 차림의 무사가 들어섰다. 임시로 영웅대회의 자질구레한 일을 맡고 있는 홍의백영단 소속 무사였다.

"무언가?"

단주다운 거만한 목소리로 당현이 묻자 무사가 얼른 예를 갖춰 보이곤 말했다.

"다섯 번째 비무가 끝났습니다. 그래서……."

"끄응, 벌써 내 차례가 됐군. 내가 여섯 번째 비무에 참가할 담우소요."

무사의 말이 끝나기도 전에 담우소가 자리에서 일어나자 그에게로 적의가 담긴 눈빛이 쏟아졌다. 이옥환과 모문룡뿐 아니라 당현 역시 침묵 속에 적개심을 표출하고 있었다. 당승과의 일전을 앞두고도 전혀 긴장한 빛을 보이지 않는 담우소를 보자니 뒤늦게 화가 치미는 듯했다.

'하긴, 두 명문의 멍청이들을 뜯어말린 것만도 상당한 수양인데, 동생과 싸우러 나가는 내게 호의를 보일 순 없겠지.'

천막에 들어설 때와 마찬가지로 어슬렁거리며 무사를 좇아 천막을 벗어나려던 담우소가 문득 발걸음을 멈췄다. 무언가 잊어버린 표정이었다. 그리고 잠시 머뭇거리다 뒤통수를 긁적인 담우소가 고개를 돌려 함께 대기하고 있던 세 명 모두에게 씨익 웃음을 던졌다.

"함께 대기하게 되어 즐거웠소. 그럼 또 봅시다!"

"뭐, 뭐라고!"

"저 녀석이!"

각기 개성에 따라 화를 내기 시작한 세 사람을 뒤로한 채 천막을 벗어난 담우소가 하늘을 바라보며 대소했다. 잔뜩 긴장한 채 비무대 주변으로 몰려든 사람들이야 보건 말건.

제76장 이기어검(以氣馭劍)

당가보는 수백 년간 가장 많은 사람들이 들끓고 있었다. 당가주 당천위의 회갑연은 끝났으나 아직 영웅대회가 한창이었다. 초대받은 자들만 들어올 수 있었던 회갑연보다 더욱 많은 사람들이 연일 당가보 주변으로 몰려들고 있었다.

하지만 회갑연에 초대받았던 사람들이 떠나지 않아 시끌벅적한 외원과 달리 당가보의 내원은 평온하기만 했다. 본래 내원엔 당가보에 속한 사람들이라 해도 쉽사리 들어올 수 없고, 손님은 더욱 그러했기 때문이다.

그런 당가보의 내원 한 켠에 만들어진 인공 가산의 그늘 아래 지금 한 명의 노검객이 가부좌를 튼 채 좌정해 있었다. 중천에 떠올랐던 태양이 점차 서쪽으로 기울면서 그늘의 영역이 넓어지자 노검객의 모습은 점차 흐릿해졌다.

그냥 척 보기에도 노검객은 장대한 체격에 위풍당당한 모습인데, 마치 그늘 속으로 녹아들어 가는 듯 형체가 점점 모호해지고 있었다. 만약 노검객의 정체를 모르는 사람이 그 모습을 봤다면 마도의 사악한 환술을 익히고 있다고 착각할 만큼 기괴한 모습이었다. 무당파가 낳은 천하제일검 석검 노야란 대명은 그와 같은 의혹을 일거에 날려 버릴 만하지만.

'흐음, 이 시각에 누가 날 찾아왔는가?'

그 자신의 장대한 체구를 산그늘과 완전히 동화시키기 바로 직전이었다. 문득 자신이 가부좌를 틀고 앉아 있는 장소로 다가오는 묵직한 발걸음을 느낀 석검 노야의 미간이 가볍게 꿈틀거렸다. 만약 다른 사람이었다면 위기라 할 만했다. 신공을 운기하고 있는 상황에선 그저 가벼운 실바람에도 진기가 뒤틀릴 수 있기 때문이다.

하지만 인기척을 느낀 순간 산그늘 속에서 불쑥 튀어나오듯 모습을 드러낸 석검 노야는 반쯤 감고 있던 눈을 떴다. 천하를 떨어 울리는 고수임에도 물처럼 담담한 눈빛이었다. 그리고 수장 밖으로 시선을 던진 석검 노야의 눈빛이 괴이쩍게 변했다.

"대단한 기도를 지닌 고수인데 어찌 무공도 모르는 소녀를 쫓는가? 혹시 평생을 구중천(九重天)에서 모습을 드러내지 않는다던 황실의 대내고수가 당가보를 찾은 것인가?"

다른 사람이 아닌 스스로에게 하는 질문이었다. 그러나 장대한 체구에 어울릴 정도로 우렁우렁한 목청이었다. 의식적이든 무의식적이든 질문을 던진 셈이 된 것이다.

그래서였을까. 어느새 석검 노야가 있는 인공 가산의 오류 장 앞까지 다가든 일남일녀 중 얼굴을 면사로 가린 막문위가 공손히 허리를 숙여 보였다.

"안녕하세요. 금산상회를 맡고 있는 막문위라 합니다."

"금산상회? 막문위?"

"지난번에 당 가주께서 제 소개를 하셨습니다만."

"으음, 미안하오. 이 늙은이가 나이가 들다 보니 요즘은 도통 어제 일만 해도 기억하려면 힘이 든다오."

석검 노야가 고개를 가로저어 보이자 막문위의 눈빛이 가볍게 흔들렸다. 자존심 강한 그녀로선 이런 대접을 받아본 기억이 별로 없었으리라.

하지만 이십 대의 나이로 금산상회라는 대상회를 장악한 여인이 자존심만 앞세울 만큼 평범할 리 없었다. 얼굴을 가리고 있던 면사를 걷고 살짝 입가에 미소를 담은 막문위가 말했다.

"당 가주께서 절 소개할 때는 이런 면사를 하고 있지 않았지요. 제 얼굴을 보셨으니 이젠 기억이 나시겠지요?"

"허허, 그렇구려. 확실히 이제야 나이 어린 소저를 본 기억이 나는구려."

나직이 웃어 보인 석검 노야가 그제야 자리를 털고 일어섰다. 그러자 막문위가 나직한 한숨과 함께 가슴을 쓸어 내렸다.

"하아, 다행이네요."

"다행이라?"

막문위가 설명하듯 말했다.

"제가 이래 뵈도 제법 큰 세력의 주인이랍니다. 그런데 석검 노야께서 이렇게 얼굴을 내보였는데도 모른 척하시면 너무 창피한 노릇이잖아요."

"그건 확실히 큰일이긴 하겠구려."

한 차례 고개를 끄떡여 보인 석검 노야의 뒤쪽으로 잔뜩 드리워져 있던 산그늘이 쑤욱 밀려났다. 인공 가산 앞에서 막문위 쪽으로 신형을 날린 것이다.

그러자 역시 바람처럼 움직인 회색 인영. 내내 말없이 뒤에 서 있던 냉면철장 조극충이 막문위의 앞을 가로막아 섰다. 그리고 앞으로 내밀어진 쌍수가 가벼운 떨림을 보였다.

우웅!

마치 벌 떼가 일제히 날갯짓을 하는 듯한 소음이었다. 한 인간의 쌍수가 만들어낸 소리였다.

그것이 다른 누구도 아닌 바로 자신을 협박하는 소리임을 직감한 석검 노야의 입가에 엷은 웃음이 떠올랐다. 타고난 무광(武狂)답게 만약 자신이 손을 쓴다면 조극충이 어찌 대처할는지 궁금해진 것이다.

'하지만 양손에 담긴 공력이 제법 잘 단련되어 있지 않은가! 필시 내가 무당산에 칩거한 후 등장한 무림의 절정고수일 터인데 망신을 준다는 건 너무 아깝구나.'

석검 노야는 자연스레 양손에 모아진 태극산수(太極散手)의 공력을 단전으로 돌려보냈다. 무공이 내력을 발출하고 거둬들이는 것을 마음먹은 대로 할 수 있는 경지에 오르지 않았다면 있을 수 없는 일이었다.

그러자 문득 눈앞 석검 노야에게서 일어난 부드러운 기운을 느끼고, 마치 유령을 본 듯한 표정이 된 조극충이 침잠된 목소리를 냈다.

"몇 걸음 뒤로 물러서 주십시오."

"허허, 그전에 자네의 수장에 과하게 담긴 공력을 해소해야 하지 않겠는가?"

"으음."

조극충은 신음했다. 과연 그는 방금 전 마음이 다급한 나머지 수장에 내력을 필요 이상으로 끌어올렸다. 얼른 수장을 휘둘러 쌓인 기운을 해소하지 않으면 진기가 역류할 상황이었다.

'하지만 눈앞의 늙은이가 어찌 내 사정을 이리 소상히 알 수 있는 것인가?'

의혹의 시선을 석검 노야에게 던지면서도 조극충은 벼락같이 수장을 좌우 바닥으로 휘둘렀다. 과잉된 진기를 땅에다 쏟아낸 것이다. 그리고 일시 수장을 축 늘어뜨렸던 조극충이 정중히 두 손을 모아 포권해 보였다.

"본인은 과거 구중천에 속해 있던 조극충이라 합니다. 황궁에서는 첫째, 둘째를 다투던 장력을 자랑했습니다만 오늘 천하제일무당파 제일의 고수를 만나니 하늘 위에 하늘이 있음을 알게 되었습니다."

조극충은 무림에 출도한 이래 가장 정중한 태도를 취했다. 한눈에 그는 탄복해 버린 것이다. 담우소가 한눈에 석검 노야가 발산하는 기도를 눈치 챘듯.

"허허, 역시 구중천의 고수였구려. 천하의 고수들을 대부분 만나봤다 알고 있었는데 느닷없이 무서운 고수를 만나 이 늙은이가 많이 당황했다오."

마치 아들이나 손자를 대하듯 조극충에게 웃음을 보인 석검 노야가 문득 목소리를 달리했다.

"그런데 어찌 평생 자금성을 벗어나지 않는다고 알려진 구중천의 고수가 상인의 호위 무사가 된 것이오? 이 늙은이는 처음에 막 소저를 황실의 공주나 군주로 착각까지 했단 말이야."

“거기엔 사정이……..”

“그 사정, 제가 말하겠어요!”

이때 막문위는 일시 대여섯 걸음이나 뒤로 물러서 있었다. 혹시라도 석검 노야와의 대결에 말려들 것을 우려한 조극충이 앞으로 치고 나오는 것과 동시에 소맷자락에 진기를 담아 뒤로 밀쳤기 때문이다.

일시 낭패한 지경에 빠졌기는 하나 얼른 조극충을 제치고 앞으로 나선 막문위의 표정은 평소와 다름없었다. 상대가 누구건 개의치 않는 자만심이 얼굴에 가득했다.

“조 군장은 현재 저희 금산상회의 최정에 부대인 철기군을 통솔하고 있습니다. 황궁에서 나온 것도 사실은 철기군을 통솔하기 위함이었지요.”

“허어, 일개 상회의 호위를 맡기 위해 구중천의 고수가 황궁에서 나왔단 것인가?”

질문은 막문위에게 한 것이지만 시선은 조극충을 향하고 있었다. 조극충으로선 부담스럽지 않을 수 없었다. 자신도 모르게 안색을 딱딱하게 굳힌 조극충 대신 이번에도 막문위가 대답했다.

“물론 조 군장이 황궁에서 나와 금산상회에 몸을 담은 데는 까닭이 있습니다.”

“그런가?”

설명을 요구하는 석검 노야에게 빙긋 웃어 보인 막문위가 여상스레 말했다.

“조 군장은 마천루의 잔당을 척결해야만 했거든요.”

“마천루의 잔당?”

“예, 조 군장은 황실에서 마천루의 잔당을 척결하라는 황명을 받고 무림으로 나온 겁니다."

지금까지와 달리 석검 노야의 시선이 막문위의 섬세한 옥용을 향했다. 사실 막문위가 조극충과 함께 세인들의 출입이 엄격히 통제되어 있는 인공 가산 근처로 들어선 후 처음 있는 일이었다.

한편 그 시각, 영웅대회 닷새째를 맞는 비무대 주변은 후끈 열기가 달아오르고 있었다. 영웅대회 시작 후 처음으로 이변이 발생한 것이다. 그것도 사강에 오르는 건 물론이고 여차하면 우승까지 노릴 게 확실시되던 일점혈 당승의 시합에서.

"저런! 저러다 지겠는걸."

"글쎄 말야! 손을 한 번 떨치면 반드시 한 명이 죽는다고 해서 일점혈이라 불린다던데……."

"쳇! 그럼 비무대 위의 녀석은 벌써 열 번은 죽었어야 하잖아. 적어도 손을 쓴 게 십여 차례는 넘으니."

"하지만 당가의 일점일혈이 명성이 얻은 건 사천과 호북성의 중간에 위치한 혈사방과의 분쟁 때문이잖아. 그 당시 혈사방주가 자랑하던 세 명의 제자들이 손도 못 써보고 패퇴했다던데?"

"그거야말로 당가와 혈사방 간의 정치적인 묵계 하에 나온 소문이 아닐까? 저 이름도 모르는 강남 놈한테 밀리는 모습은 아무리 봐도 대단치 않아 보이잖아."

"역시 그런 걸까?"

처음의 우려 섞인 목소리와 달리 뒤로 갈수록 비무대 주변의 반응들은 냉담해져 갔다. 이곳이 당가보 앞임에도 불구하고 서슴없이 음모론이 대두되고 있었다. 당승에 대한 노골적인 폄하와 악랄하기까지 한

욕설을 동반한 채.

그도 그럴 것이, 하남이나 호북 등과 함께 중원 최대의 무학 고장이라 불리는 사천성이었다. 예로부터 중원무림을 주도하던 하남성과 호북성보다 조금 덜 이름이 알려졌지만 결코 실력 면에서 떨어진다곤 할 수 없었다.

그런데 사천무림의 자존심이라 해도 과언이 아닌 당가의 일점혈 당승이 그들이 보는 앞에서 이름도 모를 강남 출신에게 연신 밀리고 있었다. 아무리 구경하는 입장이라곤 하나 비무대 주변에 모인 사천무림인들로선 기분이 좋을 리 없었다. 어떻게든 당승을 깎아내려 자신들과 사천무림의 자존심을 지키고 싶다는 게 음모론이 대두된 배경이라 할 수 있었다.

하지만 커다란 보름달 아래의 반딧불은 그 모습을 자랑할 수 없다고 했던가!

평소 같았으면 불같이 노했을 테지만 시간이 갈수록 시끄러워져만 가는 비무대 주변의 웅성거림과 야유가 지금 당승의 귀에는 전혀 들어오지 않았다.

전력을 다한 몇 번의 공격과 방어 끝에 당승은 순간적으로 상대방과 일 장의 거리를 둔 채 대치하고 있었다. 바늘 끝보다 더욱 첨예하게 신경이 곤두선 상태지만 비무대 주변까지 기울일 신경 따윈 전혀 남아있지 않았다.

그만큼 현재 당승의 상황은 절박했다. 비무를 치르는 동안 평생 다시없을 정도로 정신은 또렷했고, 온몸의 기운은 폭발할 듯 끓어오르고 있었다. 암기를 다루는 자답게 그는 냉철하면서도 정확히 자신의 전력을 다 발휘했다. 한 점의 후회도 남기지 않을 정도로 자신의 최선을 백

분 발휘하여.

'그런데 어째서 나는 지금 손가락 하나 까딱할 수 없는 것이냐? 설마 당가 십대암기술 중 하나인 혈월(血月)이 깨졌다 하여 눈앞의 녀석에게 공포라도 느꼈단 말이냐? 이 내가?'

다른 때 같았으면 바로 고개를 가로저었을 것이다. 그리고 완강히 부인했을 것이다. 수백 명이 넘는 당가의 혈손들 중 홍의백영단에 뽑혔고, 최연소 단주가 된 천독수 당현과 어깨를 나란히 하는 당승이었다. 과거 혈사방의 이룡일봉(二龍一鳳) 중 우두머리인 혈주 단옥린(端玉麟)과 맞붙었을 때도 그는 전혀 밀리지 않았던 것이다. 그보다 열 살이나 어린 상대라곤 하지만 혈사방주의 대제자이자 독자를 상대로.

그런데 지금 당승은 쉽사리 고개를 가로젓지 못했다. 비단 고개를 가로젓지 못했을 뿐만 아니라 온몸이 후들거리며 떨려왔다. 마치 천적을 만난 짐승과도 같았다.

바로 그때였다. 당승이 열여섯 가지나 되는 동작으로 발출한 혈월을 단 세 걸음으로 피해낸 사나이가 갑자기 이를 드러내며 웃었다.

"……."

그것은 최소한 일류 수준의 무위에 도달한 자만이 느낄 수 있는 감각이었다. 동물로 치면 생존 본능과 비슷한 감각이랄까?

연달은 공방 중 생겼던 찰나에 가까운 대치를 깨며 사나이가 움직이자 당승은 어금니를 꼭 깨물었다. 그리고 벼락처럼 최후까지 숨기고 있던 혈월의 마지막 초식인 회선대팔식(回旋大八式)을 펼치려 했다. 목숨이 경각에 이르지 않고는 절대 펼치지 못하게 되어 있는 구명절초였다.

하지만 아예 더 이상의 공격을 봉쇄하려 한 것인가. 바람처럼 사나이가 공간을 좁히며 다가들었다. 뻔히 알면서도 피할 수 없는 돌격이었다.

'피할 수 없다!'

머리로 생각하고 움직인 것이 아니었다. 찰나를 천 분의 일로 쪼갠 순간 당승은 기쾌하게 쌍수를 좌우로 휘저었다. 본능만으로 회선대팔식을 펼쳐 낸 것이다. 아니, 펼치려고 했다. 여태껏 펼쳤던 회선대팔식 중 가장 완벽하고 빠르게.

하지만 당승의 회선대팔식은 최후의 동작만을 남긴 채 멈춰야만 했다. 열 개의 손가락 사이에 끼인 여덟 개의 혈월이 직선이 아니라 곡선을 그리며 공간을 가로지르기 바로 직전, 그리고 평생의 수련이 무너지는 소리를 들으며 당승의 쌍수가 힘없이 늘어졌다.

태탱! 탱!

당승의 가슴이 무너져 내리는 소리였다. 양쪽 견정혈(肩井穴)이 점혈된 당승은 자신의 독문 암기를 회수할 힘조차 남아 있지 못했던 것이다.

질끈!

눈을 감아버린 당승의 어깨가 가볍게 들썩거렸다. 순간적으로 한 점의 힘조차 쥐어지지 않던 손에 힘이 돌아왔다. 그리고 눈을 뜬 당승의 눈앞으로 익숙한 암기들이 보였다.

"훌륭한 암기술이었소. 내가 정면으로 대결하지 못하고 달려들어야 했을 정도로."

방금 전 흐릿한 그림자만을 보였던 사나이는 친히 주워 든 혈월 여덟 개를 내밀어 보이며 소탈하게 웃었다. 패배한 순간 죽고 싶다 생각했던 당승이 더욱 부끄러워지는 순간이었다.

“우와아!”

마치 잘 짜여진 경극처럼 비무대 주변에서 우렁찬 함성이 터져 나왔다. 패배한 당승을 향한 게 아니라 승리자인 사나이를 위한 함성이었다.

문득 얼굴 근육을 떨어 보인 당승이 말했다.

“…이미 내 손을 벗어난 것이오. 승리자는 당신이니 가지시오.”

“당가의 암기는 절대 외인에게 주지 않는다 들었는데 나 같은 사람한테 줘도 되겠습니까?”

“그건……”

“됐소이다. 난 암기를 다루지 않는 사람이니 이런 걸 가지고 있어봤자 아무짝에도 쓸 데가 없으니 형장에게 돌려드리는 게 옳은 일입니다.”

단정적인 말과 함께 당승의 손에 혈월을 들려준 사나이가 그의 손을 번쩍 들어 올리며 우렁차게 소리쳤다.

“나, 담우소는 오늘 재수 좋게 승리를 거뒀소이다. 하지만 나 또한 사천당가 중 무석 분가에 속한 사람이니, 여러분들께서는 즐겁게 비무를 구경해 놓고 흰소리를 내뱉어선 안 될 것입니다!”

‘이, 이자가!’

얼떨결에 담우소와 함께 비무대 주변을 바라보며 인사를 올리는 꼴이 되어버린 당승의 안색이 푸들거리며 떨렸다. 마치 시내를 건너다 격류에 휘말린 듯 그는 전혀 담우소란 인물에게서 벗어날 수 없었던 것이다. 패배자로서 의당 느껴야 할 굴욕감이나 좌절감을 잊어먹을 정도로.

이변의 닷새째 비무를 거쳐 육 일과 칠 일째 비무는 순탄하고 빠르게 진행되었다. 무명의 담우소가 당승을 이긴 것과 같은 이변은 더 이상 일어나지 않았다.

본래 백 명 안에 든 후기지수들 간의 서열은 대충 정해져 있었고, 안면 또한 있는 터라 서로 간에 죽기 살기식 비무는 이뤄지지 않았기 때문이다.

칠 일째 비무가 막 끝났을 무렵이었다. 당 가주의 회갑연 이후 또 한 번의 대목을 노리고 몰려든 상인들에 의해 임시로 만들어진 노천 주점의 한 켠에서 두 사내가 술을 마시며 연신 흥분하여 소리치고 있었다.

"하긴 공후백자남! 말이야 그럴듯하지만 영웅대회 사강에 들지 않은 공후백자남이 무슨 소용이 있겠어. 강호는 승자만을 기억할 뿐 중간에 패한 자들 따윈 전혀 안중에도 두지 않는다구."

"그건 그렇지. 확실히 이번 영웅대회는 사강 안에 들어야만 실익을 얻을 수 있으니까. 그것도 당가, 점창파, 아미파에서 제자를 내보냈기에 물 건너간 일이지만."

"맞아! 맞는 소리야! 이번 영웅대회는 완전히 짜고 하는 노름판이 아니고 뭐겠냐구."

"가만! 그리고 보면 그 사천삼강 중 당가의 일점혈 당승을 이긴 자도 있었잖아?"

"응? 그 담우소인가 하는 강남 놈?"

"맞아! 강남 출신이었어!"

"헹! 그 녀석이야말로 이번 영웅대회의 부조리함을 나타내는 산 증인이라구. 말로는 강남 출신이라고 하지만 제 입으로 당가의 일원이라고 했잖아! 당가는 치사하게 두 명만 출전시킨다 해놓고 혹시라도 사강에 다른 문파가 끼어들까 봐 한 놈을 더 출전시킨 거라고!”

“아무렴 그렇게까지 했겠나? 그 담우소란 사람은 확실히 강남 사투리를 쓰던데…….”

“그게 다 다른 자들을 속이려는 행위라구! 그렇지 않다면 후기지수 중 첫째, 둘째를 다투던 일점혈 당승이 어찌 무명의 인물에게 패할 수 있겠어?”

“그건 자네는 공후백자남 중 남위 무사도 되지 못했는데 담우소란 사람은 벌써 백위 무사까지 올라갔기 때문에 배가 아파서 하는 말이 아닌가?”

“뭐라구! 네놈 역시 나와 마찬가지가 아니냐! 비슷한 처지라길래 술잔이나 먹여줬더니, 네놈이 갑자기 흰소리를 하는 것이냐!”

“뭐? 술을 먹여줘? 나도 돈 있다! 네 녀석같이 패한 뒤에 변명이나 내뱉고 이긴 사람을 음해하는 녀석의 술 따윈 얻어먹지 않겠단 말이다!”

“이 녀석이!”

와장창!

대뜸 평상 위에 놓여 있던 소반이 뒤집혔다. 그리고 방금 전까지 서로 술잔을 주고받던 두 사람이 주먹과 발을 날리며 싸우기 시작했다. 나름대로 포부를 품고 영웅대회에 참가했던 사람들이니만치 격렬하고 쉽게 끝나지 않을 싸움이었다.

하지만 주변의 노천 주점에 앉아 있던 사람들 중 그들의 싸움에 신경 쓰는 이는 아무도 없었다. 영웅대회가 진행되어 갈수록 패배한 사람들은 늘어났고, 분에 못 이겨 술 마시고 행패를 부리거나 싸움질을 하는 자들 역시 마찬가지였다. 이제 이런 싸움쯤은 사람들에겐 귀여울 지경이 되어버린 지 오래였다.

그때였다. 갈수록 격렬해져만 가는 두 사나이의 싸움을 곁눈질하곤 입가에 웃음을 담은 사나이가 있었다. 임시 막사와 비무대의 중간쯤에 집중적으로 모여 있는 노천 주점 중 한 켠을 차지하고 앉은 담우소였다.

칠 일째 비무가 끝나자마자 마경화와 소여영을 이끌고 노천 주점에 온 담우소는 바람을 타고 자신의 이름이 들려오자 슬쩍 귀 기울이고 있었다.

그런데 자신을 옹호하는 측과 욕하는 측—물론 그가 욕하는 근본적인 곳은 담우소가 아니라 이번 영웅대회를 개최한 당가이겠지만—이 첨예하게 대립하다 싸움질까지 하게 되자 기분이 유쾌해지는 걸 느꼈다. 비록 계속 당가보에서 머물기 위해 참가한 영웅대회라곤 하지만 무림인으로서 명성이 생긴다는 건 나쁘지 않은 기분이었다.

담우소가 괜스레 히죽거리자 잔뜩 목을 빼고 술과 시킨 요리가 나오길 기다리고 있던 소여영이 고개를 갸웃해 보였다.

"사부님! 뭔가 즐거운 일이라도 생기신 건가요?"

"응?"

"왠지 기분이 좋으신 것 같아서요."

역시 그런 생각을 하고 있었던 듯 마경화의 얼굴에도 의혹의 기색이 엿보였다. 산만한 성격인 소여영과 달리 그녀는 노천 주점에 들어선 후 줄곧 담우소만을 지켜보고 있었다. 그의 표정 변화를 계속 지켜본 것이다.

'흐음, 냄새 나는 사내 녀석들보다는 이렇게 꽃다운 소녀들한테 관심을 받는 게 더욱 기분 좋은 노릇이겠지.'

자기 멋대로 상황을 해석하곤 담우소는 더욱 입가의 웃음을 짙게 했다. 그리고 몇 마디 헛소리를 지껄이려던 담우소가 문득 눈에 이채를 떠올렸다. 그가 자리 잡은 노천 주점으로 빈자리를 찾아 들어서는 일남일녀를 발견한 때문이다.

'저들은……?'

막 노천 주점에 들어선 일남일녀는 면사로 얼굴을 가린 막문위와 검문주 유안이었다. 꾸준히 영웅대회에 얼굴을 내밀었던 유안과 달리 막문위는 첫날을 제외하곤 비무대 근처에도 나오지 않았었지만 담우소는 단숨에 그녀를 알아볼 수 있었다. 과거 사문인 풍뢰문을 문 닫게 한 간접적인 원인을 제공했던 금산상회의 우두머리를 잊을 순 없었던 것이다.

'흥, 사문의 일도 그렇고 마교의 일도 그렇고 저 금산상회의 암여우와는 악연만을 맺는 것 같군. 장사꾼이면 그냥 물건이나 팔아 돈 벌 궁리나 할 것이지 어찌 무림의 일에 끼어드냔 말야. 금산상회의 무력은 강남제일이니, 청해상단의 백문이나 진소춘이란 염상처럼 힘이 없어 무림 세력의 눈치를 봐야 하는 처지도 아니고.'

담우소는 자신도 모르게 입가에 냉소를 띠었다. 강제로 광명신교에 입교한 후 묻혀졌던 본래의 반골 기질을 드러내는 순간이었다.

그러자 일찍부터 담우소를 눈여겨봤던 것이리라. 평소처럼 여유로운 표정으로 빈자리를 살피던 유안이 반갑다는 기색을 하고 다가왔다.

"이보게, 자네는……."

"하루의 고된 일과를 끝마치고 술 한잔이 생각나 주점에 들른 장삼이사(張三李四)올시다."

"장삼이사?"

잠시 미간을 찌푸리던 유안이 대소를 터뜨렸다.

"허허허! 하루의 피로를 풀던 중이니 귀찮게 굴지 말고 꺼지란 뜻이로구먼."

"저는 그런 말을 하진 않았습니다."

"내 억측이란 뜻인가?"

"그거야 스스로 생각하서야겠지요."

끝내 자리를 권하지 않는 담우소를 바라보는 유안의 얼굴에 '요놈 봐라?' 하는 기색이 떠올랐다. 아무리 그가 농조로 대답을 받았다곤 하지만 담우소의 응수는 꽤나 무례했다. 유안이란 이름은 최소한 강남 제일검문의 문주와 동일했기 때문이다.

"흐음."

잘 다듬어진 턱수염을 쓰다듬는 것으로 무안한 기분을 삭인 유안이 떨떠름한 표정으로 말했다.

"이러한 대접을 받았다면 마땅히 물러서는 게 도리일 테지. 하지만 애석하게도 주점 안에 남은 자리는 이곳밖에 없으니 합석을 청해야 할 것 같구먼."

만약 평소 유안의 성격을 아는 사람이라면 깜짝 놀랐을 것이다. 겉으로 보이는 모습과 달리 가장 흉포한 검법을 수련한다고 알려진 검문의 문주답게 유안은 성격이 화통한 반면 급했다. 자신과 배짱이 맞으면 몇 날 며칠이고 같이 술을 마셨고, 그렇지 않으면 뒤도 돌아보지 않고 헤어졌다. 결코 자신을 환영하지 않는 사람에게 합석을 요청할 사람이 아니었다.

'역시 이자는 처음부터 날 만나기 위해 찾아온 것이군.'

한차례 주변을 둘러본 담우소가 말했다.

“자리가 없다는데 쫓아낼 정도로 야박하진 않습니다. 일행을 부르시죠.”

“합석을 해도 되겠는가?”

담우소가 퉁명스레 대꾸했다.

“어차피 처음부터 제 의견 따윈 별로 중요하지 않았던 것 같습니다만?”

“허허, 얘기를 나누면 나눌수록 재밌는 친구로군.”

한차례 너털웃음을 터뜨린 유안이 뒤돌아 막문위에게 손짓했다.

“막 대인, 자리가 났소이다!”

잠시 후.

담우소의 눈짓을 받은 마경화와 소여영이 내준 곳에는 막문위와 유안이 나란히 자리했다. 단번에 일행이 다섯 명으로 불어난 것이다. 그저 자리만 함께했을 뿐 대화는커녕 눈길조차 나누지 않는 일행이었지만.

그러자 화통한 성격에 마음이 답답했으리라. 따로 마련된 음식과 술이 도착하자마자 유안이 아직 면사를 벗지 않은 막문위에게 권하듯 말했다.

“이곳이 비록 고급 요릿집도 아니고 당가보도 아니지만 음식이나 술이 제법 먹을 만합니다. 이 사람이 함께 있으니 안심하고 면사를 벗으시지요. 내 아무리 늙었다 하나 아직 막 대인 한 명쯤 지켜 드릴 기력은 남았소이다.”

유안은 한쪽 주먹을 불끈 쥐어 보였다. 농기가 다분한 뒷말을 흐리기 위함이었다.

　그러나 애초부터 유안이 하는 말 따위엔 전혀 관심 없었던 듯 '괜찮아요!'라 딱 잘라 말한 막문위의 시선이 담우소를 향했다.

　"분명 강남 출신의 담우소라 했지요?"

　'맑은 눈동자에 고운 목소리군. 과연 소문대로 그리 많은 나이는 아니겠어.'

　내심과 달리 흘깃 막문위를 바라본 담우소가 퉁명스레 응대했다.

　"현재는 사천당가의 무석 분가에 속해 있소이다."

　막문위의 얼굴을 가린 면사가 가볍게 흔들렸다.

　"후훗, 과거는 묻지 말아달라는 건가요?"

　"과거는 묻지 말라? 흐음, 그것참 괜찮은 말이로군. 괜찮다면, 그 말 내가 앞으로 종종 써도 되겠소이까?"

　"내 질문에 대답할 뜻이 없다는 말이군요?"

　"오늘은 꽤나 선선한 게 술맛 한번 좋구나."

　동문서답하며 담우소는 피식 입가에 웃음을 담았다. 여전히 곰살 맞지는 않으나 유안을 상대할 때와는 천양지차인 모습이었다.

　옆에서 자음자작하고 있던 유안이 힐난하듯 말했다.

　"흥, 다 늙은 내게는 퉁명스럽던 말과 표정이 어찌 막 대인 앞에선 그리 변하는 것이지? 옆에 저리 아리따운 소저를 둘이나 앉혀놓고 그래도 되는 것인가?"

　"아리따운 소저?"

　막문위 등과 합석한 후 얼른 입술을 꽉 닫은 마경화와 소여영을 바라본 담우소가 입가에 담겼던 웃음을 싹 지웠다. 그리고 심각한 표정으로 유안을 쏘아봤다.

　"내 누이와 제자가 아직 혼처를 정하진 않았지만 재취나 첩실로 들여보낼 생각은 추호도 없습니다."

"엥? 재취나 첩실? 그, 그게 무슨 황당한 소린가!"

유안의 안색이 붉게 물들었다. 평소 농을 좋아하고 활달한 성격을 지녔다곤 해도 유안은 무림의 존장 신분이었다. 담우소와 같은 새카만 후배는커녕 비슷한 연배나 신분의 사람에게서도 이런 농담을 들어본 일이 없었다.

그러나 담우소는 거기서 그치지 않았다. 더욱 얼굴을 엄중하게 굳힌 그는 소여영과 마경화의 앞을 가로막고서 재차 확인하듯 말했다.

"그렇다면 유 대협께서는 결코 제 누이와 제자에게 관심이 없으시단 겁니까? 무림을 떨어 울린 삼검진천의 이름을 걸고?"

"내 별호는 물론이거니와 이 유 모의 이름을 걸고서라도 그런 일은 없네! 내 나이가 벌써 쉰이 넘었는데 어찌 딸뻘밖엔 안 되는 소저들한테 딴마음을 품겠는가!"

"흥, 그렇다면 어째서 처음부터 내 누이와 제자에게 관심을 보인 것이지요? 딸뻘밖에 안 되는 소녀들인데?"

"어허! 이 사람! 사실은 내게 뒤늦게 맞아들인 제자가 있는데 저기 나이 어린 소저와 나이가 비슷해 보이길래 관심이 간 것뿐이야."

"뭐, 믿어야겠지요, 유 대협이 그렇게 말씀하시니."

"이, 이……."

유안은 평생 처음으로 평정을 잃었다. 만약 옆에 막문위가 없고, 많은 눈들이 있지 않았다면 당장 담우소를 비 오는 날 먼지나도록 두들겨 패고 싶다는 표정이었다.

하지만 담우소는 곧 시치미를 떼고 웃으며 술을 마시기 시작했고, 그 모습을 냉정히 지켜보다 마경화와 소여영까지 훑어본 막문위의 눈이 반달 모양이 됐다. 웃기 시작한 것이다. 아주 흥미로운 사실을 발견한 듯.

그때였다. 문득 생각났다는 듯 담우소가 유안에게 말했다.

"그런데 뒤늦게 얻은 제자라니, 대단한 인재를 얻으신 모양이군요?"

"자네가 그걸 어찌 아는 것인가?"

"그야 다 아는 수가 있지요."

만약 담우소가 꺼낸 화제가 다른 것이었다면 유안은 절대 말대답하지 않았을 것이다. 처음엔 담우소가 같은 강남 출신이란 점 때문에 좋게 봤으나 몇 차례 독설을 듣고 보니 상대하기 싫어진 것이다. 그러나 요 근래 본 막내제자는 유안의 보배이자 검문의 보물이었다. 무지막지하기로 이름 높은 검문의 수련을 묵묵히 소화하는 건 물론이거니와 머리가 좋은 기재였기 때문이다.

당장 표정이 밝아진 유안이 너털웃음을 터뜨리며 말했다.

"허허허, 하긴 발 없는 말이 천 리를 가고 무림인들의 귀는 천 개나 된다고 했으니, 검문에서 한 마리 검룡(劍龍)이 자라나고 있음을 자네가 안다고 해서 그리 놀랄 일은 아니겠군."

"검룡?"

"검룡이지! 검룡이고말고! 내 제자 기천화는 검문에 입문한 지 고작 이 년밖엔 안 됐지만 벌써 상당한 경지에 올랐다네. 이번에 영웅대회가 열릴 줄 알았다면 그 녀석을 데려오는 것인데……."

"그렇군요. 그만한 제자를 뒀다면 세상에 자랑해야 하는 것인데 정말 아깝게 됐습니다."

"가슴이 아플 지경일세."

입맛까지 다시며 아쉬워하는 유안을 바라보며 담우소는 슬며시 입가에 미소를 담았다. 지금까지 보였던 가식적인 미소와 달리 진심으로 즐거워하는 미소였다. 기천화는 과거 담우소가 소주성으로 향하던 중 만두 다섯 개로 인연을 맺은 소년이었던 것이다.

'적발귀신 늙은이의 말을 듣고도 긴가민가했는데 천화, 녀석이 강남 제일검문에 들어갔다니, 나보다 훨씬 운이 좋은 녀석이로구나. 마교 따위에 들어와 매인 몸이 된 나보다는.'

내심 고개를 끄떡인 담우소가 벌떡 신형을 일으켰다. 만약 상대가 유안 혼자뿐이었다면 이 밤이 새도록 술을 함께했겠지만 막문위가 부담스러웠다. 요즘 담우소는 쉽게 상대할 수 있는 자와 아닌 자를 구분할 수 있게 되었고, 막문위는 후자에 속했다. 그것도 가장 위험한 쪽으로. 함께 있을수록 득보다는 실이 많은 상대랄까.

"그럼 저는 내일도 비무가 있는지라 이만 숙소로 가볼까 합니다. 우연히 유 대협과 막 대인을 만나 즐거웠습니다."

처음과 달리 포권까지 정중하게 해 보이는 담우소의 행동에 유안은 허둥지둥 고개를 끄떡였고, 막문위는 여전히 눈웃음을 지어 보였다. 아마 이곳의 어떤 사람도 그녀의 내심을 읽지는 못하리라.

"……."

마지막으로 막문위를 한 차례 바라본 후 담우소는 마경화 등을 데리고 노천 주점을 벗어났다. 그동안의 선전 때문인지 몇몇 취객들이 담우소에게 달려들다 마경화에게 제지를 당하고, 다음 순간 땅바닥을 뒹굴었다. 마경화에게 얼어맞은 것이다.

그러나 다른 때 같았으면 이래서 인기인은 괴롭다며 소여영과 마경화를 웃겼을 담우소는 묵묵부답 말이 없었다. 그의 입가에는 여전히 기분 좋은 미소만이 매달려 있었다. 담우소가 이처럼 즐거워하는 표정을 요 근래 처음으로 본 마경화와 소여영의 표정이 묘해질 정도로.

'마천루와의 싸움이 시작된 게 언제던가. 무해 태사숙조의 크신 은혜로 무학에 눈을 뜬 후 수십 년을 그들과의 싸움으로 지새웠고, 이젠 느긋하게 산천이나 유람 다니다 귀천하려 했건만. 마천루여! 마천루여! 그냥 마교의 품에 숨어 숨죽이고 살 것이지 어찌 다시 세상에 야심을 품는가. 결국 이 늙은이와 생사의 결을 가리고자 하는 것이냐!'

스으으! 스으!

석검 노야의 내심에서 일어난 격정과 관계없이 검신의 인(刃)은 투명하기만 했다. 아니, 물과 같은 완전한 투명함이 아니라 담담한 광채가 주변을 떠도니 반투명하다 함이 더 합당하리라. 잔혹한 아름다움을 내재하고 있는 이 척 다섯 치의 날카로움에 더해.

석검 노야의 검붉고, 두툼한 양손 중 하나에는 검파(劍把)를 굳게 쥐고 있었고, 다른 손에는 지금 얇게 접혀진 한지가 들려 있었다. 지금 반투명한 검신에 더욱 빛을 더하고 있는 움직임은 한지를 든 손끝의 조화였다.

한눈에 보기에도 범상한 검이 아니니 자칫 잘못 움직이면 손을 베일 법도 한데 한지는 말없이 움직이고 있었다. 마치 스스로 생명을 머금은 나비와도 같은 모습이랄까.

하지만 만약 이것이 진짜 나비라면 언뜻언뜻 드러나는 검인의 투명함에 질려 땅바닥에 떨어지고 말리라. 그리고 파멸인 줄 알면서도 불속을 향해 날아드는 불나방을 더 이상 비웃지 못하리라.

그만큼 반투명한 검신이 주는 유혹은 놀라웠다. 아름다움을 넘어 무언가 보는 이의 정신을 옭아매는 마력을 발산하고 있었다. 위험을 알면서도 뛰어들 수밖에 없을 듯한, 그래서 절대로 다시는 보지 않기를 바랄 만큼 절실한 그 어떤…….

'허어! 그리고 보니 내가 검에서 손을 놓은 지도 꽤 되었질 않은가. 이제 과거와 같은 힘은 없을 테니 그저 마교 명존의 목을 자를 정도만 실력이 남아 있으면 좋으련만. 마천루의 잔당들이 키운 아이들이야 사천에 모인 정파의 기재들이 상대할 테고, 늙은 자들은 황궁에서 나온 천외천의 고수들이 해치울 테니.'

잠시 손길을 멈춘 석검 노야의 입가로 가느다란 미소가 떠올랐다.

'이번에는 이미 신선이 된 청우 사제의 손을 빌릴 필요도 없을 것인 즉.'

파앗!

검광 따윈 없었다. 그저 손끝에서 미끌어져 힘을 잃고 떨어지던 한 지가 순식간에 한 줌의 먼지로 화했을 뿐이었다. 극도로 시력이 좋은 사람이라면 이 순간 검신의 위치가 반 치가량 이동한 걸 알 수 있으리 라.

극도에 이른 쾌검!

무림의 어떤 무공 고수라 할지라도 일검을 피해낸다는 걸 장담할 수 없을 정도의 쾌검이었다. 쾌가 극에 이르면 지(止)가 된다는 단순하면 서도 불가능한 이론이 현실화된 모습이라 할 수 있었다.

'벌써 옛날에 무당을 떠난 청우 사제의 검을 배제하더라도 무당의 검은 본래 쾌와 거리가 멀다. 양의문검은 변에, 태극검(太極劍)은 지에 그 극의를 두고 있다. 본래 파괴적인 무공을 좋아하던 나에겐 맞지 않 았다. 하지만 극의란 결국 끝에서 만난다고, 수십 년을 하루같이 무당 검을 연마한 끝에 나는 결국 내 성향에 맞으면서도 무당검의 검리에도 부합하는 태극혜검(太極慧劍)을 완성할 수 있었다. 극쾌하면서도 극지하고, 극변(劇變)하면서도 극유(極柔)한. 그래서 결국은 천지합일의 이기어검(以氣馭劍)까지 이를 수 있는.'

파앗!

공간을 가르는 소리는 똑같았다. 하지만 눈에 보이는 결과는 방금 전과 완연히 달랐다. 아니, 아예 달랐다. 도저히 인간의 시력으로 따를 수 없던 앞서와 달리 검신은 파리라도 내려앉을 정도로 느릿하게 움직였다. 경쾌하게 대기를 가른 검음(劍音)이 무색한 모습이랄까.

'…지금도 그게 가능할까?'

하지만 다음 순간이었다. 변화라고 할 것도 없는 몇 가지 움직임으로 공간을 주유하던 검이 일순 창공으로 날아올랐다.

쇄액!

전설에나 등장할 법한 칠 색의 무지개였다. 영롱하다 못해 아름다운 검기로 하늘을 꿰뚫며 끝없이, 정말 끝없이 검은 하늘을 향해 날아올랐다. 어느새 가부좌를 풀고 벌떡 신형을 일으킨 석검 노야의 쳐들려진 손끝을 떠나 무한히, 무한히 자유롭게 백일몽(白日夢)과 같은 환상경을 만들어내며.

"가능하군."

순간 석검 노야의 입가에 머물러 있던 미소가 노안 전체로 서서히 번져갔다. 흔쾌하고 시원한 웃음, 당대의 천하제일검을 되찾은 자의 미소였다.

제77장 마지막 밤

팔 일째의 비무를 끝마치고 거처로 돌아온 담우소를 맞은 건 며칠간 코빼기도 보이지 않던 주서안이었다. 평소답잖게 주서안의 얼굴엔 거들먹거리는 빛이 완연했다. 물끄러미 주서안의 얼굴을 쳐다본 담우소가 피식 입가에 웃음을 담았다.

"강개와 전충은 요 며칠간 코가 쑥 빠졌고, 고강남은 이마에 주름이 두 개나 잡혔다. 그런데 쥐새끼 같은 면상을 한 네 녀석은 그렇게 헤실거리고 있으니 심히 불공평한 일이로구나."

"쥐새끼?"

발끈하는 주서안에게 담우소가 손을 휘휘 저어 보였다.

"뭐, 됐고. 말해 봐라."

"쥐새끼가 어찌 사람의 말을 알아듣겠는가?"

주서안은 얼른 고개를 옆으로 돌리곤 딴청을 부렸다. 만약 소여영

같은 소녀가 그랬다면 꽤나 귀여웠을 것이나 주서안 따위가 해 보일
모습은 아니라고 담우소는 단정 내렸다.

"맞는다!"

"윽!"

말과 동시에 휘둘러진 주먹에 얻어맞은 주서안이 얼굴을 감싸 안고
방바닥을 뒹굴었다.

"아이구! 사람 죽는다! 아이구! 사람……."

"밟힌다!"

"제기랄! 말하겠소! 말하겠어!"

벌써 담우소는 의자에서 일어서 주서안의 안면으로 발을 들어 올리
고 있었다. 이번에도 말과 동시였다.

재빨리 두 손으로 얼굴을 가린 채 죽는소리를 낸 주서안이 투덜거리
며 몸을 일으켰다. 그리곤 방금 전까지와 전혀 달라진 표정으로 말했
다.

"도대체가 무식해서!"

표정만 달라졌을 뿐 똑같은 말투였다. 그러나 처음과 똑같은 미소만
을 매단 채 담우소는 탓하지 않고 말했다.

"난 본래 무식했다. 특히 공적인 일에는."

"……."

"그러니까 앞으로 내 앞에서 농담을 할 때와 안 할 때는 구분하라구.
가뜩이나 그리 잘생기지도 못한 얼굴인데 자꾸 얻어맞아 부어오르면
나중에 장가가기 힘들 거 아냐."

"걱정 감사하오. 내 앞으로 명심하리다."

담우소에게 꾸벅하고 한 차례 고개까지 끄떡여 보인 주서안이 바로

본론을 말하기 시작했다.

"하오문과 연을 맺고 있는 당가보 내의 하인은 세 명이오. 그중 둘은 전적으로 외원에서만 일하는 자들이라 소용없고, 나머지 한 명이 내원을 드나들 수 있는 자격을 가지고 있었소."

"정원사인가?"

"그, 그걸 어떻게!"

놀란 얼굴이 됐던 주서안이 얼른 입술을 꽉 다물었다. 철통같은 당가보의 내원에 침입한 문도의 가치는 천금과도 같았다. 담우소에게 쉬이 꼬리를 내보일 순 없는 노릇이었다.

하지만 담우소는 이미 대충 눈치 챘다는 얼굴이었다. 필시 넘겨짚은 말이었을 텐데 주서안이 너무 쉽사리 파탄을 보이고 만 것이다.

'이자에 비하면 나는 아직 멀었구나!'

한탄 섞인 표정이 된 주서안에게 담우소가 말했다.

"내가 며칠간 살펴보니 외원에서 일하는 자들은 종종 밖으로 나갈 수 있지만 내원에서 밖으로 나오는 자들은 당가의 혈족밖엔 없었어. 아마 내원에서 소요되는 여러 가지 물품은 당가의 혈족들이 나르고 있겠지. 하지만 정원을 관리하는 일처럼 더럽고 전문적인 일까지 혈족들이 할 순 없으리라 생각했기에 만약 밖과 교류가 있는 자라면 정원사라 생각한 거야. 내 예상이 틀렸나?"

"…그 말이 정답이오."

"흠, 그럼 내가 언제쯤 그자를 만날 수 있을까?"

"그자를 만나겠다는 것이오?"

주서안의 안색이 잔뜩 일그러졌다. 곤란하다는 표정이었다. 그러나 담우소는 단호하게 고개를 끄떡였다.

“내원으로의 침투는 중요해. 그동안 확보한 정황으로 보아 이번에 정파의 인사들이 사천에 몰려든 사정은 대충 짐작이 가는 바지만 확실한 물증이나 확신이 필요하니까.”

“꽤나 신중하시구려.”

“뭐, 내 목이 걸려 있는 일이니까.”

담우소는 익살맞은 표정을 해 보이며 자신의 목을 손바닥으로 스윽 문질러 보였다. 그러자 주서안이 더욱 곤혹스러운 표정을 지어 보이며 입술을 일그러뜨렸다.

“이번 일에 담 형도 목숨을 걸었다니 하는 말이오만, 정원사도 이번 일에 목숨을 걸었소이다. 만약 내원에 침투하더라도 절대 그와는 연관되지 않는 방법을 찾길 바라오.”

“내 약속하지.”

담우소가 고개를 끄떡이자 한참을 침묵하고 있던 주서안이 신중한 표정으로 말했다.

“내원을 맡고 있는 정원사는 다섯 명이오. 그중 세 명은 전적으로 내원에서 기거하고 나머지 두 명이 돌아가며 비료나 기타 귀한 기화요초(琪花瑤草)를 구하기 위해 밖으로 나오는데, 바로 내일이 본 문과 줄을 댄 자가 나오는 날이오. 비료를 구하러 나온다더군.”

“비료?”

담우소의 표정이 가볍게 일그러졌다. 그러자 계속 인상을 찌푸리고 있던 주서안이 키득거리며 웃었다.

“목숨을 건 일인데 냄새쯤은 참아야 하지 않겠소?”

“냄새쯤으로 끝날 문제는 아닌 것 같은데?”

주서안에게 한마디 쏘아붙이면서도 담우소의 얼굴은 생생하게 살아나고 있었다. 드디어 당가보 내원으로 들어갈 수 있는 방도를 구했기 때문이다.

다음날 새벽.

평소와 똑같이 일어나 세안을 하고 있던 담우소는 문득 입가에 미소를 담았다. 자신을 향해 다가드는 익숙한 발자국 소리를 간파한 것이다.

'드디어 왔는가!'

그러나 담우소는 세안을 계속했다. 마치 어떤 소리도 듣지 못한 듯. 그리고 고개를 들어 올리자 얼른 다가선 마경화의 손에서 수건을 빼앗아 얼굴을 몇 차례 문질렀다. 평소와 똑같은 모습이었다. 그러자니 그의 귀에 역시 익숙한 목소리가 파고들었다.

"전영화! 무사히 복귀했습니다."

"아아!"

얼굴에서 수건을 떼고 고개를 몇 차례 끄떡여 보인 담우소가 무심히 물었다.

"갔던 일은 잘 됐고?"

전영화의 입가로 미소가 번져 나왔다.

"독지진천남은 의리를 아는 자였습니다."

"제자들을 보면 그 사부를 알 수 있다고 했지. 과거 인연을 맺었던 그의 제자들은 하나같이 용맹하면서도 명예를 아는 자들이었어."

"혈사방이 자랑하는 이룡일봉이 삼십 명의 일류고수들을 이끌고 십 리 밖 운룡산(雲龍山) 부근에 도착해 있습니다. 담 대가가 명령만 하면 반나절 만에 달려올 겁니다."

"좋았어!"

다시 한 차례 고개를 끄떡인 담우소가 마경화에게 수건을 맡기며 묻듯이 말했다.

"오늘은 비무를 두 번 해야 하지?"

"예, 팔강전은 오전 중에 있고, 오후에는 사강전이 있습니다."

"팔강전은 그렇다 치고 사강전은 좀 빨리 끝내야겠군. 오늘 오후에는 할 일이 꽤 많단 말야."

담우소는 이를 드러내며 웃었다. 마치 주변의 친인들에게 '오늘은 날씨가 좋으니 어딘가 놀러라도 가야겠다' 고 말하는 것 같은 표정을 지어 보이며.

"결정은 내리셨나요?"

거처에서 나서던 석검 노야는 입가에 벙긋한 미소를 매달았다. 막문위의 어깨에서 반짝이고 있는 물기를 본 것이다. 꽤 오래전부터 석검 노야가 나오기를 기다리고 있었으리라.

"마치 노부가 내릴 결정을 알고 있는 듯한 목소리로구먼?"

막문위가 담담히 웃었다.

"장사꾼은 이(利)에 밝아야 하지요. 이미 노야를 찾아왔을 때부터 어느 정도 계산이 서 있지 않았다고는 하지 않겠습니다."

"허허, 그런가?"

유쾌한 표정으로 반문한 석검 노야가 말했다.

"자네가 리를 말하니, 이 늙은이도 한번 리에 대해 물어봐야 할 것 같구먼."

"리라 하심은?"

"자네가 파악했듯 이 늙은이는 반평생을 마천루의 잔당들을 척살하는 일에 몸바쳤네. 그 외중에 사문인 무당파와 사이가 벌어졌지만 결코 그 일을 멈추지 않았네."

"분명 석검이란 대명은 마천루의 마두들에겐 저승사자와 동일한 이름이었지요."

"그래, 분명 그랬지. 십여 년 전 청우 사제가 내가 이끌던 사파연합의 앞을 가로막아 서기 전까진."

"……."

"그러니 노부는 언제든 마천루 잔당들의 척살에 한 팔의 힘을 내미는 데 주저하지 않을 사람일세. 본래 그런 사람이니까."

"감사합니다."

막문위는 얼른 고개를 숙여 보였다. 석검 노야가 다른 말을 하기 전에 확인하려는 의도였다. 그러자 석검 노야의 부드럽던 눈빛이 매섭게 변했다.

"그런데 한 가지 궁금한 게 있단 말야?"

"무엇이든 말씀하시면 성심성의껏 대답하겠습니다."

다시 막문위가 고개를 숙여 보이자 석검 노야의 백미가 슬쩍 치켜올라갔다.

"흠, 그럼 내 묻겠네. 이번 마교 토벌에 황실의 천외천이 움직인 건 필시 태조 황제 때부터 사이가 좋지 못했던 마교를 뿌리 뽑으려는 의도일 테지만 자네에겐 도대체 무슨 이익이 있는 것인가?"

"그야 상인으로서 황실에 잘 보이는 것만 한……."

"아니야, 노부가 듣고 싶은 건 그게 아니야."

이번에는 막문위가 아미를 가볍게 치켜 올렸다. 그리고 미간을 찌푸려 보였다. 도대체 석검 노야의 진의를 모르겠다는 표정이었다. 그러자 석검 노야가 흔들림없는 표정으로 고개를 흔들어 보였다.

"그러고 보면 노부가 질문을 잘못한 것 같군. 자네의 말귀가 이렇게 어두운 줄 알았다면 단도직입적으로 금산상회에 어떤 이익이 있느냐고 물었어야 옳았는데. 자네가 요 이 년 사이에 나머지 삼대거상을 숙청하고 금산상회 전체를 거머쥘 수 있었던 건 마교의 좌우광명사자 중 우사인 충천마검(衝天魔劍) 여만경(呂滿暻)이 뒤에서 도왔기 때문이 아닌가 말야?"

"……"

범인처럼 화들짝 놀라 신음을 터뜨리진 않았다. 가냘픈 주먹을 한 차례 꽉 쥐어 보였을 뿐이었다. 하지만 막문위의 얼굴엔 가벼운 놀람의 기색이 떠올라 있었고, 그 모습을 여상스레 바라보며 석검 노야가 설명하듯 말했다.

"노부가 사파연합에서 손을 떼고 무당 산중에 파묻힌 지는 꽤 오래되었네. 본시 청우 사제가 스스로 무당파에서 떠나지 않았다면 여직 산중에서 땅이나 파고 있을 테지. 하지만 한때나마 천하를 주름잡던 사파연합의 수장을 맡고 있었으니, 노부의 귀가 어찌 여느 산중 노인과 같겠는가?"

"…개방이 개입한 건가요?"

질문을 던진 막문위나 석검 노야나 똑같은 표정을 하고 있었다. 두 사람 모두 대답을 알고 있는 것이다.

잠시의 침묵 끝에 나직한 한숨을 토해낸 막문위가 어느 때보다 강렬해진 눈빛으로 석검 노야를 바라봤다.

"지금부터 할 이야기는 기밀에 속합니다."

"노부가 이날까지 입이 가볍단 소리는 들어보지 않았네."

"사파연합에서 정보를 요구한다면요?"

"사파연합의 영광은 이미 옛일이 되었네. 자네 역시 그러한 사실을 알기에 사파연합이 아니라 그동안 중원무림에서 소외받았던 사천무림과 연합을 맺은 게 아닌가?"

"으음, 노야께서는 모르시는 게 없군요."

옅은 한숨을 한 차례 토해낸 막문위가 말했다.

"세상은 금산상회를 일러 강남제일세라 부릅니다. 강북과 달리 무림 세력이 얼마 없는 강남에서 무력과 금력 양쪽에서 으뜸이기 때문입니다. 그리고 그런 곳의 우두머리가 되기 위해 저는 노야님의 말씀대로 마교에서 독립한 여만경의 도움을 받았습니다. 이쪽에선 돈을, 그쪽에선 무력을 빌려준 것이지요. 하지만 고래로 그런 관계가 얼마나 오래 갔습니까? 얼마 전부터 여만경은 금산상회 전체를 통째로 집어삼킬 야욕을 드러내기 시작했습니다. 후훗. 여인의 몸인 절 금산상회의 우두 머리로 후원할 때부터 그 같은 심중을 숨기고 있었겠지요. 물론 저 역시 그러한 사실을 알았기에 마교 소주인 엄정하와의 정혼을 억지로 추진했던 것이고요."

"하지만 자네는 요즘……."

"예, 강남 제일의 잠력을 숨기고 있는 남궁세가(南宮世家)에서 제게 매파(媒婆)를 보내왔지요. 앞으로 남궁세가를 이을 독자를 미끼로요." ·

"그래서 자넨 이제 마교 소주와의 정혼 사실이 부담스러워졌고, 눈 엣가시 같은 여만경과 함께 무림에서 없애기로 마음먹었다는 것인가?"

"금산상회와 남궁세가가 힘을 합한다면 능히 천지이단 중 강남에 남 은 지령단을 해치울 수 있습니다. 그리고 같은 오대세가지만 사파연합에 홀로 끼어든 절세모용가(絶世慕容家)의 독주를 우려하던 당가를 중심으로 한 사천무림맹이 발족된다면 강북의 천령단 역시 그리되겠지요. 강남과 달리 강북의 천령단은 본래 세력이 꽤나 약했으니까요.”

“하지만 그렇게 되면 너무 금산상회와 남궁세가에게만 좋은 일이 되지 않겠는가?”

막문위의 입가로 미소가 번져 나왔다.

“그러니 황실의 힘을 빌어 마교 본산을 치려는 게 아닙니까. 마교 본산을 쳐 무너뜨리는 건 황실뿐 아니라 정파의 숙원이기도 하잖아요. 언제 어떻게 정마대전을 일으킬지 모를 천하 제일의 무력 단체를 박멸하는 것이니.”

‘허어! 이렇게 젊은 나이로 어찌 강남제일세의 주인이 되었나 했더니 이리 대단한 독심을 가지고 있을 줄이야! 만약 이 여아가 마도에 물들었다면 마교나 마천루의 마두들보다 더한 무림의 화근이 되었을 것이다.’

석검 노야는 내심 혀를 내둘렀다. 얼굴에 생글거리는 미소마저 띤 채 조목조목 설명하는 막문위의 모습에 내심 기가 질린 것이다. 하지만 석검 노야는 다음 순간 전혀 자신의 내심을 드러내지 않고 다시 질문을 던졌다.

“그렇다면 자네의 뜻은 이번 정마대전 시 금산상회와 천외천이 앞장을 서겠다는 건가?”

“그럴 순 없지요. 아니, 그리된다면 천하군웅들에게 미안해서 안 된다는 게 더 옳겠군요.”

“그건 어째서지?”

“아무리 무림과 연관이 있다곤 하지만 금산상회는 상인들의 집단이에요. 그리고 천외천 역시 황실의 세력이지요. 만약 이번에 우리가 선봉을 선다면 지난 수백 년간 이어져 온 관과 무림, 상계와 무림 간의 상호 불가침의 묵계가 깨지게 될 거예요. 그러니 어찌 천하군웅들에게 미안한 노릇이 아닐 수 있겠어요?"

오히려 되묻는 표정이 된 막문위를 바라보며 석검 노야는 헛웃음이 나오는 걸 느꼈다. 말로는 절대 상인인 막문위를 이길 수 없으리란 점을 깨달은 것이다. 그리고 깨달음에 대한 반응은 신속했다.

"맞네, 자네의 말이 모두 옳으이. 자네와 천외천은 후방 지원에나 신경 쓰도록 하게나. 전적으로 천지이단을 전담하여 그들과 마교가 연합하는 걸 막아달라는 게야. 노부는 사천무림인들을 이끌고 마교를 칠 테니."

항복 선언이나 다름없는 말이었다. 내심 희열이 북받쳐 올랐으나 막문위는 쉽사리 기쁨을 드러내지 않았다. 그저 얼굴에 미미한 홍조를 드리운 채 입가에 미소를 띠었다.

"그렇다면 이제부터 노야께서는 저와 가실 곳이 있겠군요."

"자네와?"

"예, 이번 대마교파멸지계(大魔敎破滅之計)의 영수로서 최전방을 책임질 무림 후학들의 분투를 지켜봐야 하지 않겠어요."

미처 석검 노야가 대답하기도 전에 막문위는 손을 내밀어 그의 두툼한 손을 잡아끌었다. 연배의 차이를 내세워 손녀가 조부에게나 하는 떼를 부리기 시작한 것이다.

'허어, 이 어린것이……'

하지만 내심 연신 혀를 차면서도 석검 노야는 못 이기는 척 막문위에게 자신의 두툼한 손을 내맡겼다. 아무리 나이가 들었다 하나 예쁜 여인의 손길을 거칠게 잡아 뺄 순 없었기 때문이다. 젊은 시절 한 번도 이와 같은 경험이 없었다는 점은 굳이 들추어내지 않더라도.

　한편 그 시각, 비무대 주변은 숨소리 하나 들리지 않을 정도로 조용했다. 관중들이 다른 날보다 모자라서가 아니었다. 오히려 오늘부터 시작되는 팔강전부터는 고수급들만 등장하는지라 관중이 여느 때의 두 배는 될 듯 모인 상황이었다. 무림에 몸담고 있는 사람들이라도 일류고수들 간의 대결은 평생 한두 번을 만나기 힘든 구경거리임에 분명했다.
　그렇다면 무엇이 이 많은 관중들을 침묵시킨 것일까?
　답은 간단했다. 지난 팔 일간과 다름없이 팔강전을 치르기 위해 비무대에 오른 두 사람 중 한 명이 자신의 소속을 밝힌 것이다. 혈사방의 이룡일봉 중 대제자인 혈주 단옥린이라고.
　"으음, 자네는 지금까지 자신을 호북성 출신의 낭인이라고만 밝혔지 않은가?"
　영웅대회 동안 줄곧 비무의 심판을 봤던 사천 고불사(古佛寺)의 행우상인(行愚上人)은 눈살을 잔뜩 찌푸렸다. 그는 아미파의 속가제자로서 제법 무명(武名)을 떨친 사람인지라 영웅대회의 심판을 맡고 있었다. 그동안 별다른 무리 없이 비무를 이끌어왔는데 이러한 일이 발생하자 난감하지 않을 수 없었다. 말로는 나이만 맞으면 어떤 문파든지 참가할 수 있다고 했으나 이번 영웅대회는 정파만의 잔치라 함이 옳았다. 중간에 혈사방 같은 사도방파의 제자가 끼어든다는 건 용납하기 힘들었다.
　그런 행우 상인의 내심을 짐작한 것이리라. 오만한 눈빛을 한 채 비

무대 주변을 한 차례 쓸어보곤 입가에 한 가닥 조소를 담은 단옥린이
말했다.

"혈사방의 영향권은 호북성과 사천성에 걸쳐 있소이다. 그리고 본인
은 그동안 사부님의 명에 의해 천하를 떠돌며 수행을 쌓게 되었으니
낭인이라 함도 틀린 말은 아닐 것이오."

"그런 억지가 어딨는가! 뿌리가 있으니 가지와 잎사귀가 있는 법이
거늘!"

"하하하하!"

단옥린은 일순 하늘을 바라보며 대소를 터뜨렸다. 내력을 끌어올리
지 않아 그리 우렁차진 않았으나 사람의 심경을 긁는 효과는 충분했다.

노기 섞인 표정이 된 행우 상인이 목소리를 높였다.

"이곳이 어디라고 그리 방자한 웃음을 짓는 것인가! 혈사방주인 독
지진천남이라 해도 천하영웅들이 모인 이곳에서 그런 행동은 하지 않
을 것인데!"

그제야 대소를 멈춘 단옥린이 냉소를 터뜨렸다.

"흥, 당신이 사부님의 이름을 들먹일 자격이 있단 말이오? 아미파의
장문인이라면 혹시 또 몰라도."

"무, 무어라!"

행우 상인은 어깨를 부르르 떨었다. 그의 연배나 무공으로 볼 때 까
마득한 후배에게 이런 대접 당한다는 건 있을 수 없는 일이었다. 그러
자 단옥린이 슬쩍 웃음을 거두곤 말했다.

"그래서 화상의 뜻은 본인이 혈사방의 일원인지라 비무에 참가할 수
없단 것이오? 필시 이번 사천 영웅대회에선 나이 제한을 제외하곤 다
른 제한이 없었던 걸로 기억하는데?"

"그야 그렇지만, 자네가 지금까지 출신 문파를 속인 일은 절대 묵과할 수 없는 일일세!"

행우 상인은 고집스런 표정을 해 보이며 귀빈석 쪽을 바라봤다. 오늘부터 시작된 팔강전을 구경하기 위해 온 몇몇 강호명숙들에게 무언의 동의를 구하려는 의도였다.

그때였다. 비무대의 한 켠에 서서 무료해 죽을 것 같단 표정을 숨기지 않고 있던 또 다른 출전자 담우소가 슬쩍 두 사람 사이에 끼어들었다.

"두 분이 토론하시는 데 끼어들어 죄송합니다만, 이 담 모는 오늘까지 사강전을 끝마치고 내일 결승전을 치러야 합니다. 한시라도 빨리 비무를 끝마치고 내려가 휴식을 취하고 싶으니 사소한 규칙 따윈 더 이상 거론하지 않는 게 어떻겠습니까?"

"사소한 규칙?"

"이런 건방진!"

한동안 상대방 외에 어떤 사람도 안중에 두지 않고 있던 행우 상인과 단옥린이 동시에 고개를 돌렸다. 언제 첨예한 언쟁을 벌였냐는 듯 담우소를 바라보는 그들의 표정은 대동소이했다. 심중의 불쾌한 기색을 그대로 드러내고 있는 것이다.

"자네는……."

담우소가 얼른 말했다.

"당가의 무석 분가에 소속된 담우소입니다."

"오오! 자네가 바로 이번 영웅대회에서 당가의 일점혈 당 소협을 물리쳤다는?"

"운이 좋았지요. 그때는 상인께서 심판을 보시지 않았지요."

담우소가 겸양을 떨듯 말하자상인 행우 상인이 진실로 애석하다는 표정으로 고개를 흔들어 보였다.

"아까운 노릇이었어! 아까운!"

아마도 비무대 주변에 모여든 사람들 중 그 당시 두 사람의 대결을 지켜보지 못한 자들은 모두 그렇게 생각했을 것이다. 무학을 연마한 사람으로서 일류고수끼리의 대결을 지켜보는 것만 한 즐거움은 드물었기 때문이다.

'흐음, 그렇다면 상관없겠군.'

잠시 당가의 일점일혈이 과거 혈사방의 이룡일봉과 백중지세를 이뤘던 일을 떠올린 행우 상인은 내심 고개를 끄떡였다. 순간적으로 일점일혈 중 당승을 이긴 담우소라면 단옥린을 이길 수 있으리라 판단 내린 것이다. 비록 지나치게 자신감에 찬 담우소 개인은 그다지 마음에 들지 않았지만.

"그럼 담 소협은 이번 비무에 별다른 불만이 없단 뜻인가?"

확인하듯 묻는 행우 상인에게 담우소가 씨익 웃어보였다.

"당가에 속한 사람이 설마 하니 혈사방의 떨거지에 질 까닭이 없겠지요."

"으음!"

한 차례 신음과 함께 행우 상인은 담우소를 바라보고, 다시 단옥린을 바라봤다. 그리고 잠시의 침묵 끝에 두 사람에게서 떨어져 비무대가 외로 걸어간 그가 관중들을 내려다보며 선언하듯 소리쳤다.

"비록 혈사방의 소마두가 거짓으로 사문을 댄 행위가 가증스럽기는 하나 천하영웅들이 모인 영웅대회에서 싸워보지도 못하게 하는 건 도리가 아닐 터! 후일에라도 마도사파의 마두들이 간교한 입으로 이번 영웅대회에 대해 비방하는 걸 경계하기 위해 이번 비무를 예정대로 진행하겠습니다. 이번 비무의 심판을 맡은 빈승의 직권으로!"

순간 귀빈석에 앉아 있던 무림명숙들이 대부분 고개를 끄떡여 보였다. 그들 역시 짧은 시간 동안 행우 상인과 비슷한 생각을 했던 것이다. 그리고 숨 막힐 듯한 침묵만이 감돌고 있던 비무대 주변에서 조그만 웅성거림이 일기 시작했다.

"비무가… 속행되는 건가?"

"그런가 봐?"

"심판이 화상이라서 그런지 굉장히 어렵게 말하는걸?"

"확실히 그렇군. 화상이 되려면 불경을 많이 읽어야 한다더니 그 말이 사실인 것 같아."

"그럼 이번 대결은 정사 대결이 되는 건가?"

"정사 대결?"

"그 왜, 한 명은 당가의 사람이고 다른 한 명은 마도방파 중 제법 큰 혈사방의 대제자잖아!"

"그도 그렇군!"

처음 쓸데없는 말로 시작됐던 웅성거림은 서서히 증폭되다 다음 순간 요란한 함성으로 바뀌었다. 오랜만에 정사 대결이라는 입소문이 퍼지기 시작하면서부터였다. 구경꾼의 입장에서 무의미하게 무공 초식을 지켜보는 것보단 편을 가르고 비무를 지켜보는 게 더욱 재밌고 흥분되는 건 인지상정이었다.

"그럼 두 사람은 지금부터 예의를 갖추고 비무를 시작하기 바라네. 비무의 규칙은 지금까지와 동일하게……."

"강호의 도의를 저버리지 않는 한 어떤 수단과 방법을 사용해도 상관없다는 것이겠지요? 이미 수차례 비무를 통해 이곳까지 올라왔으니, 저나 옆의 혈사방 친구나 잘 알고 있습니다."

"하하, 확실히 그건 그렇지! 이미 알고 있는 사실을 다시 듣는 건 상관없지만 화상의 쓸데없는 설법을 듣는 건 고역이거든."

담우소가 자신의 설명을 빼앗아 재빨리 요약해 버리고 단옥린이 동의하자 행우 상인의 표정이 다시 일그러졌다. 확실히 그는 단옥린의 이죽거림처럼 불제자로서 생명의 소중함에 대해 강론할 생각이었다. 격렬한 비무 중에 종종 발생하는 사고를 조금이라도 줄이려는 의도였다. 그런데 담우소가 나서서 기본적인 규칙을 말해 버리고 단옥린이 그 점을 지적하자 더 이상 길게 말하기가 곤란했다.

"…그럼 비무를 시작하게!"

어쩔 수 없이 행우 상인이 비무 시작을 알리고 뒤로 신형을 날리자 다시 비무대 주변에서 우레와 같은 함성이 터져 나왔다. 비무대 주변에 모인 관중들 역시 행우 상인의 길고 긴 설법 따윈 듣고 싶지 않았으리라. 그리고 다음 순간이었다.

다시 시끌벅적함을 회복한 비무대 주변을 훑어본 단옥린이 슬며시 담우소에게 두 손을 모아 올렸다.

"앞서 말했다시피 혈사방의 혈주 단옥린이오. 정파의 잡졸치고는 제법 입심이 세던데, 과연 무공 역시 그러한지 한번 견식해 봐야겠소이다."

"몇 년 전 당가의 일점일혈에게 혈사방의 이룡일봉이 패퇴한 건 사천무림에선 유명한 일인데, 내가 일점혈 당승을 이겼다는 걸 알면서도 꽤나 자신만만하구려?"

"선비는 본래 삼 일만 지나면 괄목상대(刮目相對)해야 한다고 했소이다. 이미 몇 년 전의 결과에 대해 왈가왈부할 필요는 없소이다!"

"흠, 그건 꽤 일리있는 말인 것 같은데?"

"바로 그렇소이다, 담 소협! 그동안 얼마나 무공이 높아졌는지 이 혈주가 한번 시험해 봐야겠소이다."

천천히 포권을 푼 단옥린이 한 차례 소맷자락을 털어 보였다. 그리 큰 옷이 아님에도 옷자락이 크게 파도쳤다. 그만큼 단옥린의 몸이 깡말랐기 때문이다.

'과거보다 더욱 몸이 마른 것 같군.'

비무대에 올라온 후 처음으로 입가에 머물러 있던 웃음을 지운 담우소가 역시 소맷자락을 한 차례 털며 수장을 들어 올렸다. 그동안 대충 몇 차례 주먹과 발길질로 비무에 임하던 모습과는 확연히 다른 진지한 표정과 더불어.

영웅대회 구 일째. 관심을 모았던 사강전은 예상보다 빨리 끝났다. 오전의 팔강전이 예상보다 치열해 사강전을 포기하는 자가 속출했기 때문이다.

그러한 이유로 오전의 팔강전과 달리 한 차례 포권지례만으로 영웅대회 사강에 뽑힌 담우소가 비무대를 내려오자 소여영이 기다렸다는 듯 달려왔다.

"사부님, 뇌운(雷雲)이래요! 뇌운!"

"뇌운?"

주변의 따가운 시선도 개의치 않고 자신의 품에 안긴 소여영이 종달새처럼 재잘거리자 담우소가 미간을 슬쩍 모아 보였다. 그러자 뒤늦게 다가온 마경화가 못마땅한 눈길을 숨기지 않은 채 말했다.

“이 같은 비무대회에서 담 대가처럼 연전연승을 거듭한 사람에겐 명성과 별호가 따라붙게 마련이지요.”

“흠, 그래서?”

담우소는 품에서 소여영을 떼어냈다. 주변의 따가운 시선을 의식한 행동이었다. 그러자 잔뜩 찌푸리고 있던 얼굴을 편 마경화가 말했다.

“이번 영웅대회의 백강에 든 사람들은 각기 공후백자남의 이름을 받았는데, 그중 돌풍을 일으키며 사강까지 오른 담 대가에게 강호의 호사가들이 뇌운이란 별호를 붙인 것 같습니다. 비무 중에 펼친 담 대가의 권각이 하늘의 벼락같고 보법은 구름처럼 신묘하다고요.”

“뇌운 담우소란 건가?”

“이곳에 모인 무림인들에겐 독과 암기로 이름 높은 사천당가에 속한 사람이 오직 권각만을 사용하는 게 신기했던 것 같습니다.”

“그도 그렇군.”

피식 웃어 보인 담우소가 성큼성큼 앞서 걸어갔다. 이미 유명 인사가 되어버린 그의 곁으로 사람들이 모여들자 수고로움을 덜기 위함이었다. 때문에 소여영은 눈을 동그랗게 떴지만 마경화는 곧 담우소의 의중을 눈치 채고 얼른 그의 뒤를 좇았다. 중간에 담우소에게 접근하려던 몇 사람이 마경화에게 치도곤을 당했음은 물론이었다.

그로부터 반 시진 후.

슬슬 하늘은 어둑어둑해져 가고 있었다. 열기로 들끓었던 영웅대회의 하루가 또다시 저물어가고 있었다. 승자와 패자, 그리고 열광하는 다수의 제삼자들을 남겨놓은 채.

그때였다. 비무대 주변에서 아직 흩어지지 않은 사람들의 틈바구니를 뚫고 머리에 밀짚모자를 푹 눌러쓴 사내 하나가 나타났다. 오늘 아침 당가보의 내원에서 나온 정원사였다.

새벽부터 부지런을 떨고서야 당가보로 돌아온 그의 등에는 시커먼 덩어리가 잔뜩 짊어져 있었다. 당가보로부터 십여 리쯤 떨어진 마을에서 가져온 귀한 화초에 쓰일 퇴비화 된 비료와 검은 흙이었다.

"어이쿠! 이게 무슨 냄새야!"

"냄새 한번 구리군. 정말 구려!"

정원사가 다가오자 사람들은 하나같이 코를 막고 좌우로 물러섰다. 비료의 주재료가 인분과 각종 동물의 용변을 오랫동안 썩힌 것이니 냄새가 보통 고약하지 않았기 때문이다.

하지만 정원사는 황급히 자신을 피하기 시작한 사람들에게 일별조차 하지 않고 당가보로 향할 뿐이었다. 익히 지독한 냄새 때문에 사람들에게 배척받는 일엔 익숙해진 터였다. 이제 와서 특별할 것은 없다고 그는 생각했다.

사람들은 아름다운 꽃이나 기이한 화초를 보며 경탄할 뿐 지독한 악취를 풍기는 비료나 정원사의 공은 전혀 생각하지 않았다. 오랫동안 봉사해 온 당가보 안에서도 정원사에게 살갑게 다가서는 사람은 거의 없었다. 단지 냄새가 난다는 이유만으로.

'멀리 먹구름이 하나둘 보이는 걸 보니 내일까지는 날씨가 맑겠지만 모레부터는 비바람이 몰아치겠어. 빨리 돌아가서 대비를 해놓지 않으면……'

잠시 하늘을 한차례 바라보곤 한마디 말도 없이 당가보 안으로 들어선 정원사의 눈에 이채가 떠올랐다. 막 외원을 가로질러 내원으로 향하려는데 놀랍게도 자신 쪽으로 다가오는 장신의 사나이가 있었다.

"당신은……?"

어느새 지척까지 다가선 사나이가 히죽 웃었다.

"담우소요. 등에 짊어진 건 부엽토(腐葉土)와 퇴비로군."

"당신이? 그런데 어떻게?"

"정원사가 되려면 화초에 어떤 흙이 쓰이고, 어떤 종류의 퇴비나 비료를 줘야 할지를 아는 건 기본이잖소."

담우소는 한쪽 눈을 살짝 감아 보였다. 마치 수년간 사귀었던 친구에게 농을 거는 듯한 모습이었다. 그러나 정원사는 순간 흠칫 놀란 표정이 되었고, 황급히 주변을 둘러봤다. 혹시라도 근처에 사람이라도 있을까 두려워하는 얼굴이었다.

스윽!

어느새 정원사 앞으로 다가선 담우소가 속삭이듯 말했다.

"이미 이 근처는 본인의 수하들에게 장악되었으니 당신이 걱정하는 일은 벌어지지 않을 것이오."

"그, 그렇구려!"

연신 고개를 끄떡여 보이면서도 정원사의 얼굴엔 여전히 불안의 그림자가 감돌고 있었다. 비록 하찮은 정원사에 불과하지만 그는 지금 자신이 하려는 일의 의미를 잘 알고 있었다. 지금 그가 보이는 태도는 결코 무리가 아니라는 뜻이다.

'하지만 이미 주사위는 던져졌다구. 그렇게 부들부들 떨어서야 전혀 도움이 되지 않잖아.'

냉연히 정원사를 바라보며 담우소가 말했다.

"그래서 내원의 약도는?"

"약속은 반드시 지키는 것이겠지요?"

“하오문 내부에서 이뤄진 약속은 다른 여타 대문파의 맹약보다 더욱 큰 힘을 발휘한다고 들었소. 설마 사천 하오문의 우두머리가 한 약속을 믿지 못하겠다는 건 아닐 텐데요?”

“그, 그야 그렇긴 하지만…….”

처음과 같이 다시 입가에 웃음을 담은 담우소가 미미하게 고개를 끄떡여 보였다.

“주서안은 분명 약속을 지키겠다고 했소. 자신의 생명이 남아 있는 한. 그리고 혹시라도 일이 잘못될 경우 당신의 가족들을 성도에서 중경으로 피신까지 시켜주겠다고 했소. 성도나 중경이나 시가지 쪽에 자신의 점포를 가진다면 앞으로 먹고살 걱정은 없을 것 아니오?”

“분명 그렇지요.”

잔뜩 겁에 질렸던 얼굴이 조금 펴진 정원사가 그제야 품속에서 꼬깃꼬깃 접어놨던 종이를 꺼내 들었다. 담우소가 사천에 들어선 이래 꿈속에서도 그리던 당가보 내원의 약도였다.

“확실히 이 정도로 자세한 약도가 있다면 웬만한 바보라도 길을 찾을 수 있겠군.”

슬쩍 약도를 훑어본 담우소의 얼굴에 만족스런 표정이 떠올랐다.

“하지만 이후 당신이 곤란을 겪어선 안 되니…….”

“……?”

말끝을 흐린 것과 동시였다. 담우소의 주먹이 정원사의 복부를 강타했다.

‘헉!’

정원사는 신음조차 내지 못하고 바닥에 주저앉았다. 뇌운이란 별호를 달아준 번개 같은 일권에 순간적으로 중혈을 얻어맞고 혼절해 버린 것이다. 내가의 고수에게 치료받지 못한다면 영원히 가사 상태에 빠질 정도의 내상을 입은 채.

'뭐, 고수가 구름같이 많은 당가본데 설마 치료해 줄 사람 한 명 없을라구.'

재빨리 손을 뻗어 정원사의 옷을 벗기고 밀짚모자마저 강탈한 담우소의 얼굴이 다음 순간 흐물거리며 변했다. 화화기공을 운기한 것이다. 그리고 일 다경도 되기 전이었다.

그저 발바닥에 오행토기를 집중시키는 것만으로 만들어진 구덩이에 알몸이 된 정원사를 파묻던 담우소가 잠시 눈살을 찌푸렸다.

'하지만 그전에 생매장이 되어선 안 되겠지?

뒤통수를 한 차례 긁적인 후 정원사의 얼굴 쪽에 적당히 숨구멍을 틔워준 담우소가 얼른 거름 지게를 짊어졌다.

"그럼 가볼까?"

어느새 당가보에는 밤의 기운이 깃들고 있었다. 그동안 줄곧 담우소가 기다려 왔던 마지막 밤이.

제78장 천외천(天外天)의 고수들

겉으로 보아선 결코 파악할 수 없는 곳. 지난 십여 일간 담우소의 골치를 지끈거리게 했던 당가보의 외원 골목은 기기묘묘하단 말로도 부족할 지경이었다.

골목을 도는 동안 몇 차례나 갈림길이 나타났고, 그때마다 전혀 예상치 못했던 곳으로 돌아 들어가야만 자신의 본모습을 내보이곤 했다. 아무리 계산해 봐도 전혀 규칙성을 찾을 수 없는 순번이었다.

'제길! 예상은 했지만 골목 한번 진짜 복잡하게 만들어놨군. 대문파 주제에. 미리 약도를 얻지 않았다면 골목만 돌다가 밤이 끝날 뻔했어.'

내심 연신 투덜거리고 있는 담우소였지만 그의 발걸음은 여유가 있었다. 무공을 익혀 안정된 보행이라기보다는 익숙한 곳을 향하는 자의 발걸음이었다. 누가 보더라도 복잡한 골목에서 헤매는 듯한 인상은 주지 않을 모습이었다.

　　그렇게 담우소가 십여 차례 이상 골목을 돌아 들어갔을 때였다. 결코 끝나지 않을 듯하던 미로가 어느새 출구를 내보였다. 외원의 골목이 끝나고 드디어 잔뜩 고개를 수그린 채 얼굴을 내보이지 않던 내원이 모습을 드러낸 것이다. 느닷없다는 표현으로밖엔 설명할 수 없을 정도의 변화였다.

　　우뚝!

　　만약 조금이라도 조급증이 있는 사람 같았으면 골목을 도는 동안 속이 터져 죽었을 것이다. 그만큼 외원에서 내원으로 이어진 골목의 미로는 복잡하고 무한한 인내심을 요구했다. 적어도 평범한 사람이라면 그렇게 느낄 게 분명했다.

　　하지만 거름 지게를 짊어진 담우소는 이미 십수 일을 준비 작업만으로 보낸 사람이었다. 아니, 정확히는 곤륜산맥을 떠나 사천성으로 들어섰을 때부터 준비 작업은 시작됐다고 봄이 옳았다. 임무의 중대함을 아는 까닭이었다.

　　'내원 앞 대문을 지키는 자가 둘이라? 홍포를 입고 있는 걸로 보아 홍의백영단의 애송이들인 것 같은데, 설마 하니 당가에서는 그만큼 이곳까지 이르는 미로를 자신하고 있는 것인가?'

　　내원으로 향하는 대문을 발견한 즉시 걸음을 멈춘 담우소의 입가로 가느다란 미소가 번져 나왔다. 거의 눈에 보이지 않을 정도로 귀가 움직인 순간 미미한 인기척을 느낄 수 있었다. 지금까지 가로질렀던 외원에서 내원으로 이어진 골목에서 전혀 인기척을 느낄 수 없었던 것과는 전혀 다른 양상이었다.

　　"휘이! 냄새 한번 지독하군."

　　"새벽에 나갔던 정원사 고명(高明)인가?"

대문 앞을 지키고 서 있던 두 사내의 반응은 여타의 사람들과 다름 없었다. 냄새 나고 더러운 옷차림을 한 사람을 보고 좋게 대할 사람은 별로 없을 것이다.

익히 정원사의 본명이 고명임을 알고 있던 담우소가 잠시 멈췄던 걸음을 떼며 어눌한 표정을 해 보였다.

"제 이름은 고명이 맞습니다. 만화원(萬花院)에 뿌릴 퇴비와 흙을 구하고 돌아온 참이지요."

"꽤 늦었군. 아침 일찍 나갔다고 하던데?"

두 사내 중 한 명이 까탈을 부리려 하자 담우소가 얼른 고개를 굽실거렸다.

"절대로 근동에서 술 한잔을 마시고 오느라 늦은 건 아닙니다."

"흥, 냄새가 이리 지독하니 술 한두 잔쯤 마신다 해도 다른 사람이 알아챌 수는 없겠지."

여전히 까탈을 떨면서도 사내는 더 이상 담우소를 추궁하진 않았다. 그동안의 수련으로 이미 하단전과 중단전을 교통시킨 터라 현재 담우소에게선 전혀 무공을 익힌 기미가 보이지 않았고, 밤이라 미세한 얼굴 표정의 변화 또한 살피기 힘들었기 때문이다.

'게다가 냄새 나는 사내와 긴말을 나누고 싶은 사람은 아무도 없겠지.'

담우소의 내심처럼 사내들은 한시라도 빨리 담우소를 들여보내고 싶은 기색이 역력했다. 암호를 주고받은 후 별다른 몸수색도 당하지 않고 담우소는 내원으로 들어설 수 있었다. 그동안의 사전 조사가 허무해질 정도로 손쉽게 이뤄진 침투였다.

그러나 바로 그때였다. 담우소가 내원으로 들어서기까지 조금의 움직임도 보이지 않고 있던 은신자들이 격한 움직임을 보이기 시작했다. 담우소의 어깨가 움찔 떨렸다.

'이 기운은!'

담우소는 온몸이 얼어붙는 듯했다. 일시 천 개나 만 개가량의 검이 일제히 온몸을 훑는 듯한 기운을 느낀 것이다. 그리고 다음 순간이었다.

담우소 앞에서 온갖 허세와 까탈을 부렸던 두 사내가 쩔쩔매는 목소리를 냈다.

"노, 노야님께서 오시는 겁니까?"

"막 대인께서도……."

굳이 고개를 돌리지 않고도 알 수 있는 상황이었다. 담우소에 이어 내원 앞에 도착한 사람은 석검 노야와 막문위였다. 대문을 지키는 두 사내의 호들갑은 고사하고 은신자들의 기운이 달라진 건 당연한 일이었다.

'하긴, 석검 노야가 이만큼 거창한 검기를 발산했으니 쥐새끼같이 은신하고 있던 녀석들이 놀라는 것도 무리는 아닐 테지.'

어쩌면 자신처럼 석검 노야 역시 은신자들의 존재를 미리 눈치 채고 장난을 걸었으리란 짐작에 담우소는 입가에 웃음을 매달았다. 같은 명문정파이지만 겉과 속이 달라 보이는 당가와 달리 무당파의 속가제일인은 왠지 자신과 죽이 맞을지도 모른다는 생각이 언뜻 뇌리를 스쳤다.

그때였다. 무사답잖게 호들갑을 떠는 두 사내를 대충 떼어내고 내원으로 들어서던 석검 노야가 갑자기 코를 킁킁거렸다.

"흐음, 보통 잘된 퇴비는 냄새가 나지 않는 법이거늘, 어찌 이리 구린 냄새가 나는가?"

딱히 담우소에게 던진 질문은 아니었다. 코만 킁킁거렸을 뿐 석검 노야는 얼른 한쪽으로 물러서 있던 담우소 쪽은 쳐다보지도 않았다. 그러자 석검 노야의 뒤를 좇아 내원에 들어선 막문위가 조용조용한 목소리로 말했다.

"일반적인 농사를 위한 퇴비라면 완벽하게 썩히는 게 당연한 일이지만 화초에 쓸 퇴비나 비료는 종류에 따라 썩히는 정도가 달라요. 당가 내에서 농사를 지을린 만무하니까 퇴비에서 냄새가 나는 건 그리 이상할 게 없지요."

"허허, 그런가? 노부는 무당산에서 농사만 짓던 늙은이인지라 이런 화원을 꾸미는 법일랑은 당최 아는 것이 없었구먼."

"노야께서는 그동안 후진 양성은 하지 않고 농사만 지으셨나 보군요?"

"무당에는 본래 아이들을 가르칠 인재들이 넘쳐 나는지라 노부와 청우 사제 같은 늙은이들은 농사나 지을밖에 달리 할 일이 없었거든."

"그렇군요."

미미하게 고개를 끄떡여 보인 막문위가 문득 담우소에게 시선을 던졌다.

"짊어져 온 흙과 퇴비의 냄새로 미뤄 만화원에서 일을 하고 있나 보군요?"

'역시 단순한 상인은 아니란 건가?'

내심 혀를 찬 담우소가 허리를 굽실거렸다.

"소, 소저께서 말씀하신 그대로입니다. 만화원에는 열대의 화초부터 멀리 북방의 설화까지 다채로운 기화이초들이 있는지라 관리하기가 까다롭지요."

“며칠 전에 구경했어요. 진짜 당 가주는 큰 복락을 누리며 살고 있더군요.”

“가, 가주님께서는 별로 만화원에 들르지 않으십니다만…….”

“그런가요?”

자신과 눈을 마주치려 하지 않는 담우소의 모습이 신선했으리라. 면사 뒤에 숨겨져 있는 입가에 피식 미소를 매단 막문위가 미미하게 고개를 끄떡여 보이곤 석검 노야 옆에 파고들었다.

“오늘은 제게 맡기겠다고 하셨지요?”

“응?”

“제 덕분에 오늘 재밌는 승부도 볼 수 있었으니 이제부터 제 거처로 가서 월야대작이라도 하시는 게 어때요?”

마치 버릇없는 손녀가 조부에게 어리광을 부리는 모양새였다. 그러나 그런 막문위가 그리 싫지 않은 듯 석검 노야는 벙긋이 웃어 보였고, 그 뒤 두 사람은 어둠 속으로 사라져 갔다. 처음 담우소에게 말을 걸었을 때와 마찬가지로 느닷없는 퇴장이었다.

‘천진난만하고 천변만화한 듯한 모습이지만 사실은 모든 행동에 계산이 깔려 있질 않은가? 저런 여인을 적으로 돌리다니, 대주 녀석도 앞으로 꽤나 골치 아프겠구나. 물론 지금은 내 코가 석 자지만.’

여전히 잔뜩 주눅 든 얼굴을 한 채 염두를 굴린 담우소가 다시 걸음을 옮기기 시작했다. 점차 밤은 깊어가는데 아직 할 일은 태산같이 많았다.

그 시각, 당가보 외원의 꽤나 한적한 곳에선 한 마리의 전서구가 날아오르고 있었다. 이미 수차례에 걸쳐 똑같은 일을 반복한 손길에 의해서였다. 지난 십수 일간 오늘과 같은 일은 당가보 외원의 이곳저곳에서 행해졌었다.

그러나 자신의 손을 떠나 하늘로 날아오르는 전서구의 날갯짓을 바라보며 웃음짓던 얼굴은 다음 순간 딱딱하게 굳어버렸다. 막 푸드덕거리며 날개를 쫘악 펼치고 하늘로 비상하려던 전서구가 실 끊어진 연처럼 떨어져 내렸기 때문이다. 어디선가 소리도 없이 날아온 암기에 당한 것이다.

"빌어먹을!"

얼굴에서 웃음이 사라진 것과 거의 동시였다. 재빨리 품속에 파고들었다 빠져나온 양손에는 시퍼런 철조가 번뜩였다. 내공이 부족한 외가의 고수들이 주로 애용하는 병기였다. 만약 이곳이 당가보가 아니라면 제법 빠른 대응이라고 갈채를 받을 만한 동작에 상황 판단이리라.

'하지만 상관옥아! 상관옥아! 이곳 당가보에는 고수들이 구름처럼 많다! 오늘은 길보다는 흉이 백배쯤 더 많겠구나.'

상관옥은 철조의 강철 손잡이에 잔뜩 힘을 주었다. 담우소에게 애병인 후안무치를 강탈당하고 고심해서 연마했던 한 쌍의 호조수가 박살난 후 절치부심 연마해 낸 철조였다. 자신이 없지는 않았지만 장소가 장소이다 보니 상관옥의 표정은 비장했다.

그때였다. 땅으로 떨어져 내리던 전서구를 바람처럼 낚아챈 하얀 그림자가 상관옥 앞에 모습을 드러냈다.

"다, 당신은……."

마침 구름이 걷히자 쏟아진 달빛 아래 모습을 드러낸 그림자는 한 명의 아름다운 여인이었다. 그동안 담우소로부터 명령을 받고 상관옥을 감시하고 있던 전영화가 드디어 모습을 드러낸 것이다.

"금산상회의 쌍뢰신기 상관옥이 맞지요?"

"……."

"어차피 전서구를 붙잡았으니 대답하지 않는다고 해서 당신의 신분이 숨겨지는 건 아니에요."

순간 하얀 그림자의 정체가 아름다운 여인이란 사실에 놀란 표정을 지었던 상관옥이 입가를 실룩거렸다.

"이렇게 위험한 일에 누구나 알아볼 수 있는 글을 써놨을 것 같소?"

"암호로 적었다는 거군요."

"그야……."

상관옥은 미처 말을 끝맺지 못했다. 섬칫한 기분에 옆으로 신형을 날리자 그의 옆을 스쳐 가는 그림자가 있었다. 미처 상관옥이 기척을 느끼기도 전에 벌어진 일이었다.

'읏!'

상관옥은 어깨를 후둘 떨었다. 자신의 옆을 스쳐 간 그림자가 전영화의 앞에 멈춰 섰는데, 그 또한 여인이었다. 아니, 아직 여인이라고 불리기엔 다소 어려 보였다. 전영화에 이어 땅속에 숨어 있던 소여영 역시 모습을 드러낸 것이다.

"헤헤, 암호라면 본래 제 전문이라구요!"

까불거리는 소여영의 말에 전영화가 미미하게 고개를 끄떡였다.

"확실히 본 단에서 전령을 맡으려면 각종 대문파의 암호 해독은 기본이긴 해. 하지만 금산상회는 정보력에 있어서도 본 단과 비등한 곳이야. 그렇게 큰소리쳤다가 해독하지 못하면 망신일 텐데?"

소여영이 발을 동동거렸다.

"그게 무슨 소리예요! 전 전령이 아니라 연락책이라구요. 게다가 세상의 모든 암호는 대부분 형식이나 배열에 따르기 때문에 해독이란 건 시간문제일 뿐이고요."

"그런가?"

"아무렴요!"

"그렇군."

평소답잖은 미소를 입가에 매달고 있던 전영화의 얼굴이 일순 차디차게 변했다. 전서구에서 떼어낸 밀지를 소여영에게 넘긴 그녀의 시선이 상관옥을 스산하게 바라봤다.

"후우, 이로써 당신이 필요없게 됐네요."

"뭐?"

"암호 해독에 문제가 없어졌으니 당신하고 이렇게 얼굴을 마주 대할 필요가 없어졌다는 소리예요."

전영화는 천천히 수장을 들어 올렸다. 그러자 상관옥이 인상을 와락 일그러뜨렸다.

"웃기지 마라!"

상관옥은 다시 한 번 수중의 철조를 단단히 부여잡았다. 그리고 전력을 다해 전영화에게 달려들었다. 과거 담우소에게 처절히 박살났던 십조쌍뢰의 변형된 동작을 펼쳐 보이며.

"으음!"

다섯 명째였다. 담우소는 자신을 알아보는 내원의 하인들을 모조리 점혈했다. 그들과 길게 얘기 나눌 시간이 없었을 뿐더러 신분이 탄로날 위험 부담을 피하기 위함이었다.

담우소를 보자마자 잔뜩 눈살을 찌푸리며 잔소리를 늘어놓던 소녀의 얼굴엔 공포가 잔뜩 떠올라 있었다. 마혈을 짚여 짚단처럼 쓰러진 소녀의 얼굴은 주근깨 때문인지 꽤 귀여워 보였다. 새파랗게 질려 있는 모습이 놀란 토끼 같았다.

주변을 한 차례 둘러보곤 문득 장난기가 발동한 담우소가 손을 뻗어 소녀의 얼굴을 스윽 쓰다듬었다.

"흐흐, 그러길래 여자는 얼굴보다는 마음씨라는 말이 있길 않느냐? 얼굴은 제법 반반하지만 어린것이 벌써부터 그리 마음씨가 험악하니 시집이나 제대로 가겠느냐? 어차피 시집가긴 그른 것 같으니, 오늘 이 몸이……."

"음음!"

소녀의 얼굴에 공포의 기색이 떠올랐다. 담우소의 말이나 태도에서 위기감을 느낀 것이다. 그러자 담우소가 얼굴에 떠올랐던 능글맞은 표정을 지우고 나직이 혀를 챘다.

"큭! 꼬맹이가 벌써부터 세상물정을 너무 많이 아는구나. 뭐, 나도 생각 같아선 오늘 인생의 쓰디쓴 교훈을 너, 어린 꼬마 계집애한테 주고 싶다만 시간이 없는 관계로 그러진 못하겠고."

철썩!

소리나게 엉덩이를 한 차례 때리고 소녀를 으슥한 그늘 속에 던져 놓은 담우소가 씨익 웃고는 바람처럼 신형을 날렸다. 곧바로 당가주 당천위의 거처로 뛰어들기로 마음먹은 것이다.

스스슥!

이미 경공이 절정에 이른 담우소의 신형은 한 마리 야조처럼 몇 개나 되는 담장을 뛰어넘었다. 내원에 들어선 후 몇 군데를 돌며 지형을 탐색한 끝이라 그의 움직임은 한 치의 망설임도 없이 시원스레 앞으로 뻗어 나갔다. 거의 완벽에 가까운 외원의 경계 탓인지 그리 삼엄하지 않았다. 마치 담우소의 침투를 하늘이 돕는 듯한 형국이었다.

'하지만 당 가주는 천하무림을 놓고 보더라도 십대고수에 속할 정도의 실력자다. 뭐, 그 많은 무림 인사들이 몽땅 서로의 무공을 겨뤄본 게 아니니 사실 확인은 어렵지만.'

전영화 등이 모아온 정보를 내심 뇌까리다 담우소는 평소처럼 꼬인 마음이 되었다. 하지만 천하의 수많은 무림인들로부터 십대고수란 인정을 받는다는 게 어떤 의미인지 모를 정도로 담우소가 꽉 막힌 사람은 아니었다. 그만한 명성을 떨친 자라면 결코 명존 엄철극을 제외하곤 최강이라 할 만한 최고봉이나 곤륜신성 이모백의 하수일 리 없었다.

'그럼 그동안 연마한 기술을 한번 발휘해 볼까?'

당 가주의 처소인 등룡처(騰龍處)로 향하는 마지막 담을 넘자마자 신법의 속도를 늦춘 담우소의 신형이 소리없이 어둠 속으로 스며들었다. 땅에 착지하는 것과 동시에 토둔잠행으로 신형을 땅속으로 파묻은 것이다.

스르륵!

순식간에 삼 장이나 땅속으로 파고들어 간 담우소는 잠시 지기의 흐름을 느끼느라 멈춰 서 있었다. 이젠 마음만 먹으면 마음대로 다룰 수 있게 된 지뢰오행경이나 이와 같이 '흐름' 그 자체를 읽는 건 아직도 힘든 일이었다.

'다행히 곤륜비동처럼 땅속에도 기관이 설치되어 있다거나 광명정처럼 지기가 회오리쳐서 방향을 제대로 잡지 못하게 하진 않는군. 역시 오늘은 꽤 운이 좋은 날인 것 같아.'

땅속으로 파고들기 전 미리 생각해 뒀던 쪽으로 흐르는 지기에 정신을 집중한 담우소의 신형이 천천히 움직이기 시작했다. 보통 사람이라면 절대 느끼지 못할 지기에 몸을 싣고 등룡처로 침투해 들어가기 시작한 것이다. 그리고 대충 계산해 났던 곳에 이르러 천시지청술을 펼친 담우소의 얼굴이 미묘하게 꿈틀거렸다. 일시 갑론을박하는 다양한 목소리들이 파고들어 왔다.

'하나, 둘, 셋……. 모두 여섯 명인가? 하나같이 목소리에 힘이 있고 늙수그레한 것이 당가보에 모인 각 파의 명숙들이 모두 모인 것 같군. 영웅대회가 끝나가니 늙은이들이 모여서 술판이라도 벌이려는 것인가? 하지만 너희 늙어도 죽지 않고 높은 곳에 앉아 못된 짓이나 획책하는 녀석들은 어째서 하필이면 오늘 술판을 벌인다는 것이냐? 어쩐지 일이 너무 잘 풀리는 것 같더라니, 빌어먹게 꼬인 내 인생에 이번에도 재를 뿌리려는 건 아니겠지?'

내심 잔뜩 화가 나 독설을 퍼부으면서도 담우소는 미동조차 하지 않았다. 귀식지법을 펼쳐 한 점의 숨결조차 아끼고 아꼈다. 제아무리 요 근래 놀라울 정도의 무공 진보를 이뤘다곤 하나 여섯 명이나 되는 절정고수들이 머리 위에 있었다. 처음 생각처럼 쉽사리 등룡처에 침입하여 서재를 뒤질 생각 따윌 실행에 옮기긴 쉽지 않았다. 아니, 불가능에 가까운 일이었다. 담우소는 작전의 마지막에 이르러 뜻하지 않은 암초를 만나고 만 것이다.

그렇다면 당 가주의 처소인 등룡처에는 어째서 야심한 시간에 사람들이 모여든 것일까? 정말 담우소의 짐작처럼 술판을 벌이기 위함이었을까?

그렇진 않았다. 등룡처에 모인 인물들의 면면을 안다면 누구라도 담우소의 짐작을 비웃을 게 분명했다. 그만큼 이 밤 등룡처에 모여 앉은 사람들은 놀라운 신분을 지닌 자들이었다.

모인 사람들 중에는 주인인 당가주 당천위를 제외하더라도 점창파의 장문인과 아미파의 장로가 있었다. 그리고 당가와 같이 천하 오대세가에 이름을 올려놓고 있는 하북팽가(河北彭家)와 진주언가(晋州彦家)의 가주들마저 한자리씩을 차지하고 있었다. 하나같이 천하무림을 좌지우지하는 사람들이었다.

이 밤 등룡처에 모인 사람들의 면면은 과거 마천루의 준동으로 인해 결성된 제이차 사파연합과 비교해도 결코 뒤떨어지지 않았다. 십여 일 전 철혈거상 막문위가 주재했던 회의와는 다른 의미로.

'그만큼 당금 무림에서 마교가 주는 압박은 대단하다는 뜻이겠지? 하긴, 천하인 위에 군림하는 황상(皇上)조차 마교에 대해선 일말의 두려움을 가지고 있지 않던가! 한낱 강호 초적 무리의 우두머리에 불과한 자들이 두려움을 느끼는 건 당연한 일일 테지.'

등룡처에 모인 육 인 중 마지막 한 사람. 천하무림 중 당당한 오 인의 절정고수들과 어깨를 나란히 하고 있는 은발의 사나이는 동창 영반 채경환(蔡鏡患)이었다.

며칠 전 사천에 도착한 그의 입가엔 지금 차디찬 조소가 머금어져 있었다. 냉면철장 조극충과 마찬가지로 황실무림인 천외천 출신인 그에게 있어 무림인들이 목숨처럼 생각하는 명성 따윈 부토와 같았다. 한 줌 흙처럼 자신과는 무관하단 뜻이다.

그러나 채경환이 황도인 북경(北京)을 떠나 머나먼 사천까지 온 것은 만승지존(萬乘之尊)인 황제의 밀명 때문이었다. 잠시 입가에 머물렀던 조소를 재빨리 지운 채경환이 얇은 입술을 열었다.

"그러니까 여러 강호영웅들의 말씀은 어째서 이번 대마교파멸지계에 전대 사파연합의 수장인 석검 노인이 끼었느냐는 것이지요?"

환관답게 적어도 육십은 넘겼을 연배이나 요사스런 용모만큼 선이 가느다란 목소리였다. 등룡처 밖을 맴도는 밤의 기운과 더불어 듣는 이의 몸에 오싹한 소름을 돋게 만드는 힘이 채경환의 목소리에는 담겨 있었다.

그러자 한동안 갑론을박 다투고 있던 다섯 절정고수들 역시 그러한 점을 느낀 것이리라!

자신들도 모르게 진저리를 치고, 질린 표정을 얼굴에 드러낸 사람들의 시선이 일제히 당천위를 향했다. 이곳에 모인 사람들 중 당천위가 가장 명성과 무공이 높은데다 주인이라 할 수 있으니 당연한 일이랄까.

'그렇다곤 하나 너희들 염치없는 것들은 항상 곤란한 일이 생길 때만 날 찾는구나!'

영웅대회가 시작되기 전 끝난 막문위와의 회의를 떠올리며 당천위는 송충이 같은 눈썹을 거세게 꿈틀거렸다. 막문위의 교묘한 언변에 휘말려 이번 대마교파멸지계의 우두머리가 되지 못한 그의 심기는 꽤나 불편했다. 당연히 자신의 것이 될 줄 알고 준비했던 모든 계획들이 며칠 새 허사가 되어버린 까닭이다.

하지만 속마음이 쓰린 것은 쓰린 것이고, 천하무림의 우두머리들 앞에서 계속 옹졸한 모습을 보이고 있을 순 없었다. 순간적으로 불편한 심기를 추스린 당천위가 잔기침과 함께 입을 열었다.

"콜록! 아무리 동창에서 나온 분이라지만 채 대인께서는 말씀을 너무 쉽게 하시는 것 같소이다. 이곳에 모인 사람들이 과거 마천루의 난을 평정한다는 빌미로 천하무림을 좌지우지했던 사파연합으로부터 오랫동안 소외받았던 당사자들임을 감안하신다면 말이오."

당천위를 중심으로 해 좌우로 앉아 있던 네 명의 고수들이 일제히 미미하게 고개를 끄떡거렸다. 과거 자신의 문파를 지키기에 급급해 앞서 나서지 않았던 과거는 잊어버리고, 그들은 오직 난의 평정 후 소외받았던 일만을 기억하고 있었다.

'하지만 황상 폐하와 조정에는 이런 이기적이고 계산은 빠르지만 멍청한 자들이 필요한 것이겠지.'

다시 튀어나오려는 조소를 재빨리 감춘 채경환이 역시 고개를 끄떡여 보였다.

"호오, 그렇군요. 확실히 그 점은 이 채 모가 실수한 것 같습니다. 이 사람은 십수 년간 구중천에 틀어박혀 서류만을 뒤적거렸기 때문에 강호영웅들은 체면을 중시할 뿐 실리에는 초연하다는 세간의 평을 그대로 믿었었지요."

"으음!"

"그런!"

당천위의 얼굴이 일그러진 것과 동시에 몇몇 사람의 입에서 나직한 신음이 터져 나왔다. 그동안 사파연합에게 소외받았다는 얘기는 강호의 각종 이권에서 손해를 봤다는 뜻과 다르지 않았기 때문이다.

그러자 자신의 한마디에 온통 얼굴이 구겨진 절정고수들을 파충류와 같은 시선으로 지켜보던 채경환이 슬쩍 화제를 돌렸다.

"그래서 말인데, 만약 여러 영웅들께서 정 석검 노인이 이번 계획의 선봉장이 되는 것을 반대한다면 본인이 한번 막 대인에게 말해 보겠습니다. 어차피 관부와 본 천외천에서는 이번 계획을 뒤에서 지원할 뿐 정면에 나설 수 없으니 영웅들의 의견에 전적으로 귀를 기울여야겠지요."

“그렇지만 채 대인이 사천에 온 일은 막 대인과 강남무림의 인사들은 모르는 사실이 아닙니까? 섣불리 나섰다간 관부의 이름을 빌린다고 해도 막 대인에게 의심받을 게 분명합니다만?”

당천위가 우려 섞인 표정을 짓자 채경환이 히죽 웃었다.

“이곳에 모인 분들은 하나같이 북방무림의 거두들이신데, 설마 하니 한낱 아녀자에 불과한 막 대인과 강남무림의 하찮은 무부들이 두려운 것입니까?”

“……”

“금산상회의 철기군이 제아무리 막강하다 하더라도 일개 군에 불과할 뿐이고, 나머지 상회에 속한 무사들 역시 마교 천지이단의 세력만 빠져나가면 오합지졸에 불과합니다. 게다가 금산상회와 연합한 남궁세가야 강남에 남은 천지이단의 잔존 세력을 척결하기에 바쁠 테니, 여러 영웅들의 명성으로 이번 계획에 참여한 강남무림의 인사들 중 그나마 쓸 만한 검문주 유안을 회유하기란 그리 어려운 일이 아닐 겁니다.”

마치 기다리고 있었다는 듯한 채경환의 설명에 장내는 일시 큰 동요를 보였다. 지나칠 정도로 이곳에 모인 사람들의 근지러운 곳을 긁어주는 말이었기 때문이다.

하지만 이곳에 모인 자들은 각기 일파일문의 장래를 책임지고 있는 사람들이었다. 금세 치밀어 오르던 욕망을 잠재운 사람들 중 점창파 장문인인 자허 진인이 나직한 도호성을 발했다.

“무량수불! 빈도 자허가 한마디 하겠소이다. 채 대인의 말씀은 물론 매우 타당합니다만, 빈도가 알기로 이미 사천 경계에 배치되어 있는 금산상회의 철기군은 대단한 전력인데다 냉면철장 조극충 역시 무시 못 할 강자입니다. 마교를 치기도 전에 자중지란이 일어나서야 어찌 이번 계획을 성공시킬 수 있겠습니까?"

"바로 그렇소이다. 자허 진인께서 참 옳은 소리를 하셨습니다. 비록 막 대인의 독주에 문제가 있긴 하지만 지금 시점에서 채 대인의 의견은 너무 이른 감이 있소이다."

당천위가 얼른 자허 진인의 의견을 지지하고 나서자 중인들 대부분이 다시 고개를 끄떡였다. 현실적인 욕심보다 당면한 마교와의 전투가 그들에겐 더욱 중요했기 때문이다.

그러자 애초부터 단번에 자신의 의견이 먹히리란 생각 따윈 하지도 않았던 듯 채경환이 어깨를 으쓱해 보였다.

"흐흐흐, 모두의 의견이 그렇다면야 어쩔 수 없지요. 처음에 말했다시피 이번 계획에서 천외천은 그저 보조의 역할밖엔 할 것이 없으니까요."

"그럼 채 대인은 석검 노야의 일로 막 대인을 찾아가겠다는 뜻을 꺾은 것입니까?"

당천위의 눈빛은 엄중했다. 뒤늦게나마 자신의 존재감을 과시하려는 듯 보였다. 그러자 채경환이 예의 기분 나쁜 표정과 함께 대답했다.

"어차피 막 대인이 이번 일을 무당파에 흘려 석검 노인을 사천으로 부른 건 마교의 우두머리인 명존 때문이었습니다."

"명존? 하지만 그자는 청우 선인께 일패도지한 후 생사조차 불분명하질 않소이까?"

"정통한 소식통에 의하면 그 당시 청우 선인은 명존을 죽이지 않았습니다. 그 반역의 수괴는 현재 내곤륜의 십만대산에 숨어 폐관 수련 중이지요. 청우 선인을 꺾을 절대무공을 익히기 위해서."

"무량수불! 마교의 우두머리가 다시 백 년을 연공한다 해도 어찌 청우 선인을 능가할 수 있을까? 청우 선인은 이미 신선이 되신 분이거늘."

자허 진인의 말이었다. 그리고 채경환을 제외한 모든 사람들이 고개를 끄떡이며 수긍해 보였다. 정파무림에 있어 청우 선인이란 이름이 갖는 무게를 보여주는 모습이었다.

드물게 눈앞의 중인들과 마찬가지로 고개를 한 차례 끄덕여 보인 채경환이 말했다.

"확실히 당세에 청우 선인과 비견될 만한 이름은 절대 존재할 수 없을 겁니다. 하지만 마교의 다른 고수들과 달리 명존이란 반역의 수괴는 역시 천하제일마라 불릴 정도의 절대고수! 여러 강호영웅들을 무시하는 건 아닙니다만, 그자를 상대할 만한 사람은 청우 선인을 제외한다면 천하를 뒤져도 두 사람 정도밖엔 없을 겁니다."

"그래서……."

"그렇지요. 막 대인은 그래서 오늘처럼 여러 강호영웅들에게 죄를 짓는 걸 알면서도 석검 노인을 군이 이번 계획에 참여시켰을 겁니다. 자신과 강호영웅들을 대신해서 마교 수괴의 목을 베어줄 한 자루 신검을 얻기 위해서."

말을 끝낸 채경환의 입가로 다시 처음과 같은 조소가 떠올랐다. 명존에 대한 얘기가 나오자 일제히 입을 다물어 버린 눈앞의 군웅들에 대한 조소였다. 그리고 이때 역시 입가에 일그러진 웃음을 매다는 사람이 한 명 더 있었다.

'…그런 것인가?

등룡처의 땅 밑. 담우소의 표정은 처음에 비해 많이 침착해져 있었다. 전력으로 천시지청술을 발휘한 덕분에 자신이 가장 듣고 싶었던 정보를 마음껏 들을 수 있었다. 이미 조급증은 사라진 상황이었다.

하지만 담우소는 문득 마음이 답답해지는 걸 느꼈다. 별다른 면식조 차 없었지만 석검 노야는 담우소를 첫 대면부터 전율시킨 사람이었다. 진정한 무인이요, 담우소의 이상형이라 할 만했다. 그런데 그런 신화 적인 사람조차 단순히 이용의 대상으로밖엔 보지 않다니!

항상 말했듯 용병이란 생각으로 마교에 몸담고 있었지만 담우소는 일시 치밀어 오르는 혐오감을 주체할 수 없었다. 황실이든 정파든 그 동안 가져왔던 막연한 동경이나 선망이 싹 가시는 기분이었다. 자신의 사문인 풍뢰문이 비록 삼류문파였기는 하나 절대 이런 식으로 비열한 행위를 일삼진 않았다고 생각했다.

'황실 고수들까지 참여했다면 생각보다 이번에 마교가 겪을 위험은 심각하다. 어쩌면 존망의 위기에 처했다고 볼 수도 있을 만큼.'

잠시 염두를 굴린 담우소의 입가로 다시 미소가 번져 나왔다.

'그렇지만 어쩌면 이건 나에겐 기회일 수도 있다. 이만한 정보라면 충분히 대주 녀석과 협상을 벌일 만한 가치가 있을 거다. 확실한 물증 만 가져갈 수 있다면.'

그 순간 담우소는 등룡처로 침입하려던 당초의 계획을 깨끗이 포기 했다. 어차피 그동안 추측만 했던 일의 진면목을 파악한 터였다. 무리 하여 육대고수가 있는 곳을 침입할 필요는 없었다.

스윽!

미동조차 하지 않고 있던 땅속에서 슬그머니 신형을 뒤튼 담우소의 신형이 천천히 이동하기 시작했다. 소음을 최소화한 채 등룡처를 벗어 나려는 의도였다. 그리고 일각이 조금 넘어설 때쯤이었다.

처음 땅속으로 숨어들었던 곳에 도착해 신형을 뽑아 올리던 담우소 의 얼굴이 가볍게 일그러졌다. 마침 등룡처 쪽으로 향하던 한 사내가 땅속에서 고개를 내민 담우소를 정면으로 목격하고 만 것이다.

"…여어!"

"너, 너는?"

언제 느릿하게 땅속을 헤맸냐는 듯 담우소의 신형이 번개같이 움직였다. 지뢰오행경을 폭발시켜 용수철처럼 땅속에서 튀어나온 것과 동시에 공중에서 회전을 일으키며 사내의 어깨를 찍어 찼다. 어떤 초식을 전개한 게 아니라 순간적인 임기응변이었다.

그러나 담우소를 발견한 사내는 당가보의 내원을 마음대로 오갈 수 있는 신분이었다. 일시 벼락같은 일각에 놀라 뒤로 주춤 물러섰지만 곧 안색을 굳힌 그의 수장이 달빛을 갈랐다. 그림자를 만들며 파고드는 수영(手影)이 파르스름한 기운을 뿌렸다.

파파팟!

이때 담우소는 아직도 공중에 뜬 상태였다. 사나이를 찍어 찬 상황에서 매서운 반격을 당한 것이다. 하지만 그 짧디짧은 순간 담우소는 다시 신형을 공중에서 뒤집었다. 그리고 거의 신기에 가까운 동작으로 요혈을 파고든 수영을 피해냈다. 지뢰오행경으로 바람을 잡지 않았다면 도저히 해낼 수 없는 동작이었다.

'하지만 당가 친구! 이 정도로 놀란 표정을 지어 보여선 곤란하지!'

바닥을 왼발로 찍은 담우소의 발뒤축이 바람처럼 회전을 일으켰다. 이미 변초를 보이기 시작한 수영 사이를 찍어간 것이다. 그리고 다시 공중에서 연달아 회전을 일으키니!

파파팍!

연달은 격타음과 동시에 사나이의 양 어깨가 축 늘어졌다. 연달아 펼쳐진 선풍구도에 양쪽 곡지혈을 점혈당한 것이다.

"이, 이럴 수가! 내 천독수라팔식(千毒修羅八式)이 힘도 못 써보고 깨지다니……."

사나이의 목소리에 절망이 섞여 나왔다. 여태껏 단 한 차례도 패배를 경험해 보지 못한 자의 목소리였다. 문득 달빛 아래 드러난 얼굴이 낯익다는 걸 느낀 담우소의 눈에 이채가 떠올랐다.

'이자는 이번 영웅대회의 가장 강력한 우승 후보라 알려진 천독수 당현이 아닌가! 젊은 층 중 제일고수라더니 과연 한 수를 숨기고 있었군.'

파곽!

재빨리 손을 뻗어 당현의 아혈과 마혈을 동시에 점혈한 담우소는 크게 호흡을 가다듬었다. 오랫동안 귀식지법을 펼쳤을 뿐더러 상대가 독수(毒手)를 연마했다는 걸 알고 격전 중 계속 숨을 참고 있던 것이다. 한껏 참았던 숨을 들이키는 건 승자의 당연한 권리였다.

하지만 아직 상황은 종결된 게 아니었다. 아니, 시작도 하지 않았다는 게 더 옳았다. 당현을 그늘 속에 집어 던진 후 야조처럼 하늘로 신형을 뽑아 올리던 담우소의 얼굴이 다시 일그러졌다. 등룡처의 담장을 넘자마자 그를 노리며 두 개의 은밀한 검기가 파고들었다.

'역시 오늘 일진은 별로 좋지 못하군!'

파라락! 소리와 함께 수장을 휘둘러 두 개의 검기를 좌우로 비틀어 버린 담우소는 다음 순간 백색 도기를 벼락처럼 좌우로 뿌려냈다. 등 뒤로 절정고수 여섯을 둔 상태로 시간을 끌어선 곤란하다는 판단이었다. 그리고 그의 의도는 성공하여 은밀한 검기가 날아왔던 쪽에서 가느다란 신음이 터져 나왔다. 방어할 새도 없이 백색 도기에 당한 게 분명했다.

그러나 그때였다. 다시 손을 쓸 생각을 접고 전력으로 신형을 날려가던 담우소의 신형이 우뚝 멈춰 서고 말았다. 일시 십여 장이 넘게 질주한 그의 앞을 가로막아 선 호리호리한 인영이 보였다. 단정하게 빗어 넘긴 은발에 새하얀 얼굴. 보는 이로 하여금 기이한 두려움을 느끼게 만드는 노인이었다.

"이건 내가 생각했던 이상이군."

'귀에 익은 음성?'

담우소의 눈빛이 차갑게 가라앉았다. 상대의 음성이 귀에 익을 뿐만 아니라 기도가 보통이 아니란 판단이었다. 그러자 호리호리한 몸에 단정한 은발 머리를 하고 있는 노인이 얇은 입술 꼬리를 위로 말아 올렸다.

"마교의 정보를 책임지고 있는 혈봉황단에는 동창의 반역자가 숨어 있다지? 그러니 당연히 이번처럼 큰일에 정보가 새지 않았을 리 만무하고, 마교에서 쥐새끼를 보내지 않을 리 없다고 생각했다. 하지만 천외천에서 수련을 쌓은 본 영반의 호위들을 일수에 물리칠 정도의 고수를 보낼 줄이야!"

'등룡처에 있던 자다!'

담우소의 눈빛이 더욱 차갑게 가라앉았다. 중간에 천독수 당현과의 일전이 있었다곤 하나 어느새 자신의 앞을 가로막아 선 상대의 무공 수준을 가늠하려는 의도였다.

그러자 잠시 뒷간에 간다는 핑계를 대고 술자리가 벌어진 등룡처를 빠져나온 채경환이 요사스런 웃음을 터뜨렸다.

"오호! 그 눈빛은 본 영반에게 맞서겠다는 뜻인가? 확실히 마교의 반역도당들은 겁이 없어. 감히 대륙의 지배자이신 황상 폐하를 모시고 있는 본 영반에게 이빨을 다 드러내다니 말야."

"……."

웃음을 멈춘 채경환이 싸늘하니 외쳤다.

"흑백쌍검귀(黑白雙劍鬼)! 반역자의 일수에 설마 하니 죽은 건 아니겠지?"

무표정하던 담우소의 얼굴이 꿈틀거렸다. 등룡처의 담장을 넘는 순간 느꼈던 두 가닥 검기가 다시 그의 배후를 노리며 요동 치고 있었다.

'분명히 백색 도기에 격중했는데?'

담우소의 얼굴에 떠오른 의혹을 읽었음이리라. 채경환이 특유의 사람 기분 나쁘게 만드는 표정과 함께 말했다.

"흑백쌍검귀의 검법은 그리 대단하지 않아. 그저 강호의 일류고수 정도일 뿐이지. 하지만 그들은 강호의 일류고수뿐 아니라 절정고수 역시 지금까지 많이 죽여왔거든?"

"재수없게 무슨 특별한 사공(邪功)이라도 연마한 모양이로군."

"재수없다고? 온갖 사악한 마공으로 무공을 증진시키는 마교의 인물이 그런 말을 할 자격이 있다고 보는가?"

채경환이 한 걸음 앞으로 다가서자 얼른 뒤로 한 걸음 물러선 담우소가 어깨를 한 차례 으쓱해 보였다.

"아! 내 말은 무형기에 베여도 죽지 않는 무공을 연마한 당신의 수하들이 재수없다는 게 아니야. 지금까지 그들 같은 괴물과 싸워야 했던 사람들이 재수없다는 뜻이지. 날 포함해서!"

수장을 들어 올리며 담우소는 이가 드러날 정도로 웃었다. 자신을 에워싼 천외천의 세 고수를 바라보며.

제79장 **강탈! 그리고 도주**

'어떻게 한다?

담우소는 호흡을 골랐다. 앞서 천독수 당현을 제압했을 때처럼 숨이 가쁜 탓은 아니었다. 일시 몰려드는 압박감을 떨쳐 버리기 위함이었다.

뒤쪽으로 모습을 드러낸 흑백쌍검귀는 그렇다 치고, 정면을 가로막고 서 있는 채경환이 뿜어내는 존재감은 대단했다. 기도만으로 보자면 천리종횡 최고봉과 비교하더라도 결코 모자라 보이지 않았다.

'하지만 명존에게 절정의 경지를 가르침받고, 경공의 도리를 깨우친 후 나는 달라졌다. 이제는 적발귀신에게도 지지 않을 자신이 있다. 전력을 다한다면!

문득 최고봉을 떠올리고 다시 명존 엄철극의 압도적인 위세를 되새긴 담우소의 눈빛이 깊게 가라앉았다. 사이한 기질의 채경환이나 기괴한 무공을 익힌 게 분명한 흑백쌍검귀에게 느끼던 두려움이 흔적도 없이 날아갔다. 잠시 흔들렸던 마음이 평정을 되찾은 것이다. 그리고 바로 그 순간이었다.

"엇!"

기분 나쁠 정도로 새하얀 쌍수를 들어 올리고 있던 채경환의 안색이 가볍게 변했다. 평소 뱀눈을 연상시킬 정도로 가늘던 눈매가 일시 번쩍 뜨였다. 그의 눈동자로 순식간에 확대되는 장신의 사내가 비쳤다. 담우소였다.

쩌르릉!

순간적으로 휘둘러진 채경환의 수장에서 기분 나쁜 쇳소리가 울렸다. 자신을 반 토막 낼 뻔한 무형 도기를 막아낸 결과였다. 그러나 담우소의 공세는 거기에서 그치지 않았다.

마치 뒤에 있는 흑백쌍검귀의 존재를 잊은 듯 담우소는 연신 벽력 같은 권각을 날렸다. 주먹이 파고든다 싶으면 바로 다리가 회전했고, 어깨와 팔꿈치가 기이한 곡선을 그리며 채경환의 전신 대혈을 노렸다. 그야말로 질풍노도와 같은 공세였다.

"이, 이 녀석이!"

채경환은 연신 뒤로 물러서며 이를 악물었다. 그가 익힌 무공은 천외천의 삼대무공 중 하나인 명옥공(明玉功)이었다. 세상에 많이 알려지진 않았으나 천외천의 삼대무공은 정파의 구파일방이나 마도의 광명신교의 비전 무공과 비교하더라도 뛰어난 절세 신공이었다. 당연히 오늘과 같은 삼 대 일의 상황이라면 상대가 누구라 해도 수세에 몰릴 까닭이 없었다.

내심 채경환은 자신과 흑백쌍검귀가 손을 합치면 천하제일마라 불리는 명존이나 천하제일인인 청우 선인이라 해도 제압할 자신이 있었다. 그만큼 그와 흑백쌍검귀는 천외천에서도 핵심 고수라 할 수 있었다. 그런데 순간의 방심을 찌른 담우소의 공격에 상풍을 뺏기고 지금 완벽한 수세에 몰려 있는 것이다.

일평생 겪어본 적이 없는 굴욕감에 채경환의 창백하던 얼굴이 시뻘겋게 달아올랐다. 담우소의 침입을 알고도 등룡처의 뭇 군웅들에게 알리지 않고 나왔을 정도로 드높던 그의 자부심에 금이 가고 있었다. 그리고 자부심의 크기가 크면 클수록 그것이 깨질 때의 여파는 크고 파괴적이었다.

쩌쩌쩌쩌쩡!

일시 수장에 모은 명옥공의 공력을 몽땅 폭출시킨 채경환이 펄쩍 뒤로 물러섰다. 담우소와 손속을 겨룬 후 처음 있는 일이었다. 자존심을 꺾은 것이다. 그리고 그렇게 생긴 잠시의 틈을 이용해서 채경환이 악에 바친 목소리로 소리쳤다.

“흑백쌍검귀! 천지합벽검진(天地合壁劍陣)을 펼쳐 녀석의 후미를 찔러라!”

“예?”

“서, 설마……”

처음 시작부터 보통 사람의 눈으론 좇을 수도 없는 쾌전(快戰)이었다. 공격하는 담우소나 방어하는 채경환의 공수 전환은 보는 이를 현기증나게 만들 정도였다.

웬만한 무공 실력을 가지곤 두 사람 사이에 끼어들지도 못할 뿐더러 방해밖엔 되지 않으리라!

평소 채경환이 가진 자부심의 크기를 알고 있기에 여태 합공하길 주저하고 있던 흑백쌍검귀는 서로를 바라보며 놀란 표정을 해 보였다. 설마 채경환이 이렇게 약한 소리를 내뱉으리라곤 상상조차 하지 못했기 때문이다.

흑백쌍검귀가 잔뜩 검기만을 일으킨 채 달려들기를 주저하자 전력으로 일으킨 명옥공으로 담우소를 뒤로 물러나게 만든 채경환이 노성을 터뜨렸다.

"감히 불복하는 것이냐!"

"존명!"

"존명!"

두 번째 명령이었다. 평소의 채경환이라면 두 번씩이나 명령을 내리느니 수하를 참살할 사람이었다.

치밀어 오르는 공포로 어깨를 부르르 떨어 보인 흑백쌍검귀가 복명과 함께 바람처럼 신형을 교차했다. 그들이 평생 연마한 암영검기(暗影劍氣)의 위력을 극대화할 수 있는 천지합벽검진의 발동이었다.

바로 그때였다. 그저 미세한 살기만을 담은 두 가닥의 암영검기가 종횡하는 순간 고속으로 움직이던 담우소의 신형이 잠시 주춤했다.

그의 한쪽 발이 땅속으로 반 치가량 파고들어 갔다. 채경환의 외침과 동시에 운기하고 있던 지뢰오행경 중 오행지기를 소리없이 일으킨 것이다. 그리고 다음 순간이었다.

수십 가닥이나 되는 암영검기를 일으켜 담우소의 배후를 노리던 흑백쌍검귀의 신형이 약속이나 한 듯 뒤로 튕겨 나갔다. 막 담우소의 배후를 공격하려는 순간 땅이 출렁거렸고, 동시에 거대한 해일이 그들을 덮쳤다. 물로 만들어진 해일이 아니라 승천하는 토룡(土龍)과 같이 지표면이 그들을 덮쳐 온 것이다.

"무슨!"

"이, 이럴 수가?"

놀란 나머지 일시 뒤로 물러선 흑백쌍검귀는 신음을 토해냈다. 마치 살아 있는 생명체처럼 자신들을 덮친 토사를 피하기에도 그들은 바빴다.

그 모습을 힐끔 바라본 채경환이 이를 악물었다.

"고작 흙먼지를 가지고!"

"그들 눈에는 밤 기운과 더불어 땅속에서 튀어나온 악령처럼 보일 거요."

"이 녀석! 그 따위 사술로……."

채경환은 더 이상 말을 이을 수 없었다. 순간 바닥에서 다리를 뗀 담우소가 벼락같은 십삼 권, 십팔 퇴를 날려온 것이다. 그리고 쾌속에 쾌속을 더한 공세를 막아내느라 채경환이 삼 장이나 뒤로 물러섰을 때였다.

백여 초를 겨룬 끝에야 승기를 잡고도 담우소는 채경환을 더 이상 공격하지 않았다. 오히려 채경환이 물러서는 것과 동시에 역시 뒤로 신형을 뽑아 올린 담우소는 몇 차례 신형을 뒤집는 것으로 그와의 거리를 벌렸다. 슬슬 도망칠 시간이 됐다는 판단이었다.

휘익!

담우소는 신형을 돌리자마자 전력으로 경공을 펼쳤다. 최고봉의 도움으로 완성한 건곤만영 중 가장 빠른 섬전건곤이었다. 그러나 아무런 준비 동작 없이도 궁신탄영과 같이 앞으로 튀어 나가던 담우소는 눈앞에 보이는 담장을 넘는 순간 발길을 멈춰야만 했다.

쇄액!

소리보다 더 빨리 느껴진 건 살기였다. 담우소는 귀로 공기를 가르는 파공성을 듣기 전에 살기를 먼저 느꼈다. 그의 몸이 다음 순간 소리 없이 움직였다.

스륵!

순간적이나마 담우소는 몸 전체를 극단적일 정도로 꺾었다. 보는 이로 하여금 환상을 봤다 착각할 만한 동작이었다. 그리고 일어난 한줄기 강렬한 백색 광!

뒤도 돌아보지 않고 휘둘러진 담우소의 손 안에서 백색 기운이 번뜩였다. 무형의 어떤 힘에 휘감긴 듯 공중에 멈춰 버린 세모꼴의 단검이 언뜻 보였다. 뒤늦게 담우소의 귓전을 때린 파공성의 정체였다.

"천혈비(千血匕)마저 막아낸단 말이냐!"

채경환의 입에서 절규가 터져 나왔다. 그리고 그때였다.

"천혈비? 이름은 들어보지 못했지만 귀한 물건 같으니 돌려주지!"

슬쩍 채경환을 돌아보며 이를 드러낸 담우소가 장심에 운집하고 있던 오행금기를 폭발시키듯 토해냈다.

번쩍!

오직 순수한 '기'로만 이뤄졌던 백색 도기와는 달랐다. 거의 폭발할 듯 오행금기가 채워진 천혈비가 타오를 듯 붉은 요기(妖氣)를 발산하며 채경환에게 돌아갔다. 아니, 달려들었다.

"크악!"

채경환의 입에서 고통의 비명이 터져 나왔다. 급히 끌어올린 명옥공이 뚫린 것과 동시에 한쪽 손이 날아가 버린 것이다.

그러나 한 차례 어깨를 으쓱해 보였을 뿐 담우소는 채경환의 상태를 확인도 하지 않고 담장 너머로 신형을 날렸다. 애초부터 그는 채경환과 어떤 승부를 겨뤄볼 생각 따윈 없었다.

채경환의 비명을 듣고 근처에서 달려나온 몇몇 홍의백영단이 앞을 가로막았으나 전혀 소용이 없었다. 질풍과 같은 담우소에게 휘말린 채 속절없이 땅바닥을 나뒹굴 뿐이었다. 달빛조차 귀한 한밤중이었기에 가능한 신위였다.

담우소는 바람처럼 내달렸다. 앞을 가로막는 건 모조리 일수 일각에 날려 버렸다. 이미 지나칠 정도로 당가보 내에서 시간을 지체한 상황이었다. 속전속결이란 말로도 현재의 상황을 타개하긴 용이하지 않았다.

어느새 이곳저곳에서 귀에 거슬리는 호각 소리가 들려오고 있었다. 처음부터 예상했듯 들어올 때처럼 평화로운 방법으로 당가보를 나가긴 그른 상황이었다.

'그렇긴 하지만 예상보다 너무 일찍 일이 터졌다. 오늘 밤을 끝으로 도망칠 모든 준비가 끝난 상황이지만 이래서야 당가보 밖으로 나가는 것만도…….'

타탁!

염두를 굴리는 중에도 주변 살피길 게을리 하지 않았음이다. 담우소는 홍색 그림자를 본 순간 바닥에 굴러다니던 돌멩이를 발끝으로 걷어 올렸다. 그리고 벼락같이 걷어차니 막 호각에 입을 대려던 홍색 그림자가 풀썩 주저앉았다. 맹렬한 기세로 날아간 돌멩이는 명문혈에 박혀 있었다.

홍색 그림자가 바닥에 주저앉는 것과 거의 동시였다. 어느새 그의 앞까지 거리를 단축한 담우소의 입가로 웃음이 매달렸다.

‘뭐, 내 무공도 그리 나쁘진 않군. 그동안 너무 대단한 인물들한테만 개겨서 그렇지, 이런 녀석들쯤은 이젠 상대도 안 된단 말씀이야. 하지만 이런 사소한 걸로 기뻐하고 있어선 곤란하겠지. 계획이 틀어져 탈출하는 상황이긴 하지만 이 빌어먹을 곳에 숨어들어 온 목적 중 하나는 달성해야 하니까.’

잠시 완전히 외워뒀던 내원의 약도를 떠올린 담우소가 방향을 가늠하곤 눈앞으로 보이는 건물을 향해 신형을 날렸다. 등룡처를 빠져나와 질풍같이 내달리는 동안 줄곧 목표로 했던 곳이 지척이었다. 이런 곳에서 보내고 있을 시간은 없었다.

휘익! 훅!

몇 개의 건물을 뛰어넘어 목적지에 도착한 담우소는 얼른 벽호공을 발휘했다. 미세한 소음조차 내지 않기 위함이었다. 능숙한 동작으로 벽을 기어올라 건물의 천장에 들러붙은 담우소는 주변을 빠르게 살펴봤다.

그가 당가보의 내원을 발칵 뒤집고서 도착한 이곳은 등룡처의 서재를 터는 대신 선택한 오늘 밤의 약탈물이 있는 곳이었다. 채경환과 같은 위험한 인물이 없으리라 안심할 수 없었다.

‘하지만 그런 것에 비해 꽤 조용하군. 아무리 청력을 돋워도 무공을 익히지 않은 여인의 숨소리밖엔 안 들리니. 역시 아무리 나이 차가 난다곤 하나 남녀가 유별하니 석검 노야는 일찌감치 물러간 건가?’

담우소의 입가로 흐릿한 미소가 떠올랐다. 등룡처에 침입했을 때부터 좋지 않던 운이 다시 돌아온다고 여겼다. 그리고 다음 순간이었다. 재빨리 발 밑의 기왓장을 치운 담우소가 구멍 속으로 쑥 떨어져 내렸다.

"아!"

야심한 밤이었다. 촛농은 말없이 눈물만을 떨구어내고 있었다. 밤을 잊고, 주변의 소란 역시 잊은 채 서류를 살피고 있는 여인이 있었다. 철혈거상 막문위였다.

간단한 내의만을 위에 걸친 채 막문위는 놀란 표정을 지어 보였다. 느닷없이 천장을 뚫고 떨어져 내린 담우소의 등장이 그녀에겐 너무 뜻밖이었으리라.

하지만 그런 기색도 잠시뿐, 눈살을 가볍게 찌푸리며 옆에 벗어뒀던 화복을 집어 드는 막문위의 목소리는 냉담했다.

"사천 제일의 중지라 불리는 당가보도 별거 아니군요. 내원의 심처에까지 외인을 들여보내다니."

담우소가 피식 웃었다.

"이거 말이 좀 심하지 않소? 여기까지 침투하느라 내가 얼마나 막심한 고생을 했는지를 안다면 당신이 그런 말을 하진 못할 텐데?"

침착하게 화복으로 갈아입은 막문위가 고개를 가로저었다.

"결코 심하지 않아요. 중지나 심처라 불리는 건 어디까지나 외인으로부터 완전히 보호받는 곳이라는 의미잖아요? 그런데 나 같은 귀빈에게 내준 곳까지 당신 같은 불한당을 들여보냈으니 당가보는 앞으로 사천제일중지란 말을 쓸 자격을 상실한 셈이에요."

'허! 명존 늙은이를 제외하고 이렇게 자부심에 찬 사람은 처음으로 보는 것 같군.'

담우소는 약간 기가 질리는 걸 느꼈다. 분명 눈앞의 막문위에게선 전혀 무공을 익힌 기미가 보이지 않았다. 지금과 같은 상황에 이렇게 태연한 모습을 보인다는 건 대단한 담량이라고밖에 말할 수 없었다.

속마음 역시 그럴는지는 미지수지만.

'뭐, 잡아서 데려가다 보면 알 수 있겠지.'

스윽 막문위 앞으로 다가서며 담우소가 말했다.

"처음에는 당신이 비명을 지르기 전에 바로 제압할 생각이었소. 하지만 당신의 이런 모습을 보니 조금쯤 예의를 차려야겠단 생각이 드는군."

"마음을 바꾸고 그냥 돌아가겠다는 건가요?"

"설마?"

다시 피식 웃은 담우소가 슬쩍 손을 들어 올렸다.

"지금부터 당신의 마혈을 제압할 테니 운명에 순응하시오!"

막문위의 입가에 역시 미소가 떠올랐다.

"그 말은 날 죽일 생각은 없다는 거군요?"

"그야……."

다시 입가에 웃음을 담은 채 담우소는 말을 채 끝맺지 못했다. 막문위가 상의를 가리고 있던 화복의 앞섶을 살짝 열었고, 그 순간 탁자 위에 놓여 있던 몇 장의 서류들이 기쾌하게 날아올랐다. 바로 담우소의 지척에서 벌어진 일이었다.

'이크!'

담우소의 눈이 일순 크게 뜨였다. 거의 숨결이 닿을 곳까지 다가온 종잇조각들 사이로 번뜩이는 예기(銳氣)가 느껴졌다. 날아든 종이 사이로 탁자를 뚫고 튀어나온 지도(紙刀)가 섞여 있었다.

휘릭!

담우소의 머리가 목을 중심으로 회전했다. 거의 찰나지간에 자신을 급습한 종잇조각들 중에서 지도만을 골라 피해낸 것이다. 그야말로 야수와도 같은 반응력!

파팟!

담우소의 귀밑머리로 지도 하나가 스쳐 갔다. 한계를 초월한 반응에도 불구하고 대응이 완전치 못했다. 하지만 그뿐이었다. 다음 순간 제자리에 선 채 팽이처럼 회전한 담우소의 손가락이 번개같이 막문위의 마혈을 짚었다.

타타탁!

일시 정지한 동작, 흐트러진 방 안, 그리고 기관의 폭발로 인해 잔해만 남은 탁자. 미간 사이에 깊숙한 골이 패인 담우소의 시야로 여전히 활짝 열린 옷자락 사이로 눈을 어지럽히는 속살이 파고들었다.

처음 예상대로 막문위는 별다른 무공을 연마한 게 아니었다. 단지 대범함과 배짱, 악독한 마음으로 기관을 설치해 놨을 뿐이었다.

'덕분에 난 죽을 뻔했고.'

내심 혀를 차며 담우소는 막문위를 노려봤다. 눈앞에서 상반신을 열어젖힌 채 굳어버린 그녀의 모습은 꽤나 도발적이었다. 하지만 담우소는 눈 하나 깜빡이지 않았고, 옷자락을 여며주지도 않았다.

"이봐요!"

막문위의 얼굴에는 노기가 떠올라 있었다. 여인다운 수치심보다는 자신의 암수가 실패한 것이 분한 모습이었다. 담우소의 대답이 없자 막문위가 냉소했다.

"흥, 아혈도 짚어야 할 텐데요?"

급하게 꺾느라 무리가 간 것이리라. 통증이 느껴지는 목을 주먹으로 몇 차례 두드린 담우소가 퉁명스레 대답했다.

"좋은 구경거릴 보여준 값으로 아혈은 짚지 않겠소."

막문위의 안색이 굳었다.

"설마 날 모욕하겠다는 건가요?"

"그럴 수야 없지요."

"그럼 어째서 숙녀 대접을 해주지 않는 거죠?"

방금 전에 웃는 얼굴로 흉수를 썼던 사람과 동일인인가 싶을 정도로 뻔뻔한 말이었다.

하지만 광명신교에서 지나칠 정도로 이런 부류의 사람을 많이 만난 담우소였다. 대충 이리저리 흔들어 맞춘 목을 그는 미미하게 흔들어 보았다.

"내 평생에 당신처럼 웃는 얼굴로 사람에게 독수를 펼치는 사람은 처음 봤소. 아니, 아주 그런 사람이 없지는 않지만 여자로선 처음이랄 까?"

"……."

"아주 매력을 느끼지 않는 건 아니지만 난 본래 소심해서 색(色)보다 는 삶을 탐하니, 이런 상황에서 당신에게 음심을 품진 않소이다."

"자신의 주제를 참 잘 파악하고 있군요. 그러면……."

"아니아니, 그렇다고 이대로 일을 끝내면 재미가 없잖겠소?"

막문위의 말을 막은 담우소가 히죽 웃었다.

"지금부터 나는 당가보의 귀빈인 당신을 강탈할 생각이니 조금쯤 제 재를 가하긴 해야겠다는 뜻이오."

"앗!"

막문위의 입에서 짧은 비명이 터져 나왔다. 그러나 거침없이 움직인 담우소의 손은 곧 그녀의 겉옷을 완전히 벗겨 버렸다. 황촛불 아래 한 명의 미인이 얇은 내의만을 걸친 채 속살을 드러낸 것이다.

"이 불한당!"

"나는 앞으로도 당신의 아혈을 짚지 않겠으니 얼마든지 소리를 질러 보시오. 뭐, 당가보의 수많은 혈기방장한 젊은이들에게 소저의 고혹적인 모습을 보여주는 것도 나쁜 일은 아니지 않소? 이렇게 몸매도 훌륭한데 말이오."

막문위의 얼굴이 진홍빛으로 변했다.

"잔말 말고 하려던 일이나 마저 하세요!"

씨익!

오랜만에 담우소의 입가로 사악한 웃음이 떠올랐다. 한비자 외전을 배웠기 때문이라기보다는 타고난 성격이 드러나는 순간이었다.

"그럼 가볼까나?"

재빨리 막문위를 안아 든 담우소의 신형이 바람처럼 내실을 빠져나갔다. 여전히 이빨을 악문 채 고개를 돌려 버린 막문위는 내의 차림이었다. 담우소는 진짜 자신이 내뱉은 말에 책임을 지는 사나이였던 것이다.

*   *   *

당가보 밖 십여 리.

말 수십 마리와 더불어 마련되어 있는 마차 십여 대 주변에는 각양각색의 사람들이 옹기종기 모여 앉아 있었다. 그들은 승려나 도사의 복장을 하고 있고, 사농공상(士農工商)의 복장 또한 하고 있었다. 유생이 있었고, 농부가 있었으며, 대장장이나 장사꾼이 뒤섞여 있다는 뜻이다.

게다가 그렇게 모여 있는 각양각색의 사람들은 깊은 밤임에도 모닥불 하나 피우지 않고 있었다. 주변이 온통 산이고 들판이니 야수들의 습격을 두려워할 만도 한데, 그들은 오직 주변을 둘러싸고 있는 어둠보다 더욱 깊은 침묵 속에 앉아 있었다.

그런 사람들 중 눈에 띄는 사람들이 있었다. 정확히 말하자면 이남이녀였다. 강퍅한 얼굴을 하고 있는 자와 다소 통통해 뵈는 사내 둘에 독특한 매력을 풍기는 여인 둘이었다.

주변을 둘러싸고 있는 사람들과 달리 그들 네 남녀는 한눈에 보기에도 무인임을 직감케 하는 기운을 풍기고 있었다. 살기와 예기를 동시에 풍겨내고 있는 것이다, 잘 벼려진 한 자루의 검인에서 풍겨지는 것과 비슷한 종류의.

무거운 침묵을 가장 먼저 깬 것은 네 남녀 중 강퍅한 인상의 사내였다. 가부좌를 틀고 앉아 있던 그는 일시 눈을 꿈틀거려 보이곤 하늘을 바라봤다.

"곧 삼경(三更:오후 11시∼오전 1시) 끝 무렵이오. 당가보 쪽에서 아직 불길이 치솟지 않은 건 어떤 이유요?"

사나이의 질문과 더불어 역시 가부좌를 틀고 앉아 있던 통통한 사내와 섬세한 용모의 여인이 일제히 시선을 한쪽으로 향했다. 그들과 조금 거리를 둔 채 앉아 있던 여인 쪽이었다.

그러자 시선을 받은 여인의 전신에서 희미한 살기가 치솟아올랐다. 그리고 땅을 향하고 있던 얼굴을 들어 올리자 나타난 얼굴에는 한줄기 검상이 선연했다. 그녀는 모종의 임무를 받고 대기 중이던 마경화였다.

"약속은 삼경이었다. 아직 삼경이 끝나려면 일각가량이 남았는데 어찌 방정을 떠는 것이냐?"

마경화의 목소리에는 스산한 기운이 감돌았다. 평소 담우소나 소여영 등에게 보였던 모습과는 전혀 다른 살기가 그녀의 주위를 감돌고 있었다. 바로 전장에서 수십 차례나 죽음의 고비를 넘긴 자만이 가질 수 있는 기운이었다. 그리고 그 때문이었을 것이다.

마경화를 바라보던 일남일녀의 얼굴에 움찔한 기색이 떠올랐다. 그들과 강퍅한 인상의 사내는 혈사방의 이룡일봉이라 불리는 강호의 후기지수였다. 과거 마경화와 같이 만마천 시험을 보았을 뿐만 아니라 같은 또래 내에선 꽤나 높은 명성을 지니고 있었다. 절대로 누군가의 한마디에 기가 눌릴 인물들이 아니었다.

하지만 지금 그들은 하나같이 마경화에게 기가 눌리는 표정을 짓고 있었다. 지금 그들의 앞에 앉아 있는 마경화는 과거와 달랐다. 그들이 알고 있던 사람이 아닌 것이다.

"대가!"

"대사형!"

이룡일봉 중 막내인 녹접 단소소(端素笑)와 흑갈 금충(金虫)의 시선이 자신을 향하자 혈주 단옥린의 미간이 꿈틀거렸다. 강퍅한 인상과 달리 냉철한 판단력을 지닌 그 역시 마경화가 뿜어내는 살기에 마음이 동요됐다.

'담우소! 그와의 대결에서 나는 아예 손조차 쓸 수 없었다. 분명 과거 만났을 당시만 해도 호각이었는데. 도대체 지난 이 년간 어떤 수련을 쌓았기에 그리 압도적이 될 수 있단 말이냐? 그리고 철부지 꼬맹이에 불과했던 가시나무꽃은 또 어떤 세월을 보냈기에 이런 전투귀가……'

단옥린은 마경화를 바라봤다. 그냥 바라보는 것이지만 그 시선은 날카로웠다. 모르는 사람이라면 폐부가 꿰뚫리는 듯한 기분을 느낄 터였다.

그러나 마경화는 과거 단옥린과 인연이 있는 사람이었다. 밤의 어둠과 더불어 섬뜩한 귀광마저 느껴지는 그의 시선을 거리낌없이 받아냈다. 그리고 말했다.

"담 대가는… 아니, 담 대장님은 결코 허언을 하실 분이 아니다. 예전에도 그랬고, 지금도 마찬가지다. 그건 그분과 직접 손속을 겨뤄본 단옥린, 당신이 더 잘 알지 않나?"

"……."

단옥린는 눈에서 힘을 뺐다. 어디선가 불어온 야풍에 그의 장포가 흩날렸다. 앙상하지만 강단이 있는 자신의 주먹을 한 차례 쥐어보며 단옥린이 중얼거렸다.

"확실히 그는 나완 그릇이 다른 사람이다. 무공이든 지략이든. 사부님을 제외하곤 그렇게 강한 인상을 주는 사람을 나는 본 일이 없어. 그러니 믿는 수밖에 없는 것인가?"

"대가!"

"대사형!"

단소소와 금충의 시선에는 여전히 불신과 불만의 기색이 담겨 있었다. 광명신교가 분열한 이래 중원마도에 대한 지배력은 많이 약해져 있었다. 수십 년간 정파의 틈바구니 속에서 홀로 중원을 지키고 있던 혈사방으로선 자립을 생각하지 않을 수 없었다. 아무리 광명소주 엄정하가 있는 철혈대라 하나 무작정 명에 따른다는 건 쉬운 선택이 아니었다.

하지만 이미 마음속으로 결정을 내린 것이리라. 이어진 단옥린의 태도는 단호했다. 한 차례 고개를 흔들어 보이는 것으로 두 사람의 입을 막은 단옥린이 벌떡 신형을 일으켜 세웠다.

"그럼 슬슬 준비나 해볼까?"

역시 신형을 일으킨 마경화의 눈살이 찌푸려졌다.

"뭘 준비한다는 건가?"

단옥린이 마경화를 바라봤다.

"곧 삼경이 끝난다. 주어진 계획대로 도주 준비를 해야 하지 않겠나."

"당신……."

"담 대장은 반드시 약속을 지킨다고 했지?"

"……."

"그럼 가는 거다!"

그 말을 끝으로 단옥린은 손을 들어 올렸다. 그러자 그의 명령만을 기다렸다는 듯 아무렇게나 마차 주변에 널브러져 있던 각양각색의 사람들이 몸을 일으키기 시작했다.

후일 정파무림에 치욕이란 이름으로 쓰여질 사천대탈주(四川大脫走)의 시작이었다.

한편 담우소는 등에 막문위를 매단 채 열심히 신형을 날리고 있었다. 월야의 미녀 강탈이랄까?

그는 처음 내원을 들어섰을 때부터 살펴뒀던 탈출로를 따라 쾌속 전진했다. 기괴한 형태로 연결되어 있는 외원 쪽이 아니었다. 몇 개나 되는 담장으로 가로막혀 있는 쪽을 목표로 삼고 있었다. 외원을 거치지 않고 바로 밖으로 나가려는 의도였다.

어차피 내원에서 사건이 터진 이상 외원 쪽으로 향하는 길목은 이미 모조리 막혀 있을 게 분명했다. 첫 등장과 달리 채경환은 꽤나 요란스레 악다구니를 썼고, 내원은 발칵 뒤집혀 있었다. 이런 상황에서 암기와 독의 가문을 정면으로 탈출한다는 건 바보나 할 짓이란 게 담우소가 내린 결론이었다.

하지만 기괴한 모양만큼이나 당가보의 내부는 복잡했다. 외원을 거치지 않고 내원을 벗어난다는 건 꽤나 어려운 일이었다. 아니, 고난을 자처하는 일이라는 게 더욱 정확한 표현일 터였다.

담우소는 골목을 돌 때마다 끊임없이 새로운 인공 가산이나 건물과 맞닥뜨렸고, 거길 넘으면 높지막한 담장이 앞을 가로막았다. 중간중간에 모습을 드러내는 홍의백영단이 반가울 지경이었다. 그들이나마 습격해 오지 않는다면 몇 걸음도 떼기 전에 길을 잃고 헤맬 판이었다.

얼마 전에도 막 조를 짠 채 달려들던 홍의백영단 세 명을 쓸어버리고 담 하나를 뛰어넘은 담우소는 발길을 주춤했다. 분명 외우고 있던 약도대로 달려왔는데 눈앞의 전경이 왠지 낯이 익었다. 깊이 생각해 볼 것도 없이 잠시 전 통과했던 장소임에 분명했다.

'이런 빌어먹을! 이곳에도 곤륜비동처럼 진세가 펼쳐져 있는 건가? 분명히 당가보 주변에 펼쳐져 있던 진세는 내일 영웅대회가 끝날 때까지 발동하지 않을 터인데.'

담우소는 발을 굴렀다. 그렇게 오랫동안 정보를 수집했음에도 낭패를 당한 자신에게 화가 치밀어 올랐다. 이런 황당한 경우를 당하지 않기 위해서 준비했던 모든 일들이 허사로 돌아간 기분이었다.

그때였다. 담우소의 등에 교구를 묻은 채 입술을 꼭 다물고 있던 막문위가 차가운 조소를 흘렸다.

"길을 잃었군요."

들끓어 오르는 분노에 기름을 붓는 목소리였다. 그러나 담우소는 화를 내지 않았다. 그저 업고 있던 막문위를 한 차례 추슬러 보이는 것으로 대응할 뿐이었다.

"이런 무례한!"

담우소의 넓은 등판에 찰싹 달라붙는 꼴이 된 막문위의 안색이 새파래졌다. 여느 여인이라면 부끄럼에 안색을 붉힐 만도 하건만 그녀의 얼굴엔 미미한 분노만이 떠오를 뿐이었다.

담우소의 입가로 심술궂은 표정이 떠올랐다.

"나는 본래 요조숙녀에겐 군자가 되지만, 버릇없는 말괄량이에겐 망나니가 된다오."

"내가 요조숙녀가 아니란 뜻이군요."

"알면 됐고."

"까불지 말라는 뜻이고요."

"거기까지 알았소?"

"흥!"

나직이 코웃음을 친 막문위의 목소리가 낮게 가라앉았다.

"내 거처에서 이곳까지 오는 동안 몇 명이나 상대했지요?"

"그건 어찌 물으시오."

나아갈 방향을 가늠하는 담우소의 대답은 퉁명스러웠다. 그러나 지금까지와 달리 막문위는 화도 내지 않고 다시 질문했다.

"당신은 그들을 모두 죽였나요?"

문득 담우소의 눈살이 찌푸려졌다.

"그건 어찌 묻는 거지? 설마 당신의 속살을 본 자는 모조리 죽여야 한다는 유치한 뜻은 아닐 테고……."

"그대로예요."

"뭐?"

"나는 곧 성혼해요. 남편 되는 사람은 꽤나 예의를 따지는 명문가의 사람이고요."

"그래서 입막음을 하셔야겠다?"

"당신은 그저 몇 명을 만났고, 몇 명이 살아남았는지만 말해 주면 돼요. 처리는 후일 내가 알아서 할 테니까."

우둑!

담우소의 양 주먹으로 불끈 힘이 들어갔다. 당장 막문위를 땅바닥에 내동댕이친 후 사정없이 발로 짓밟고 싶은 기분이었다. 하지만 그때 막문위가 다시 말했다.

"난 어렸을 때 기관학과 건축학을 배웠어요. 거상이 되기 위해선 단순한 숫자 놀음만 능해선 안 되거든요. 그리고 지난 십수 일간 곳곳을 다 둘러봤으니 대충 어느 쪽으로 가야만 당가보를 빠져나갈 수 있을지 짐작이 가요."

"…이곳을 빠져나갈 길을 안내하겠다는 건가?"

"당신은 날 믿을 수 있겠어요?"

담우소는 순간 마음속을 가득 메우고 있던 분노가 씻은 듯 사라지는 걸 느꼈다. 갑자기 막문위가 이뻐서 죽을 지경이 된 것이다. 하지만 담우소는 오히려 낯을 굳혔다. 그리고 여태까지와 다름없이 말했다.

"상황이 그러하다니, 천하무림인이 운집한 이런 곳에서 속살을 보일 순 없겠지. 지금까지 만난 녀석들에 대해 상세히 말해 줄 테니 당신은 길을 안내하시오."

"그뿐?"

"설마 내가 그들을 암살해 주길 바라는 건 아닐 테지?"

"당신은 어차피 내 손에 죽을 테니 그런 부탁 따윈 하지 않아요."

"그러면?"

"당가보를 빠져나가는 즉시 장포를 벗어줘요."

"그걸로 결정이군."

고개를 끄떡인 담우소가 말했다.

"방향은?"

"북동쪽!"

담우소의 신형이 다시 기운차게 날아올랐다. 정확히 북동쪽으로 한 점 망설임도 없이.

막문위가 방향을 정하면 담우소가 신형을 날렸다. 중간중간 온갖 방법을 동원해서 몸을 숨기는 일이 늘어났는데, 원인은 막문위 때문이었다.

자신에 대한 얘기는 그저 일소하고 넘겼지만 홍의백영단에 대한 얘기는 그저 그렇게 웃어넘길 수 없었다. 몸을 숨길 때마다 몇 번이나 투덜거리곤 했지만.

그렇게 몇 번이나 술래잡기를 한 끝에 당가보를 벗어난 담우소는 하늘을 바라보며 두 주먹을 불끈 쥐었다. 처음 시작할 때만 해도 불가능한 일이라 생각했는데 훌륭히 첫 번째 고비를 넘긴 것이다.

'물론 운도 따랐고, 돈벌레 계집의 도움도 받았긴 하지만 이만하면 문호 녀석한테 으스댈 만하지 않을까?'

하지만 담우소는 곧 고개를 가로저었다. 강문호가 자신을 칭찬하는 광경을 도저히 상상할 수 없었다. 문득 감개무량한 그의 감흥을 깨는 목소리가 있었다.

"약속대로 당가보를 벗어났으니 얼른 장포를 벗어줘요!"

"응?"

그제야 등에 업고 있던 막문위의 존재에 생각이 미친 담우소가 고개를 가로저었다.

"지금은 안 돼!"

"약속을 어길 셈인가요?"

"아니."

"그럼 어째서?"

담우소는 다시 하늘을 바라봤다. 처음처럼 그저 시선만이 향한 것이 아니라 별의 운행을 살피기 위함이었다. 그리고 잠시 잠깐 만에 하늘에서 시선을 뗀 담우소가 말했다.

"곧 당가보에서 날 쫓으려고 사람들이 몰려들겠지."

"그쯤은 예상하고 있었을 텐데요?"

"아아, 그랬지."

"그럼 뭐가 문제죠?"

"대충 불꽃놀이를 할 시간이 됐는데 아직 소식이 없어서 말야."

"불꽃놀이? 아!"

막문위의 얼굴이 무언갈 깨달았다는 표정이 됐다. 그리고 그때였다.

화악!

코끝을 마비시킬 정도로 지독한 냄새에 막문위는 미간을 찡그렸다. 어둠 속에 물들어 있던 야천을 불태워 버리려는 듯 화광이 충천하고 있었다. 바람을 타고 날아든 냄새는 지금까지 군웅들을 들끓게 만들었던 비무대와 인근 가건물들이 불타며 내지른 비명이었다.

"역시!"

막문위는 신음했다. 담우소의 입가에 흐뭇한 미소가 떠오른 것과 동시였다. 그들의 귓가로 사람들의 비명성과 우왕좌왕하는 그림자가 넘실거렸다. 사천제일중지 당가보 일대는 일시 불바다로 변하고 있었다.

"그럼 떠나볼까?"

약속했던 대로 자신의 장포를 벗어 막문위에게 입힌 담우소가 바람처럼 신형을 날렸다. 천연덕스레 이미 통제력을 잃어버린 당가보 주변을 뛰어다니는 사람들 중 일부가 된 것이다. 득의양양한 내심을 애써 숨긴 채.

제80장 마음천강장(魔音天罡掌)!

"화광이 올랐다!"

"신호다!"

정확히 열네 대의 마차 위에 나눠 타 있던 사람들의 입에서 일제히 탄성이 터져 나왔다. 각기 다른 방향을 향한 채 출발 대기하고 있던 그들이 계속 기다려 왔던 화광이 십여 리 밖에서 치솟아올랐다. 이제 출발할 시간이 된 것이다.

'늦었잖아!'

마경화는 화를 냈다. 그리고 화광을 확인하며 안도의 한숨을 내쉬었다. 단옥린에게 큰소리친 때문만은 아니었다. 무표정한 얼굴과 달리 그녀는 내내 걱정하고 있었다. 당가보 주변에 불을 지르기로 한 전영화와 소여영이 걱정됐고, 탈출로 확보에 나선 고강남 등이 걱정됐다.

'그리고 담 대가도…….'

솔직하지 못한 내심이었다. 사실 앞의 동료들에 대한 마음은 다분히 형식적이었다. 마경화는 담우소가 걱정됐다. 사천제일중지에 홀로 뛰어든 그가 미치도록 걱정됐다. 곤륜에서 명령을 어겼던 전례를 들어 당가보에서 가장 멀리 떨어진 곳으로 자신을 보낸 담우소가 원망스러울 정도였다.

바로 그때였다. 점차 커져만 가는 화광을 바라보며 잠시 기쁨에 잠겨 있던 마경화의 정신을 일깨우는 목소리가 있었다.

"그럼 우리 혈사방은 지금 당장 출발하겠소이다. 계획한 바대로 오늘부터 열흘간 한시도 쉬지 않고 열네 방향으로 달릴 테니 이후에라도 다시 만나길 빌겠소."

목소리의 주인은 단옥린이었다. 어느새 그와 사형제들은 열네 대의 마차 중 하나에 올라타 있었다. 수하들뿐 아니라 그들 역시도 미끼가 되기로 결심한 것이다.

문득 마음이 움직인 마경화가 포권을 해 보였다.

"이번에 살아남는다면 후일 반드시 혈사방에 방문하겠습니다."

단옥린의 눈에 이채가 떠올랐다.

"그건 담 대장의 뜻이오?"

마경화가 고개를 흔들어 보였다.

"저, 마경화의 다짐입니다."

"그럼 그때는 본인이 주인으로서 손님 대접을 확실히 해야겠군요."

"보중하세요."

처음과 달리 마경화의 목소리는 다소 부드러웠다. 그녀를 바라보는 단옥린의 시선 역시 마찬가지였다.

"그럼!"

단옥린은 수하들에게 출발 명령을 내렸다. 그러자 열네 대의 마차가
일제히 사천 전역을 향해 내달리기 시작했다. 목숨을 내놓은 질주였
다.

"……."

마경화은 그제야 포권을 풀었다. 그리고 문득 화광이 충천하는 방향
을 바라봤다. 불길은 점점 더 커지기만 할 뿐 수그러들 기미를 보이지
않았다. 당가보 인근에 어느 정도 규모의 화재가 발생했는지 짐작할
만했다.

"탈출은 이제 시작이다."

무심한 중얼거림과 함께 마경화는 전력으로 신형을 날렸다. 단옥린
일행과 마찬가지로 그녀에겐 아직 그녀 나름의 임무가 남아 있었다.
불 구경이나 하며 보낼 시간은 없는 것이다.

*　　　*　　　*

전력이었다. 최고봉에게 경공을 전수받은 후 처음으로 담우소는 전
력을 다 발휘했다. 몸 안을 떠돌던 진기를 몽땅 폭출해 내며 그는 대지
를 연신 박찼다.

빠르게 주변의 경관이 뒤로 밀려났다. 마치 한 마리 준마와 같은 속
도였다. 별호대로 그는 벼락과 같고, 구름과 같이 신형을 날리고 있었
다.

그런데 그때였다. 전력으로 신형을 날리던 담우소는 문득 발걸음을
멈췄다. 마치 보이지 않는 벽에라도 가로막힌 듯 그는 대지 위에 발을
고정시킨 것이다.

　여전히 담우소는 당가보의 영역을 벗어나지 못한 상황이었고, 전영화 일행과 만나기로 한 장소 역시 아직이었다. 결코 발길을 멈출 상황은 아니었다.

　'그런데 어째서?'

　담우소는 미간을 찌푸렸다. 알 수 없는 위화감이 그의 전신을 짓눌러 오고 있었다. 그는 그것을 느낄 수 있었다. 그리고 그때였다. 담우소의 등에 얼굴을 묻은 채 한마디 말도 없던 막문위가 괴로운 신음을 토해냈다.

　"기분 나빠!"

　"응?"

　담우소가 어떤 반응을 보이기도 전이었다. 막문위는 자신의 말이 거짓이 아니라는 걸 몸소 실천에 옮겼다.

　"우웨엑!"

　듣는 이의 속을 뒤집어놓는 괴음과 동시에 막문위는 구토하기 시작했다. 재빨리 담우소가 바닥에 내려놓았지만 그녀는 처음 배를 탄 사람처럼 구토를 멈추지 않았다. 담우소가 느낀 위화감과 전혀 관련이 없다고 할 순 없으리라.

　'그렇다면!'

　담우소의 눈에 이채가 떠올랐다. 짐작 가는 바가 있었다.

　찌익!

　담우소는 재빨리 자신의 소맷자락을 찢었다. 그리고 막문위의 양쪽 귀를 천으로 꽉 틀어막았다. 작은 천 조각으로 귀를 막고, 그 위에 천을 동여맸다. 웬만한 고성에도 끄떡없을 정도의 방비였다.

　'하지만 이 계집은 전혀 무공을 연마하지 않았다. 이것만으론 부족하겠지?

담우소의 한쪽 손이 막문위의 명문혈로 향했다. 진기를 쏟아 부어 그녀의 심맥을 보호하려는 심산이었다. 그리고 다음 순간이었다.

"아!"

그저 한마디 신음을 토했을 뿐 막문위는 곧 숨이 막히는 표정이 됐다. 한 가닥 웅후한 진기가 그녀의 전신을 내달렸다. 담우소의 장심에서 시작되어 명문혈로 쏟아져 들어온 진기였다.

막문위의 얼굴은 붉게 물들었다. 금방이라도 피를 쏟아낼 듯한 진홍빛이었다.

게다가 그녀의 변화는 그뿐만이 아니었다. 잠시 잠깐 만에 그녀의 가냘픈 어깨는 폭풍이라도 맞은 듯 격렬한 떨림을 보이기 시작했다. 어느새 담우소의 내력은 그녀의 체내를 완전히 장악하고 있었다. 그리고 그때였다.

막문위의 등에 한 손을 갖다 댄 채 가부좌를 틀고 앉아 있던 담우소가 벽력같이 하늘을 향해 고함을 터뜨렸다.

"와아아아!"

그것은 그저 담우소의 하단전으로부터 시작되어 체내를 일주천한 후 터져 나온 진기의 폭출이었다. 일반적으로 강호에 전해지는 사자후(獅子吼) 신공이나 천마소(天魔笑) 같은 고심막측한 음공 따윈 될 수 없었다. 그저 괴성에 불과했다.

하지만 본래 만류귀종(萬流歸宗)이라 했다. 문무를 떠나 세상의 모든 공부는 극에 이르면 한곳으로 귀결되며, 가장 정심한 곳에 이르면 오히려 단순해지는 법이었다.

이때 담우소가 내지른 괴성은 전혀 음공이나 음율과 관련되지 않았으나 오히려 본질을 꿰뚫는 면이 있었다. 절묘한 음율의 변화를 보이지 않는 대신 모든 것을 위압하는 힘이 담겨 있었다.

담우소가 고함을 터뜨린 지 얼마 되지 않아 막문위의 얼굴에 화색이 돌아왔다. 보통 사람에겐 고막이 상할 정도의 괴성이 그녀에겐 큰 도움이 된 것이다.

"이, 이게 무슨?"

"입 다물고 있어라. 자칫 잘못하다간 기혈이 역류해서 큰 화를 당할 수 있으니."

"으음!"

고함을 터뜨리는 중 담우소가 전개한 전음은 막문위의 입을 얼른 닫게 만들었다. 실제 무공을 배운 적은 없으나 강호의 일에 대해 아는 게 많은 막문위는 금세 상황을 파악했다. 거상으로서 반드시 필요한 감이 발동한 것이다.

바로 그때였다. 담우소의 주입해 주는 내력에 몸을 맡긴 채 눈을 반쯤 내려감은 막문위의 귓전으로 익숙한 목소리가 파고들었다.

"이곳은 당가보의 영역이다. 비록 화재를 진압하느라 정신이 없긴 하지만 어찌 그리 큰 목소리를 낼 수 있는가?"

'이 목소리는!'

막문위의 어깨가 가볍게 흔들렸다. 마음이 요동 친 것이다. 그러자 명문혈로부터 쏟아져 들어오는 진기에 몸을 맡겼을 때완 달리 지독한 통증이 그녀의 가슴으로 몰려왔다. 평생 단 한 번도 경험해 본 일이 없는 고통이었다.

"흐윽!"

막문위는 자신도 모르게 가슴을 손으로 감쌌다. 이미 담우소의 손이 명문혈에서 떨어졌기 때문에 가능한 행동이었다. 그러나 그녀를 포근히 안아주는 손길은 없었다. 그녀는 홀로 어깨를 떨어야만 했다.

어느새 담우소는 신형을 일으킨 채 목소리가 들려온 방향을 차갑게 노려보고 있었다.

"말로만 듣던 음공(音功)인가? 순간적으로 정신이 아찔한 게 마치 머리를 둔기로 얻어맞은 듯하더군. 하지만 너무하잖아. 나한테는 강남제일세의 주인이 있단 말야."

담우소의 수장이 여전히 땅을 향하고 있는 막문위의 머리에 얹혀졌다. 그저 한 차례 내력을 토하기만 하면 그녀의 작고 동그란 머리는 두부처럼 으스러지리라.

히죽!

악당같이 심술궂은 표정을 한 채 담우소가 이를 드러냈다.

"난 지금 명백한 협박을 하고 있는 중이야. 어차피 당신 같은 강호고수가 내 앞을 가로막은 건 한 가지 이유밖에 없잖아? 더 이상 신비한 척하지 말고 모습을 드러내라고."

콰드득!

담우소가 서 있던 대지가 균열을 일으켰다. 실력 행사에 들어간 것이다. 그리고 그 때문이었을까?

파라락!

옷자락 흩날리는 소리와 함께 십여 장가량 떨어진 나무 위에서 청색 인영이 떨어져 내렸다. 오륙 장도 넘는 높이임에도 허리를 곧게 편 상태로 떨어져 내리는 모습은 지닌 바 무공 수준을 짐작케 했다.

하지만 담우소가 중시한 건 결코 자신과 비교해도 떨어져 보이지 않는 경공이 아니었다. 대략 오십 대가량 되어 보이는 무표정한 얼굴은 낯이 익었다. 영웅대회가 개최되던 날 귀빈석에서 분명 본 일이 있는 얼굴인 것이다.

"당신은 냉면철장……?"

그 순간 냉면철장 조극충의 어깨가 가볍게 흔들렸다. 바닥에 착지한 것과 동시였다. 그리고 그의 신형이 바람처럼 앞으로 튀어나왔다.

스윽!

"멈추는 게 좋을 텐데?"

담우소의 위협이 채 끝나기도 전이었다. 조극충의 신형은 어느새 칠 장의 거리를 단축한 상태였다. 이미 그와 담우소 간의 거리는 삼 장에 불과했다.

만약 담우소의 수장이 여전히 막문위의 천령개(天靈蓋)에 닿아 있지 않았다면 그대로 덮쳐 왔으리라!

'사나이로군!'

담우소는 조극충을 다시 살폈다. 당가보에서 그가 상대했던 동창 영 반 채경환처럼 선이 가늘진 않았으나 비슷할 정도로 독특한 기운을 풍 겨내는 얼굴이었다. 흡사 모든 것으로부터 초탈한 듯한 모습이랄까.

침묵하는 담우소에게 조극충이 입을 열었다.

"이곳에서 당가보는 그리 멀리 떨어지지 않았다. 내 마음천강장을 깨뜨리느라 그리 큰 소리로 괴성을 질렀으니 곧 사람들이 몰려들 것이 다."

"알고 있소."

"하면 어찌 망설이고 있는 것이냐?"

"자신감이 지나친 것 아니오? 나는 혼자서 당가보를 털었는데?"

"네가 동창의 채경환을 깼다는 건 알고 있다."

"그 외에 두 명이 더 있었소만."

"그건 대단하군."

"하지만 그래도 당신은 자신있다는 것이겠지?"

"너는 본래 그리 말이 많은 것이냐?"

일순 담우소의 얼굴이 굳었다. 그리고 그의 입가로 진한 웃음이 번져 나왔다. 광명정을 나온 후 처음으로 짓는 웃음이었다. 강렬한 투쟁심이 그의 온몸을 휘감고 일어났다. 무명산에서부터 연마했던 야성이 눈뜨는 순간이었다.

"재밌군!"

담우소의 수장이 막문위의 천령개에서 떨어졌다. 전의가 그의 온몸을 달구고 있었다. 본성이 드러나는 순간이었다. 그리고 그 때문이었을 것이다.

막문위의 천령개를 떠난 수장이 다음 순간 눈부신 변식을 일으키며 조극충을 향해 짓쳐 갔다.

파앗!

그저 수장만이 움직인 것이 아니었다. 어느새 담우소는 지면을 박차고 있었다.

수장과 보행의 완벽한 연계!

순간적으로 조극충의 사각까지 파고든 담우소의 신형이 격렬한 회전을 일으켰다.

그는 좌측으로 돌진한 처음과 달리 바로 회전을 일으키며 우측을 치고 들어갔다.

폭풍 같은 권각과 더불어 일어난 와선 모양의 기류!

담우소가 강하게 내디딘 발끝으로부터 시작된 전사경이 조극충의 옆구리를 악마의 발톱처럼 치고 들어갔다. 전력으로 일으킨 풍천외가경의 기파였다.

하지만 바로 그때였다. 목석처럼 담우소의 움직임을 살피던 조극충이 움직였다. 그는 맹렬한 기세로 파고드는 담우소를 향해 수장을 뻗어냈다.

자신의 옆구리를 발기발기 찢어놓으려는 담우소의 기파와 비교해 볼 때 어이없을 정도로 미약한 대응이었다. 그는 금방이라도 피를 토하며 튕겨 나갈 것만 같았다. 그가 내민 수장에선 어떠한 강력한 힘도 느껴지지 않았다.

그런데 그 순간 놀라운 일이 발생했다. 악마와 같던 담우소의 신형이 일시 주춤거렸다. 그리곤 마치 보이지 않는 장벽에라도 가로막힌 듯 뒤로 튕겨 나갔다. 바로 아무런 힘도 느껴지지 않을 뿐더러 뒤늦게 움직인 조극충의 수장으로부터 발출된 기괴한 기운이 만들어낸 변화였다.

기기기기긱!

축을 이뤘던 발끝으로부터 담우소의 신형은 팽이처럼 회전을 일으켰다. 조극충의 장심으로부터 뻗어 나온 힘에 부딪쳐 반탄된 자신의 기파에 휘말린 것이다. 조극충의 일 장과 담우소의 풍천외가경에는 그 정도의 힘이 담겨져 있었다.

'하지만 이건 생각했던 이상인걸?'

바닥에 몇 개나 되는 회오리 문양을 만들어내며 담우소는 어금니를 지그시 깨물었다. 힘 대 힘으로 맞붙었는데 튕겨 나오자 자존심이 상했다. 상대방이 전혀 움직이지 않았다는 사실이 더욱 담우소를 자극했다. 당하고 그냥 그렇게 있을 순 없었다.

지이익!

발끝에 힘을 줘 신형을 고정시킨 담우소의 수장이 기쾌하게 위아래로 흔들렸다. 풍천외가경으로 전신을 방어한 채 풍뢰경을 일으킨 것이다.

콰콰콰!

담우소가 독창해 낸 풍뢰경은 조극충의 상반신을 온통 세력권으로 됐다. 그만큼 동작이 컸다는 의미다. 큰 반원을 그리기는 했으나 풍뢰경이 담긴 장세는 완만하게 조극충을 위압해 들어갔다. 그러니 만약 조극충이 피하려 했으면 몇 걸음 뒤로 물러서는 것으로 충분했으리라.

'하지만 이자는 그만한 경공을 지녔으면서 어찌 이런 무식한 방법으로 공격을 하는 것인가? 설마 그는 지금과 같은 급박한 순간에 내게 승부를 걸어오고 있단 말인가?'

짧은 순간이었다. 조극충의 냉막한 입가로 흐릿한 미소가 번져 나왔다. 스스로도 의식하지 못하는 사이 벌어진 변화였다. 어려서 황궁에 들어가 수십 년간 천외천에서 무공만을 쌓은 그로선 느껴본 적 없는 감정이 일순 치솟아오른 것이다. 강호를 호협하는 무인이라면 누구라도 가지고 있는 무인만의 호승심이, 그리고 그 때문이었으리라.

벌써 코앞까지 다가든 담우소의 일 장을 조극충은 피하지 않았다. 어깨를 움찔하는 순간이었다. 그의 수장이 들어 올려졌고, 순간 눈에 보이지도 않을 정도의 빠르기로 담우소의 장세를 맞았다. 정면 승부였다.

퍼엉!

두 번째 힘 대 힘의 승부였다. 한 가지 다른 점이 있다면 부딪치는 순간이 보이지 않을 정도로 쾌속했던 첫 번째와 달리 동작이 무척 완

만했다는 것이다. 두 사람의 두 번째 격돌은 일반인의 눈에도 그 움직임이 보일 정도였다.

'어째서?'

가슴을 때렸던 둔통이 어느 정도 가라앉자 막문위는 다시 평소와 같은 이지적인 표정이 됐다. 주변 상황에 신경을 쓰기 시작했다는 뜻이다.

그녀는 고개를 들어 눈앞에서 벌어지고 있는 격전을 바라봤다. 그녀의 눈앞에서 용호와 같은 두 사내가 수장을 휘두르며 격전을 벌이고 있었다.

막문위의 얼굴에 의혹이 떠오른 건 바로 그 때문이었다. 그녀는 담우소란 사람을 아직 완전히 파악하지 못한 상태였다. 그러기엔 아직 자료가 모자랐고, 경험이 부족했다.

하지만 그녀에게 있어 조극충은 익숙한 사람이었다. 이번 대마교파멸지계의 초안을 짤 때부터 그는 그녀의 곁에 있었다. 그리고 사천행에 대동했을 정도로 그녀는 조극충을 완전히 파악하고 있다 믿었다. 어떤 일이 벌어지든 자신이 맡은 일에 충실할 뿐더러, 결코 감정적인 판단을 내리지 않을 사람이라고.

그런데 지금 조극충은 막문위의 기대를 배반하고 있었다. 그녀가 지금껏 알고 있던 사람으로선 결코 행할 수 없는 행동을 하고 있었다.

그는 막문위를 구하러 이곳에 온 것이었다. 당연히 담우소를 제압하는 것보단 막문위를 구하는 데 더욱 신경을 써야 할 터였다. 그것이 최우선적으로 신경 써야 할 일이었다.

지금처럼 담우소와의 승부에만 신경을 기울이는 건 결코 옳은 판단이 아니었다. 평소의 조극충이 내릴 만한 판단이 아니라는 뜻이다. 그는 지금 그동안 대놓고 경멸하던 무림인들처럼 혈기만 넘치는 바보 짓을 하고 있는 것이다.

'그동안 내가 사람을 잘못 봤단 건가?

눈앞을 어릿어릿하게 만드는 두 사람의 공방을 지켜보며 막문위는 속이 부글부글 끓어올랐다. 여태껏 담우소에게 수모를 당하면서도 내심을 드러내지 않은 건 조극충에 대한 절대적인 믿음 때문이었다. 자신을 최우선적으로 생각하는 조극충이 혹을 단 담우소 정도는 반드시 찾아내리란 믿음이었다.

'그런데 저런 꼴이라니!'

막문위는 아랫입술을 꼬옥 깨물었다. 자신의 계획이 틀어지자 분노를 참을 수 없었다. 강호를 모르고, 무림을 모르는 그녀로선 눈앞의 두 사내를 이해할 수 없었다. 힘 대 힘으로 부딪쳐 상대방을 때려눕혀야지만 이룰 수 있는 야성을, 그리고 무인만의 투쟁심을.

분노에 찬 막문위를 관객으로 둔 채 담우소와 조극충은 연신 맞붙었다 떨어졌다를 반복하고 있었다.

처음 시간의 흐름이 멈춘 듯 느긋했던 동작은 어느새 속도가 붙고 있었다. 최초의 일합처럼 극단적인 쾌전은 아니나 점차 초식과 초식의 흐름이, 쾌적이 보는 이의 눈을 어지럽힐 정도가 되어 있었다.

일 초 일 초마다 광풍이 몰아쳤고, 권력과 장력이 휘몰아쳤다. 두 사람을 월등히 뛰어넘는 무위를 지닌 사람이 아니고선 절대 근처로 다가들 수 없을 터였다. 지금 두 사람의 격전을 지켜보자면 현 무림 중에 그와 같은 무위를 지닌 사람이 있으리라곤 도저히 상상이 되지 않지만.

그렇게 격전이 백 합을 넘겨 이백 합이 다 되어갈 무렵이었다. 격전을 펼치면 펼칠수록 용맹해져 가는 담우소의 모습을 바라보던 조극충의 눈빛이 차가워졌다. 평소 보이던 냉철함이 아니라 마음속 깊은 곳에서 치밀어 오른 분노가 만들어낸 변화였다.

황궁제일고수! 즉, 황궁무림인 천외천 최강이란 명호는 조극충에겐 당연한 것이었다. 강호에 나와 녹림십팔채 중 북육성의 괴걸들을 물리쳐 얻은 냉면철장이란 별호에 그다지 신경 쓰지 않는 이유였다. 이미 그는 자신이 최강임을 자부하고 있었다. 며칠 전 천하제일검 석검 노야를 만나기 전까진.

석검 노야가 뿜어내는 기도는 조극충의 눈을 뜨게 만들었다. 내심 깔보고 있던 강호무림에 대한 안계를 열어준 셈이었다. 그러나 그 상대가 천하제일검이었기에 조극충은 참을 수 있었다. 천하제일인이라 불리는 청우 선인이라 해도 석검 노야를 능가하진 못하리란 판단이었다.

그런데 지금 조극충으로 하여금 단 반 초식의 우위도 점하지 못하게 만들고 있는 자는 누군가!

그는, 담우소는 그야말로 무명인이었다. 강호 정세에 밝은 막문위조차 알지 못하는 자였고, 조극충 자신은 말할 것도 없었다. 비록 같은 천외천 소속인 채경환이 처절하게 당했고, 당가보 안을 쑥대밭으로 만든 자이나 그건 이유가 되지 않았다. 황궁제일고수인 조극충이 이백 초가 넘도록 상대를 제압하지 못하는 것도, 그래서 마음이 초조해지고 다급해지는 것도 안 되는 것이다.

파파팟!

하체를 노리고 파고들던 각력의 방향이 바뀌었다. 기괴한 변화를 일으키며 머리 쪽을 향하는 것이다. 그러자 얼굴 전체를 노리며 휘몰아친 세 차례의 회오리를 재빨리 피해낸 조극충의 장세가 돌변했다.

우우웅!

조극충의 장법은 그야말로 완벽 그 자체였다. 일장 일식(一掌一式)을 내지를 때마다 완벽한 공수를 겸비했고, 때문에 최소한의 움직임만으로 담우소의 급공을 막아낼 수 있었다. 만약 방어만 하기로 마음먹는다면 상대방의 공격을 전혀 허용치 않을 절대 방어를 형성하고 있었다, 그저 한 쌍의 적수공권(赤手空拳)만으로.

하지만 조극충은 방어만으론 성이 안 찼을 것이다. 담우소의 공세에 맞춰 완만해졌다 빨라지기를 반복하던 조극충의 쌍수는 이때 미세한 떨림을 보였다. 이백 초의 공방 중 단 한 차례도 보인 적 없는 모습이었다. 그리고 곧 담우소의 시선이 채 따라잡지 못할 정도로 떨림은 심해졌다.

'벌 떼가 우는 소리?'

일시 담우소는 미간을 찌푸렸다. 이어지던 자신의 공세를 조극충이 막아내는 것과 동시에 벌어진 일이었다. 조극충의 쌍장으로부터 격렬한 소음이 일어났다. 처음 담우소의 발길을 멈추게 했던 위화감을 수배나 동반한 채.

"아악!"

비명을 터뜨린 건 멀찌감치 떨어져 있던 막문위였다. 처음 느낀 위화감만으로도 구토를 참지 못할 정도였는데 이번에 조극충이 일으킨 기운은 수배 더 심했다. 막문위가 비명을 터뜨린 건 당연한 노릇이었다.

그럼 담우소는?

막문위와 달리 담우소는 바로 지척에서 조극충의 변화한 장세와 직

면했다. 당연히 피해도 컸다. 강렬한 음파를 얻어맞는 순간 몸의 평형
감이 사라졌고, 눈앞이 캄캄해져 왔다.

그 후 순간적으로 변화한 조극충의 일 장을 옆으로 흘려낸 건 어디
까지나 타고난 본능에 의지한 바가 컸을 정도였다.

휘청!

담우소는 흔들리는 상체를 바로 세우기 위해 머리를 흔들었다. 세상
이 몇 개로 나뉘어 보였다. 이미 꽤나 심각한 타격을 입은 것이다.

물론 그런 담우소를 조극충이 기다려 줄 리 없었다. 처음 두어 차례
의 장력은 어찌어찌 피해냈으나 곧 담우소는 몇 차례나 피를 토해냈다.

화려하진 않지만 정확한 동작으로 조극충의 장력은 담우소의 사혈(死
穴)을 노리며 파고들었다. 금방이라도 승부는 결정날 듯 보였다. 차갑게
가라앉은 조극충의 얼굴 역시 자신의 승리를 자신하는 듯 밝아져 있었다.

하지만 바로 그때였다. 연신 뒤로 비척거리며 물러서던 담우소의 신
형이 땅바닥을 굴렀다. 항상 위기에서 담우소를 구해줬던 역행권의 한
동작이었다. 그리고 급변한 상황!

파파파파팍!

완벽한 방어를 보이던 조극충의 장세에 변동이 일어났다. 괴음을 일
으키느라 약해진 장세를 담우소의 발이 몇 차례나 격타했다. 장세의
한쪽이 뚫린 건 바로 그때였다.

'윽!'

더 이상 견디지 못하고 뒤로 물러선 조극충의 이마로 땀방울이 맺혔
다. 풍천외가경이 잔뜩 담긴 각력을 막아내느라 기혈이 난마처럼 끓어오
르고 있었다. 만약 자부심을 상관치 않았다면 벌써 뒤로 물러났으리라.

"어떻게?"

의혹이 가득 담긴 조극충의 시선 속으로 슬그머니 신형을 일으켜 세우는 담우소의 모습이 보였다. 입가에 점점이 맺혀 있는 핏물을 스윽 소맷자락으로 닦으며 담우소가 이를 드러냈다.

"내가 발길을 멈춘 건 이상한 음공 때문이었지 당신의 잘난 장력 때문이 아니었어. 그런데 남은 전력을 다하고 있는데 전혀 사용을 안 하니 별수있어야지."

"…일부러 당한 척했군."

"당신한테 달려들 때부터 귀는 막아둔 상태였거든."

"이 녀석!"

조극충의 안색이 붉게 달아올랐다. 그동안 유지하고 있던 평정심이 크게 흔들린 모습이었다. 그러나 담우소는 그 틈을 타 조극충을 공격하지 않고 오히려 뒤로 물러섰다. 그리곤 유쾌한 목소리로 소리쳤다.

"이 녀석들아! 왔으면 빨랑 달려올 것이지 쥐새끼처럼 숨어서 뭐 하는 것이냐?"

"뭐?"

조극충은 크게 놀라 주변을 둘러봤다. 담우소가 생각보다 강한 탓에 전력을 다하느라 주변까지 주의를 기울일 수 없었다. 그런데 지금 둘러보니 놀랍게도 이곳저곳에서 모습을 드러내는 자들이 있었다.

'아직 당가보에서 달려오기엔 무리가 있는 시간이다. 저들은 이 녀석의 동료들인가?'

반사적으로 막문위 쪽을 바라본 조극충의 시선이 흔들렸다. 자신이 일으킨 마음(魔音)의 영향으로 정신을 잃은 그녀 쪽에는 벌써 두 명이나 되는 여인이 다가서 있었다. 자신을 향해 단궁을 겨누고 있는 세 명의 사내들을 차치하더라도 눈앞에 담우소를 놔둔 채 막문위를 탈취하기란 힘들게 된 상황이었다.

'나는 시간을 끌면 끌수록 나에게 유리해지리라 생각했다. 당가보에서 지원군이 올 테니까. 그런데 그런 생각을 한 건 나뿐만이 아니었구나.'

담우소가 일찍부터 주변에 방수를 숨기고 있었다는 생각에 조극충은 가슴이 무겁게 내려앉았다. 처음부터 담우소를 밀어붙이고 막문위를 탈취했어야 한다는 자괴의 감정이 그를 짓눌러 왔다.

그때 담우소가 말했다.

"당신이 사용한 무공의 이름은?"

이미 승부의 추가 기운 상황이었다. 한 치의 흔들림도 없는 시선 아래 자신을 노리고 있는 세 개의 단궁을 바라본 조극충이 무심히 대답했다.

"마음천강장이다."

"마음천강장? 이름 한번 그럴듯하게 잘 지었구려. 장력을 잘게 공명시켜 공격을 가하는 장력이란 건 듣도 보도 못했는데 말야."

"천외천 삼대무공 중 하나다. 그걸 깨뜨린 네 녀석이야말로 대단한 것이다."

"하하, 그렇구려. 하지만 그렇게 날 띄워줄 필요는 없소이다. 아직 당가보의 추격이 이곳에 닿으려면 시간이 좀 남았을 뿐만 아니라 난 당신이 범한 실수를 되풀이할 생각이 없으니."

꿈틀!

조극충의 안면 근육이 경련을 일으켰다. 다시 한 번 담우소에게 농락당했다고 생각한 것이다. 하지만 담우소는 그런 조극충의 마음까지 살펴줄 만큼 다정하지 않았다.

대뜸 입가에서 웃음을 지운 담우소가 말했다.

"움직임을 보면 알겠지만, 내 수하들은 하나같이 일류고수인데다 합벽진에도 능하오. 이만큼 유리한 고지를 선점한 상황이니 당신 같은 고수를 나는 필히 죽여야 할 것이오.”

“그것이 옳은 선택이다.”

조극충은 어느새 무심함을 회복하고 있었다. 방금 전 붉게 달아올랐던 얼굴이 무색할 정도로 냉정한 대응이었다. 담우소에겐 그런 모습이 나빠 보이지 않았다.

“과연 황궁의 인물이오. 여타 정파의 무림인처럼 정면 대결이 아니니 무효라고 외치거나 어처구니없는 억지를 부리진 않는구려.”

“정파의 무림인들이 그러는가?”

“흥, 당신은 정파무림인들과 어울리면서도 그들의 본질을 보진 못한 모양이구려.”

“난 천외천의 무인이니까.”

담우소는 눈앞의 올곧은 무인이 크게 마음에 들었다. 만약 적대하는 사이가 아니라면 어딘가 주루라도 찾아가 술을 나눠 마시고 싶었다.

‘하지만 그럴 순 없지.’

쓴웃음과 함께 담우소가 말했다.

“난 당신의 팔 하나를 원하오.”

“팔? 그것만으로 만족하는가?”

“앞으로 당신이 마음천강장을 완벽하게 시전할 수 없기만 한다면 나로선 만족하오.”

“난 결코 막 대인을 포기하지 않을 터인데도?”

“당신을 죽이기 위해 시간을 보내는 동안 당가보의 정파 녀석들에게 덜미를 잡히는 것보단 낫겠지요.”

“…그렇군.”

조극충이 고개를 끄떡이는 것과 동시였다. 그를 노리며 번뜩이고 있던 세 개의 단궁은 재빨리 거둬졌다.

조극충의 경공이라면 다시 철시(鐵矢)를 걸고 시위를 당기는 동안 충분히 거리를 벌릴 수 있으리라!

'영리한 자!'

담우소에 대한 조극충의 판단이었다. 그는 망설이지 않았다. 번개같이 수장을 뒤집자 그의 왼팔이 축 늘어졌다. 견갑골로부터 이어져 있던 근육을 끊어버린 것이다. 천외천 삼대무공 중 수위를 다투는 마음천강장의 명맥이 끊기는 순간이었다.

휘익!

조극충은 바로 신형을 날렸다. 일단 막문위를 포기한 것이다. 바람처럼 자신의 시야를 벗어나는 조극충을 바라보며 담우소는 미미하게 고개를 끄떡였다. 마음 한 켠이 허전했다. 그의 내심은 조극충과 마지막까지 전력으로 겨루는 것이었다.

'쓸데없는!'

금세 마음을 되돌린 담우소가 자신의 수하들을 바라봤다. 부복하고 있는 고강남 등 사이를 빠져나온 전영화가 눈살을 가볍게 찌푸려 보였다.

"금산상회의 철혈거상이라니! 담 대가는 너무 위험한 물건을 가지고 나오셨군요."

담우소가 뒤통수를 긁적였다.

"글쎄 말야. 어쩌다 보니 그렇게 됐군."

무책임한 대답이었다. 하지만 전영화는 어느 정도 담우소란 사람을 이해하고 있었다. 다시 한 차례 고운 눈매를 찌푸려 보였을 뿐 그녀는 탓하지 않고 말했다.

"두 번째 작전으로 들어가는 겁니까?"

"지금 당장!"

"알겠습니다."

전영화의 복명과 함께 담우소를 비롯한 일행은 빠르게 움직이기 시작했다. 한마디 의혹도 없이 사천대탈주를 위해 계획된 두 번째 작전지를 향해.

*　　　　*　　　　*

쾅!

자단목으로 만들어져 있던 평상은 단숨에 박살났다. 평상을 두들긴 주먹에 담긴 분노가 그렇게 만들었다. 하지만 평상을 산산조각 내고도 분노는 가라앉지 않았다.

이리저리 희번덕거리는 눈동자, 치밀어 오르는 분노로 인해 안색이 자홍빛으로 변한 당천위의 시선을 받은 당가의 정영(精英)들은 하나같이 고개를 땅으로 떨궜다.

방금 전까지 야풍을 타고 끝 간 데 없이 번져 나가던 불길을 잡느라 고전했던 그들의 얼굴은 온통 검댕이투성이었다. 보통 때 같으면 수고했다는 칭찬 한마디쯤 들어도 될 만한 모습들이었다. 이렇게 죄지은 자들처럼 고개를 숙여 보일 까닭이 없었다.

그러나 한 시진 만에 불길을 제압한 건 제압한 것이고, 철벽을 자랑하던 당가보가 뒤집힌 건 또 다른 문제였다. 당가보 내부를 수비하고 있던 홍의백영단 전체를 대신하여 천독수 당현이 무거운 입술을 열었다.

“홍의백영단의 피해는 부상자 십오 명에 사망은 없습니다. 그리고 또 다른 사항은……”

“아이가 나설 자리가 아니다!”

목소리를 낸 건 당현의 부친이자 당천위의 동생인 팔비독룡(八臂毒龍) 당한수(唐瀚首)였다. 당가보 최강의 무력 집단인 암전대(暗戰隊)를 이끌고 있는 그는 명실상부한 당가의 이인자였다.

당한수가 나서자 눈썹을 한 차례 꿈틀거린 당천위가 냉담한 표정을 던졌다.

“자네가 나섰다는 건 이미 모든 상황이 파악되었다는 것이겠지?”

당한수가 가볍게 고개를 숙여 보였다.

“이번 화재로 인한 피해는 생각보다 그리 크지 않습니다. 비무대가 전소됐고, 주변 가건물들의 칠 할가량이 불탔지만 인명 피해는 미미한 정도입니다.”

“방화치고는 예상 밖이군.”

“방화자는 처음부터 방화 그 자체에 목적이 있는 게 아니라 커다란 소란을 일으키는 것과 당가보의 시선을 잡아두는 데 있었으니까요.”

“그렇다면 그들의 진실한 목적은?”

“이미 보고받으셨다시피 금산상회의 막 대인이 납치됐고, 동창에서 나온 손님들이 부상을 당했습니다. 이번 대마교파멸지계의 핵심 인물들이 목표였다는 것이지요.”

“더러운 마교 녀석들!”

당천위의 얼굴이 더욱 붉게 물들었다. 이미 알고 있던 사실이나 당한수의 보고를 듣고 있자니 또다시 분노가 치밀어 올랐다. 그런 당천위를 바라보며 당한수는 보고를 계속했다.

“이미 암전대 중 신법에 가장 능한 자들을 주축으로 한 추격대를 편성했고, 각 분가로 지원을 요청했습니다. 당가보를 중심으로 천라지망이 펼쳐지는 건 시간문제에 불과합니다.”

“시간문제?”

“예, 당가보에 모인 여타 대문파에 협조를 요청하면 더욱 빨리 일을 처리할 수 있겠습니다만…….”

“안 돼!”

당천위는 목소리는 단호했다. 당한수는 당연히 그러리라 짐작한 듯 표정에 변화가 없었다. 그런 당한수를 노려보며 당천위가 말했다.

“본 가에서 벌어진 일이다. 절대 타 문파의 손을 빌어선 안 된다. 그리고…….”

잠시 말을 멈춘 당천위가 당한수에게 전음을 발휘했다.

“동생! 어차피 나는 강남의 쓰레기들과 이번 마교 토벌의 공을 나눌 생각은 없었다. 이번에 사천에 침투한 마교의 쥐새끼들은 당연히 토멸해야겠지만 반드시 막가 계집이 살아 생환할 필요는 없을 것이야.”

“형님의 뜻을 알겠습니다.”

“그럼 그 건은 자네한테 일임하겠네.”

“실망시키지 않겠습니다.”

당한수의 눈빛이 차갑게 가라앉았다. 평상시와 전혀 다름없는 모습이나 당현은 당한수가 흥분한 상태라고 생각했다. 어느새 쥐어진 부친의 주먹에서 힘줄이 꿈틀거리고 있었던 것이다.

제81장 성도풍운(成都風雲) 1

　사나이 나이 오십. 지천명(知天命)이라 했다. 하늘의 뜻을 알아 그에 순응하고, 하늘이 만물에 부여한 최선의 도리를 안다는 나이가 지천명이었다.

　사천제일 명문 당가의 셋째로 태어나 올해 나이가 지천명에 이른 당한수는 조용하지만 강한 사나이였다. 겉으로 드러나는 화려함은 없지만 매사 하는 일에 결점을 찾을 수 없는 소금 같은 인물이었다.

　약관 이십 세에 무림에 출도해 지금까지 단 한 번의 실수도 그는 용납하지 않았다. 가주에 오른 당천위에 비해 큰 명성을 떨치진 않았지만 흠이라곤 찾아볼 수 없는 인생이었다. 그가 대단히 침착한 성격의 소유자임을 말해 주는 대목이었다.

　그런 당한수의 현 직위는 암전대주(暗電隊主). 당가보 최강의 무력 집단의 장이었다. 게다가 독자인 당현이 얼마 전 청년부 최강인 홍의백영단의 단주에 올랐으니…….

'그동안 나의 인생은 지나칠 정도로 순탄했었다는 거로군.'

거의 백여 필에 달하는 준마 위에 올라타 있는 수하들을 돌아보며 당한수는 가볍게 고개를 흔들었다. 현재 그의 답답한 내심을 보여주는 모습이었다.

어젯밤이었다. 당가보가 발칵 뒤집힌 이래 가장 먼저 사태 수습에 나선 건 당한수였다. 연이은 축제 때임에도 그의 생활은 전혀 변한 것이 없었고, 그래서 가장 먼저 우왕좌왕하는 가문의 병력들을 안정시킬 수 있었다. 당연히 그는 곧 누구나 인정할 수밖에 없을 몇 가지 쾌거를 이룩했다.

그는 혼란의 와중 비무대에서 시작된 불길이 당가보로 옮겨 붙는 걸 막아냈고, 이번 영웅대회 동안 당가보에 들어온 인물들을 면밀히 분석해서 일단의 용의자들을 뽑아냈다. 무석 분가주 당호를 쫓아온 무사들 중 일단의 무리가 혼란 중에 사라졌음을 금방 확인해 낸 것이다.

그 후 바로 잡아들인 당호를 취조한 끝에 얻은 확신을 토대로 당한수는 휘하의 암전대를 이끌고 밤새 말을 달려 이곳 백석평(白石平)에 이른 상황이었다.

주변이 온통 산으로 둘러싸인 당가보이다 보니 백석평 같은 너른 분지에 이르러서야 길은 몇 개나 되는 관도로 나뉘었다. 이곳까지는 일방통행이나 다름없었다.

물론 그 점을 모를 당한수가 아니었다. 일단 전력으로 백석평까지 말을 달린 다음 앞서 출발했던 선발진으로부터 정확한 추격로를 얻는다는 게 그의 생각이었다. 이름 속에 벼락이란 뜻이 들어간 암전대의 추격 속도를 감안하면 분명 정확하고 합리적인 판단이었다.

하지만 당한수는 곧 낭패에 빠졌다. 얼마 전 앞서 출발했던 선발진들이 속속 도착하면서 벌어진 일이었다.

놀랍게도 동쪽으로 떠났던 자들이나 서쪽으로 떠났던 자들이나 선발대의 보고는 별 차이가 없었다.

그들은 한결같이 사방팔방으로 마차가 떠난 자국이 있으나 용의자들의 행방이 묘연하다 말했다. 당한수의 이마에 주름이 만들어지는 순간이었다.

'허허, 그렇게 공교로운 일이 있을 수 있을까?'

당한수는 다시 고개를 내저었다. 무림에 출도한 이래 수많은 사건을 경험한 그였다. 그동안 우연이라 할 만한 일도 많이 겪었으나 돌이켜 보면 그것들은 하나같이 필연의 산물에 불과했다. 하나나 둘 정도는 고개를 끄떡인다 해도 이렇게 많은 우연을 동시에 인정할 순 없었다. 그런 식으로 행동해 가지고선 절대 사건을 해결할 수 없는 것이다. 이번처럼 중대한 일을 맡은 상황에선 더 더욱!

전면을 응시하는 당한수의 두 눈이 불타올랐다. 평소의 그를 알고 있는 자라면 깜짝 놀랄 정도로 돌변한 모습이었다. 그는 어떤 일을 맞더라도 절대 투지를 불태우는 성격이 아니었기 때문이다.

이때 당한수는 상념 끝에 당가보를 떠나던 때 마주쳤던 석검 노야를 떠올리고 있었다. 절대 그로선 따라잡지 못할 곳에 올라 있는 고독한 절대자의 모습을.

"그분에겐 이만한 일조차 평정을 흐트러뜨릴 수 없다는 것이겠지?"

그저 당한수 본인의 귀에만 들릴 정도의 뇌까림이었다. 결국 그는 결정을 내린 것이다. 그러자 여태껏 귀머거리 흉내를 내고 있던 암전 대원 중 한 명이 묵직한 목소리를 냈다.

“열네 방향 모두 추격하는 겁니까?”

“일단은!”

“바로 출발하겠습니다.”

당한수의 짧지만 긴 고뇌를 지켜보며 다음 명령은 듣지 않고서도 눈치 챘으리라. 그의 다음 명령을 기다리지 않고 각기 타고 있던 말의 고삐를 잡아챈 암전 무사들이 이기 일조가 되어 사방으로 찢어졌다. 암전대 병력의 절반에 달하는 숫자였다.

자신의 눈앞에서 빠르게 사라져 가는 암전 무사들을 바라보며 당한수는 눈을 지그시 감았다. 방금 내린 결정이 열네 대의 마차 위에 올라 타고 있을 사람들에 대한 사형 선고임을 아는 까닭이었다. 마도에 대한 발본색원(拔本塞源)이란 미명 하에.

“대주님, 나머지 병력은 이곳에서 대기하는 것입니까?”

당한수는 바로 감았던 눈을 떴다. 그리곤 어깨를 편 채 고개를 가로저었다.

“그렇다면?”

또 다른 목소리였다. 당가에서도 오로지 살육과 파괴만을 위해 키워진 암전대였다. 오랜만의 출동임에도 뒤에 남게 되자 욕구 불만을 어쩌지 못하는 듯했다.

그러나 당한수는 여전히 묵묵부답이었다. 마치 수하들의 호전성을 일부러 끌어올리려는 듯. 그러다 문득 뒤로 고개를 돌린 당한수가 무심히 말했다.

“우리들은 지금부터 앞서 마차를 쫓아간 선발대의 뒤를 좇는다.”

“예?”

“천천히! 아주 천천히 그들의 뒤를 좇는 거다.”

“존명!”

뒤에 남아 있던 암전 무사들은 일제히 복명했다. 당한수의 의도를 이해한 것이다. 혹시라도 자신들이 쫓는 사냥감이 중간에 샜을 일말의 가능성마저 염두에 둔 그의 명령을. 절대 그럴 리 없으리라 투덜거리면서도.

*　　　　*　　　　*

담우소 일행은 새벽이 되기 전에 제 이 지점에서 마경화와 합류했다. 이때 마경화는 혼자가 아니었다.

그녀의 주변엔 십여 명의 사내들이 옹기종기 모여 있었다. 주변에 커다란 등짐들이 보이는 걸로 보아 상단을 쫓아다니는 짐꾼들임에 분명했다.

그중 한 명은 담우소에게 낯이 익었다.

그는 바로 얼마 전 청해성의 염업을 통째로 삼키기 위해 청해상단을 암습했던 사천염상 진소춘이었다.

그동안 마경화에게 얼마나 심한 꼴을 당했는지 그의 얼굴에는 이미 과거의 기상 따윈 한 점도 찾아볼 수 없었다.

무석의 기루에서 삼류밖엔 안 되는 철사장을 가지고 용맹히 덤벼들던 때가 엊그제 같은데 탈출에 이용당하기 위해 끌려온 그의 안색은 처참하기까지 했다.

일견하는 걸로 진소춘의 내심을 꿰뚫어본 담우소가 피식 웃으며 위로했다.

“진 형, 본래 무림인이나 장사꾼이나 이득을 위해 칼을 쓰고 심계를 쓰지 않겠소?"

"예? 그게 무슨······."

"무림인이나 상인이나 크게 한탕하기 위해선 위험을 무릅쓰는 게 당연한 일이니 그리 인상을 구기지 말라는 뜻이오."

"······."

그러나 진소춘은 더욱 인상을 찌푸릴 뿐이었다. 하긴 담우소의 한마디로 인상이 펴질 리 만무했다.

사천의 염상 중 으뜸인 자답게 그는 머리가 잘 돌아갔다. 담우소와 마경화 등이 자신을 이용해 하려는 짓의 의미를 이미 대충 눈치 채고 있었다.

하긴 이런 지경까지 이르러서 눈치 채지 못했다면 바보일 터였다. 그는 나직한 목소리로 자신의 운이 완전히 끝났다고 한탄했다.

그러자 마경화가 나섰다. 여전히 인상을 구기고 있는 진소춘에게 한 걸음 다가선 마경화의 눈빛이 살벌하게 빛났다.

"네가 담 대가의 말을 못 들은 것이냐?"

움찔!

"인상 펴란 말이다!"

목소리는 그리 크지 않았지만 마경화의 음성에는 살기가 깃들어 있었다. 주변에 모여 있는 짐꾼들의 표정은 변함이 없는데 진소춘은 안색이 시커멓게 변했다. 그리고 억지로 지어 보이는 그의 웃음은 애처로울 지경이었다.

그 모습을 바라보며 한 차례 고개를 저어 보인 담우소가 옆에 묵묵히 서 있던 전영화에게 시선을 던졌다.

"상관옥은 말했던 것처럼 처리했겠지?"

"예, 담 대가가 명하신 그대로 처리했습니다. 의외로 강골인지라 처리하기 어려울 줄 알았는데 그 은 사슬을 내줬더니 갑자기 사람이 바뀌더군요."

"그랬나?"

담우소의 입가로 웃음이 감돌았다. 과거 그에게서 후안무치를 강탈했을 때부터 가지고 있던 찜찜한 감정이 사라지는 기분이었다. 그때였다. 옆에서 고개를 갸웃거리고 있던 소여영이 얼른 끼어들었다.

"사부님! 사부님! 그 사람 진짜 웃겼어요!"

"웃겨?"

"영화 언니가 그 은 사슬을 내줬더니 갑자기 어깨를 부르르 떨고는 대성통곡하는 거예요, 그렇게나 덩치가 큰 사람이. 정말 추했어요. 그래서 영아는 웃음을 참느라……."

딱!

소여영의 입에서 아얏 소리가 터져 나왔다. 담우소에게 꿀밤을 얻어맞은 것이다. 평소 까불다 얻어맞는 것보다 훨씬 강도가 센 꿀밤이었다.

소여영이 울상도 짓지 못하고 커다란 두 눈에 눈물을 그렁하니 담자 담우소가 엄중한 목소리로 말했다.

"그 은 사슬은 그 사내가 평생 익힌 성명절학을 펼칠 수 있는 유일무이한 병기다. 그런 병기를 찾았으니 기뻐하는 건 당연한 일이 아니더냐? 그런 사람을 비웃는 건 강호 여협이 할 행동이 아니다."

"죄, 죄송합니다."

"눈물을 훌쩍이는 것도 마찬가지고."

뚝!

강호 여협이란 말에 소여영은 얼른 삐쭉거리려던 입술을 쑥 집어넣었다. 그녀에게 있어 여협이란 말은 전가의 보도나 다름없었다.

'하긴 웃기긴 웃겼겠지. 나 역시 그 모습을 봤으면 필시 웃었을 테니.'

담우소는 내심 헛웃음을 터뜨렸다. 과거 상관옥에게서 후안무치를 탈취했던 때의 일을 떠올리자 후회보다는 유쾌함이 먼저 떠올랐다. 그러나 방금 소여영을 혼낸 참이었다. 내심을 숨긴 채 담우소가 다시 전영화에게 말했다.

"그는 순순히 은거를 약속했는가?"

"잔뜩 겁을 준 연후에 그 은 사슬과 함께 맡기셨던 무공 비결을 전해 줬더니 연신 큰절을 해 보이더군요."

"겁을 줬다?"

"몇 군데 혈도를 짚은 후 앞으로 삼 년간 내가 전해준 무공 비결을 연마하지 않으면 칠공에서 피를 토하고 죽는다 했습니다."

"그는 그 말을 믿던가?"

"믿지 않을 수 없었을 겁니다. 실제로 경맥을 세 차례나 역행하게 만들었으니까요."

"그렇군."

담우소는 천천히 고개를 끄떡여 보였다. 언제나 마음 한구석을 찜찜하게 했던 상관옥에 대한 일을 마무리 짓자 속이 다 시원했다. 스스로에게 떳떳할 수 있다는 건 좋은 일인 것이다.

문득 전영화가 말했다.

"이미 보고드렸다시피 상관옥이 날린 전서구가 향한 곳은 당가보에서 그리 멀리 떨어지지 않은 곳이었습니다. 금산상회 최강의 무력 집단인 철기군은 이미 사천에 들어와 있었던 것입니다. 그러니……."

"아아, 알고 있어. 강철의 폭풍이라 불리는 녀석들의 주인이 지금 우리 손에 있으니 한시라도 빨리 달아나야겠지. 이곳은 청해성이 아니라 사천이니까."

"……설마 그녀를 포기하지 않겠다는 뜻인가요?"

전영화의 시선이 담우소 뒤편을 향했다. 여전히 혈도가 찍힌 채인 막문위가 얌전히 눕혀져 있는 곳이었다.

그녀의 시선을 좇아 역시 막문위 쪽을 흘깃 바라본 담우소가 씨익 웃었다.

"나도 이젠 슬슬 나이가 찼다구. 저만한 미녀를 어찌 포기할 수 있겠어?"

"사부님!"

"담 대가!"

소여영과 마경화가 동시에 소리를 빽 질렀다. 전혀 표정에 변화가 없는 전영화와는 대조적인 반응이었다. 주변에 널브러져 있던 짐꾼들의 시선마저 자신에게 쏠리자 담우소가 얼른 말을 바꿨다.

"농담이야."

"그럼 어째서죠?"

담우소의 얼굴이 일시 재미없다는 표정이 됐다. 굳이 전영화에게 흑심을 품은 건 아니지만 그녀의 딱딱한 태도는 사람을 은근히 질리게 만드는 것이다.

'뭐, 중요한 건 그런 게 아니니까.'

얼른 표정을 바꾼 담우소가 말했다.

"그녀는 곧 마정대전이 벌어진다는 증표이다."

"…마정대전인 겁니까?"

"절대 그런 일이 있어선 안 된다고 빌고 빌었지만 역시 그런 모양이다."

"정파 녀석들!"

뒤에서 두 사람의 대화를 심각하게 듣고 있던 마경화가 주먹을 꽉 움켜쥐었다. 철저한 마도지로(魔道之路)를 걸어온 그녀에게 있어 정파란 결국 세불양립의 대상일 뿐이었다, 뒤에서 잔뜩 고민하는 얼굴이 된 소여영과는 달리.

그때 전영화가 말했다.

"담 대가가 주서안에게 사천 전역으로 소문을 내라고 한 건 그런 심모원려가 있었던 것이군요."

"뭐, 어차피 싸우는 데는 도움이 되지 못할 녀석이니까."

"그럼 저희들이 향할 곳은……."

"성도다!"

"성도는 당가보에서 너무 가깝지 않습니까?"

"적의 허를 찌르는 건 병법의 도리다. 게다가 우리에겐 도움을 줄 사천 토박이도 있고 말야."

담우소의 시선이 진소춘을 향했다. 그러자 미리 충분히 몸을 풀어놨던 고강남 등이 움직였고, 곧 대기하고 있던 일꾼들이 하나둘 바닥에 나뒹굴었다. 그들은 사람들의 시선을 받으며 이곳까지 온 것으로 임무를 끝낸 것이다.

잠시 후.

처음부터 계획했던 것처럼 담우소 일행은 일꾼들과 옷을 바꿔 입었다. 졸지에 벌거숭이가 된 일꾼들에겐 진소춘의 주머니에서 나온 은량들이 나누어졌다. 얼추 잡아도 평소 일을 끝내고 받던 금액의 두 배가 넘는 은량이었다.

두려움과 탐욕이 반반씩 섞인 표정이 된 일꾼들을 바라보며 담우소가 조용히 말했다.

"사실 우리는 무림인들이다. 칼날의 핏물을 핥으며 사는 족속들이지. 그러니 그냥 자네들을 단칼에 죽이는 게 편할지도 몰라. 아니아니, 당연히 편하겠지. 우리의 행적을 숨기자면 말야. 하지만 굳이 내가 그래야 할까? 자네들한텐 눈에 넣어도 아프지 않을 자식들이 있고, 노부모와 여우 같은 마누라가 있을 텐데?"

"우우욱!"

일꾼 중 한 명이 울음을 토해내자 곧 사방이 울음바다가 됐다. 이런 상황에서의 전염력은 놀라울 정도인 것이다. 또한 그 점은 담우소가 바라던 바였다.

잠시 일꾼들의 울음을 방치하고 있던 담우소가 말했다.

"그래서 말야, 나도 굳이 자네들을 죽이고 싶진 않아."

"사, 살려주십시오!"

"살려주세요!"

이미 눈물까지 보인 터였다. 일꾼들은 애절한 표정으로 담우소를 바라봤다. 오로지 살고 싶다는 일념만이 그들의 얼굴엔 감돌고 있었다.

그러자 옆에서 대기하고 있던 고강남 등이 품에서 종이와 붓을 끄집어냈고, 곧 일꾼 한 명 한 명의 고향과 이름이 쓰여졌다. 목숨을 저당잡히는 각서였다.

자신의 손에 들어온 종잇조각을 훑어보며 담우소가 말했다.

"만약 우리가 향하는 곳이 누설된다면 이 종이에 적힌 곳은 곧 쑥대밭이 되고 말 거야. 절대로 약속하건대, 집안에서 단 한 명도 살아남지 못할 것이고 풀 한 포기 남지 않을 거야."

"으으!"

"그래서 하는 말인데, 만약 도저히 우리들의 행적을 말할 수밖에 없는 상황이 되거든 그냥 혀를 깨물고 죽으라구. 남은 가족들을 위해서……."

그 말을 끝으로 담우소는 일꾼들 곁을 스윽 지나쳐 등짐 중 하나를 짊어졌다. 그리고 이미 하나의 훌륭한 상단이 되어 있던 일행들이 일제히 움직이기 시작했다.

일꾼들을 왜 죽이지 않냐는 투덜거림이 있었으나 담우소는 가볍게 묵살했다. 그는 사람을 죽이기 위해 광명신교의 용병이 된 게 아니었기 때문이다.

*　　　　*　　　　*

간밤의 화재에도 불구하고 영웅대회는 예정대로 치러졌다. 당가주 당천위의 회갑연이 끝나는 것과 동시에 후닥닥 만들어졌던 것과 같이 비무대는 금세 새롭게 세워졌다. 사천제일세 당가의 힘이었다.

우승자 및 사강자는 예상대로였다.

사천무림 후기지수 중 첫째 둘째를 다투던 천독수 당현이 우승했고, 아미파의 속가제자인 단정봉 모문룡과 점창파의 청명쾌검 이옥환이 그 뒤를 따랐다.

담우소가 모습을 감춘 까닭에 사강의 나머지 한 자리가 비워진 것도 모두의 예상대로였다. 명문정파에서 자신들의 절기를 아무렇게나 유출할 까닭이 없는 것이다.

결승전을 주관했던 행우 상인이 당현을 최종 우승자로 지목하자 비무대 주변은 우레와 같은 환호성으로 뒤덮였다. 다분히 어젯밤 벌어졌던 일을 뒤덮기 위해 당가보에서 끌어 모은 사람들이 주축이 된 함성이었다.

하지만 본래 역사는 승리자만을 기억할 뿐이었다. 연이어 사강에 오른 모문룡과 이옥환 등이 호명되어 비무대 위로 뛰어오르자 거짓된 환호는 진짜 환호로 바뀌고 말았다. 사천무림을 호령하는 삼대문파의 후기지수들이 한자리에 모인 것이다. 환호하지 않아선 곤란했다.

그렇게 잠시 머물렀던 어색함이 가시고 분위기가 무르익자 행우 상인은 슬쩍 귀빈석 쪽을 바라봤다. 주인석에 위풍당당하게 앉아 있는 당가주 당천위의 명령을 받으려는 의도였다.

'일을 이대로 진행시켜도 되겠습니까?'

'그러도록 해!'

모종의 눈빛이 오갔다. 이심전심으로 그들은 서로의 뜻을 확인할 수 있었다. 이미 이번 영웅대회가 시작될 때부터 약속된 일이었다. 그러고도 다시 시선을 귀빈석에 앉은 아미파의 대장로 함월 사태와 점창 장문인 자허 진인에게 보낸 행우 상인이 곧 자세를 바로 했다.

"아미타불! 금일, 드디어 사천 영웅대회는 그 끝을 보게 되었습니다. 여러 강호동도들께서는 앞으로 사천무림을, 아니, 천하무림을 이끌어 갈 동량들의 겨룸을 보았고, 승리자들을 보았습니다. 강호무림의 미래를 본 것입니다."

"우와아!"

기다렸다는 듯 다시 함성이 터져 나왔다. 물론 대기시켜 놨던 바람잡이들로부터 시작된 함성이었다.

함성이 가라앉기를 기다려 연신 얼굴에 떠올라 있던 흐뭇한 표정을 지운 행우 상인이 슬쩍 목소리를 높였다.

"그러나 미래라는 건 어디까지나 아직 다가오지 않은 것입니다. 다가왔으면 좋겠지만 실현되기엔 먼 얘기란 뜻입니다. 그래서 우리는 미래를 보호할 필요가 있습니다."

"미래를 보호하다니? 그게 무슨 소리요!"

"화상은 어렵게 말을 돌리지 말고 바로 말하도록 하시오!"

"그 말이 정답이오!"

이번에 목소리를 높인 건 바람잡이들이 아니었다. 일반 무림인들이었다. 우승자를 발표했으니 한바탕 자화자찬이 끝난 후 뻑적지근한 잔치가 벌어지리라는 게 그들의 예상이었다.

사실 며칠 전부터 사천 영웅대회는 대문파들의 잔치로 바뀐 지 오래였다. 유일하게 이변을 일으켰던 담우소마저 중간에 사라진 것이다. 그러니 군웅들이 계속 비무대 주변에 남아 있었던 건 잔치를 기다리는 마음이 없다 할 수 없었다.

좋은 구경과 더불어 술과 안주를 푸짐하게 얻어먹는 것만큼 그럴듯한 호사도 세상엔 그리 흔한 일이 아니지 않겠는가!

그런데 느닷없이 행우 상인이 무림의 미래 운운하는 말을 하고 있으니 비무대 주변의 분위기가 변한 건 당연했다. 알 수 없는 불안감이 군웅들의 얼굴엔 떠올라 있었다. 콧대 높은 강호 대문파에서 천하군웅들을 모아놓고 흰소리를 늘어놓는 일이란 그리 흔한 것이 아니었다. 무언가 아쉬운 것이 있어서 그러리란 게 군웅들의 생각이었다.

바로 그때였다. 연이은 군웅들의 성화에 얼른 준비하고 있었던 말을 하려던 행우 상인의 노안에 당황의 기색이 떠올랐다. 온통 자신에게 쏠려 있던 군웅들의 시선이 다른 쪽을 향한 것이다. 그리고 그렇게 군웅들의 시선이 쏠린 쪽으로부터 좌악 사람들이 갈라지기 시작했다.

"이, 이건……."

행우 상인은 놀람의 신음을 삼켰다. 마치 바닷길이 열리는 것처럼 좌우로 갈라선 군웅들 사이로 기상 늠연한 노영웅이 모습을 드러냈다. 영웅대회 마지막 날임에도 비무대에 모습을 보이지 않았던 석검 노야였다. 군웅들이 일제히 길을 터주며 존경의 염을 내비치는 건 지극히 당연한 일이었다.

그때 석검 노야의 옆에 바짝 붙어 서서 연신 길을 비켜주는 군웅들에게 포권을 해 보이고 있던 검문주 유안이 낭패한 얼굴이 된 행우 상인을 바라보며 밝은 웃음을 보였다.

"하하, 벌써 결승이 끝났단 말이오? 이 유 모가 어르신을 모시고 부랴부랴 달려왔는데 한발 늦었구려. 아까운 노릇이야, 아까운 노릇!"

유안은 고개를 절레절레 흔들었다. 진정으로 안타까워 견딜 수 없다는 표정이었다. 하지만 행우 상인은 기분이 좋지 않았다. 자신을 바라보는 유안의 입가가 벙긋거리고 있음을 간파했기 때문이다.

'허어! 저 강남에서 온 시주는 어찌 늦지도, 빠르지도 않은 이때에 석검 노시주를 모시고 나타났단 말인가! 이 행우가 평생 다시없을 역할을 하게 될 찰나에.'

못마땅했다. 행우 상인에게 이 상황은 결코 마음에 들지 않았다. 하지만 상대는 유안만이 아니었다. 단숨에 그에게서 군웅들의 시선을 빼앗아간 석검 노야가 있었다. 그는 결코 행우 상인으로선 상대할 수 없는 거물이었다.

일시 얼굴에 떠올랐던 미미한 분노를 감춘 채 행우 상인이 불호성을 터뜨렸다.

"아미타불! 그렇지 않아도 사천 영웅대회가 끝나고 중대한 발표를 하려 할 때에 석검 노시주와 유 시주께서 참석하지 않으셔서……."

"화상께서는 수고하셨습니다. 지금부터는 주인인 당 모가 처리할 터인즉, 이만 물러나 주시지요."

행우 상인의 말을 막고 나선 건 어느새 주인석에서 몸을 일으킨 당 천위였다. 아니, 그뿐 아니라 자허 진인을 비롯하여 귀빈석에 앉아 있던 무림명숙들 모두가 자리에서 몸을 일으킨 상태였다. 무림 중에 석검 노야의 위치를 가늠케 하는 모습이었다.

"그렇지만 빈승에겐 아직 할 일이……."

"행우 사제! 그만 물러나게나. 그만 하면 충분히 맡은 바 소임을 다한 것이네."

"대사저!"

"당 가주께서 나서시지 않았는가. 이만 물러서시게."

같은 배분이나 본산의 대장로인 함월 사태마저 한마디 하고 나서자 행우 상인으로선 더 이상 버틸 재간이 없었다. 새벽녘까지 연습했던 일장 연설이 모두 공(空)으로 돌아가는 순간이었다.

"그럼!"

입을 한일자로 만든 채 행우 상인은 비무대에서 물러섰다. 억울함으로 가슴이 터질 듯했으나 오랜 수양이 그를 도와줬다. 어쨌든 이곳에 모인 대단한 인물들 앞에서 광태를 부릴 순 없는 노릇이었다.

그 순간 수많은 군웅들의 인사를 받으며 석검 노야와 유안은 비무대

위로 뛰어올랐다. 두 사람 다 무림을 대표하는 절정고수인지라 표흘한
모습이 한 폭의 그림과도 같았다.

"멋지다!"

"최고다!"

이번만은 바람잡이들이 필요없었다. 군웅들은 진심으로 환호성을
터뜨렸다. 그러자 얼른 당천위가 앞으로 나섰다.

"허허, 노야께서 이렇게 참석해 주시니 이번 영웅대회의 격이 한껏
올라가겠습니다."

유안이 불쑥 소리쳤다.

"당 가주! 그럼 이 유 모가 참석한 건 영웅대회의 격을 떨어뜨린다는
것이오?"

"어찌 그런 말씀을 하시는 것이오. 노야께 먼저 인사를 드리고 검문
주께는 따로 인사말을 하려 했소이다."

"아아, 그렇구려. 이 유 모는 막 대인이 사라지자 완전히 꿩 떨어진
매가 됐는 줄 알고 무척 걱정했다오."

"하하, 어찌 그런……."

헛웃음을 터뜨리는 당천위의 눈빛이 차갑게 가라앉았다. 그에겐 확
실히 그런 마음이 있었던 것이다. 그러나 지금은 천하군웅들을 모아놓
고 중대 발표를 하려는 참이었다. 옆에 석검 노야가 없더라도 유안에
게 화를 낼 순 없었다.

그저 유안에게 한 차례 차가운 시선을 던졌을 뿐 당천위는 얼른 석
검 노야에게 말했다.

"혹시 노야께서 이 당 모에게 분부하실 일이 있어 나오셨는지요?"

비무대 한 켠에 멀뚱히 서 있던 세 후기지수를 바라보고 있던 석검

노야가 힘이 깃든 목소리로 말했다.

"당 가주께서는 막 소저의 행방을 찾아내셨소?"

"그게 아직……."

"그런데도 영웅대회는 중단하지 않고 비무대는 새로 세우셨구려."

"으음."

당천위의 얼굴이 붉은 기운을 띠었다. 그렇지 않아도 지난밤 막문위를 납치당한 건 당가 역사상 최악의 사건이라 할 만했다. 당천위로선 어째서 하필이면 자신의 대(代)에 이런 일이 벌어졌냐고 통탄할 만한 일이었다. 그런데 석검 노야에게 노골적으로 지적당하자 그는 심한 부끄러움과 수치를 느꼈다. 지금이라도 당장 모든 걸 때려치우고 당가보로 들어가 칩거하고픈 기분이었다.

그때 유안이 슬쩍 끼어들었다.

"노야! 그렇긴 하지만 이번 영웅대회 역시 중요하지 않겠습니까? 천하영웅들의 중지를 모으지 않고서야 어찌……."

"중지를 모은다?"

석검 노야의 시선이 자신을 향하자 슬쩍 말끝을 흐렸던 유안이 얼른 목소리를 낮췄다.

"마교는 그리 호락호락한 상대가 아니지 않겠습니까?"

석검 노야의 눈에서 한줄기 담담한 신광이 떠올랐다. 그리고 여전히 얼굴을 붉힌 상태인 당천위가 말했다.

"그렇습니다. 그렇기 때문에 이번 영웅대회로 천하영웅들이 모인 기회를 놓칠 수 없었던 겁니다."

만약 평소의 자부심 강한 당천위를 알고 있는 사람이라면 두 눈을 비볐으리라. 그만큼 지금 당천위의 모습은 비굴했다. 그의 눈앞에 있는 상대가 과거 천하를 호령했던 사파연합의 전대 수장이라는 점을 감안하더라도 그랬다. 그러자 그 모습을 물끄러미 바라보며 석검 노야가 말했다.

"하면 당 가주께서는 막 소저의 일을 어찌 해결할 생각이시오?"

"이, 이미 추격대를 파견했습니다."

당천위가 말을 더듬자 유안이 얼른 말했다.

"노야! 새벽에 팔비독룡 당한수 대협이 당가 최강인 암전대를 이끌고 떠났다고 하더군요."

"그렇군, 그래. 새벽에 노부에게 인사하고 길을 나서던 분이 당 가주의 현제셨구려. 노부는 그런 줄도 모르고 눈길 한번 주지 않았으니… 실례를 했군, 실례를 했어."

석검 노야는 끌끌거리며 혀를 찼다. 내심을 알 수 없는 모습이었다. 적어도 당천위는 그렇게 생각했다.

때문에 조마조마한 표정으로 자신을 바라보고 있는 당천위를 석검 노야가 신광이 번뜩이는 눈빛으로 직시했다.

"그럼, 이제 슬슬 천하영웅들에게 진실을 밝힐 때가 되었겠지요?"

"……."

"영웅대회도 끝났고, 천하영웅들도 모두 이곳 비무대 주변에 모였으니 마교 멸살(魔敎滅殺)의 대의를 밝힐 때가 되지 않았느냔 말이오."

"예, 그렇지요. 그래서 지금 제가……."

"아아!"

손을 들어 올려 당천위의 말을 가로막은 석검 노야가 말했다.

"본래 그 같은 일은 당 가주께서 하시는 게 당연할 것이오. 이곳은 사천이고, 또한 당가의 영역이니까요. 하나 간밤에 이미 마교의 준동이 있지 않았겠소?"

"그, 그것은……."

"당 가주께서는 굳이 변명하려 하지 않아도 된다오. 당가보에 모인 뭇 강호의 동도 분들에게 심려를 끼치지 않기 위해 노력했다는 걸 노부가 잘 알고 있으니까요. 하니, 당 가주께서는 이번 일을 마무리 짓는 것만도 바쁠 터, 천하영웅들에게 설명드리는 건 노부가 맡겠소이다."

"예?"

망연자실한 표정이 된 당천위의 옆에서 유안이 밉살스런 표정을 지어 보이며 얼른 말했다.

"석검 노야께서 나서주신다면 천하의 어떤 자가 있어 감히 따르지 않겠습니까? 이 유안은 마교를 멸살시킬 때까지 기꺼이 노야의 수족이 되겠습니다."

"오오, 그건 고마운 말이구려."

유안에게 한 차례 고개를 끄떡여 보인 석검 노야가 비무대 중심으로 걸어갔다. 마교 멸살을 비무대 주변에 모인 군웅들에게 선포하기 위함이었다. 마치 모든 것이 자신을 위해 차려놓은 밥상이라는 듯이.

하나 근처에 서 있던 당천위는 물론이고 멀찌감치 떨어져서 귀추를 주목하고 있던 귀빈석의 명숙들 중 어느 누구도 감히 앞으로 나서지 못했다. 그들 중 누구도 석검이라는 이름을 거스를 수 없었고, 감히 그와 어깨를 나란히 할 수 없었다. 제이차 사파연합의 결성 이후 소외받았던 문파들의 꿈이 저만치 날아가 버리는 순간이었다.

한편 그 시각 담우소 일행은 사천 제일의 도시인 성도의 성문을 통과하고 있었다. 거상이라 할 수 있는 진소춘을 앞세운 탓에 수월히 성문을 통과할 수 있었다. 성문 앞을 지키고 있던 병사들 중 한 명이 진소춘을 알아보고 별다른 몸수색을 하지 않은 것이다.

성문을 통과하며 자연스레 진소춘 옆으로 다가간 담우소가 슬쩍 물어봤다.

"어떻게 성문을 지키는 병사 따위가 당신을 알아보는 거지?"

"제가 성문 경비로 넣어준 녀석입니다."

"뇌물을 썼나?"

진소춘의 얼굴로 어색한 웃음이 떠올랐다.

"각 성에 몇 명씩 쓸 만한 자들을 박아놓으면 일을 처리하기에 편한지라……."

"아아, 그렇군. 확실히 덕분에 쉽게 성안에 들어서게 됐으니 욕할 문제는 아니군."

"헤헤, 알아주시니 감사합니다."

진소춘이 손을 비비자 담우소는 쓰게 웃어 보였다. 새벽까지만 해도 죽을상을 쓰던 자가 별다른 문제 없이 성도에 들어서자 금세 얼굴을 바꾸다니… 그 모습에 기분이 썩 좋진 않았다. 이러니저러니 해도 담우소는 타고난 무골이었다.

그러자 내내 담우소의 표정을 살피고 있던 마경화가 평소처럼 진소춘의 엉덩이를 발로 걷어찼다. 별다른 생각 없이 습관적으로 발을 놀린 것이다.

그러나 사람의 그림자도 보이지 않던 새벽의 백석평이 아니었다. 사천 제일의 대도시답게 성도 안은 성문이 닫힐 시간임에도 꽤 많은 사람들이 왕래하고 있었다. 진소춘이 신음을 터뜨리며 바닥에 쓰러지자 자연스레 사람들의 시선이 담우소 일행 쪽으로 모였다.

"바보!"

전음으로 마경화에게 한 차례 면박을 준 담우소가 얼른 진소춘에게 달려갔다. 그리곤 그의 옆구리에 손을 끼어 부축하며 얼굴에 걱정스런 표정을 만들어냈다.

"나으리! 저희들에겐 걱정 말라 하셨지만 여태 뒷간에 가시면 피를 보시는 게지요? 멀쩡히 잘 걷다가 이리 고통을 호소하시니!"

"나, 난……."

"예예, 알겠습니다. 얼른 상급의 객점을 잡아서 나으리의 고달픈 엉덩이를 치료하도록 하겠습니다."

담우소가 눈짓하자 고강남이 얼른 눈치 채고 주변에서 호기심을 던지던 사람들 중 한 명에게 다가가 객점을 묻기 시작했다. 돌발적인 상황임에도 그의 행동은 침착했다. 담우소와 더불어 누가 보더라도 오랜 여행과 기름진 음식 때문에 상단을 이끄는 상인의 엉덩이가 탈이 난 상황을 만들어낸 것이다.

때문에 잠시 발길을 멈췄던 사람들은 다시 제 갈 길을 찾아 떠나갔고, 곧 담우소 일행은 성도 내 번화가 속으로 들어설 수 있었다. 고강남이 사람들에게 물어 알아온 객점을 찾아가는 게 아니었다. 이번 계획의 초반에 진소춘과 마경화가 미리 방을 예약해 뒀던 객점을 찾아가는 것이었다.

한참 번화가를 거슬러 올라가다 보니 슬슬 어둠이 깃들기 시작했고, 곳곳에서 홍등이 내걸리기 시작했다. 낮과 달리 밤이 되어야지만 활기를 되찾는 홍등가에 들어선 것이 분명했다.

"이거 맞게 찾아온 거야?"

여기저기서 모습을 드러내기 시작한 아가씨들과 홍등을 바라보며 담우소가 눈살을 찌푸리자 마경화가 얼른 대답했다.

"확실히 이곳이 분명합니다. 장소는 좀 그렇지만 성도 내에서 가장 안전한 곳을 찾다 보니 어쩔 수 없었습니다."

"뭐, 나야 상관없지만."

담우소는 등에 짊어진 막문위를 생각하고 전영화와 소여영을 바라봤다. 아무래도 홍등가에 젊은 여인들을 데리고 들어오는 건 못할 짓이란 생각이 든 것이다. 그녀들은 벌써 추근거리며 다가들던 취객 몇의 다리뼈를 부숴놓고 있었지만.

제82장 성도풍운(成都風雲) 2

성도는 대략 다섯 개의 관할로 이루어져 있었다. 성의 중심에는 관청이 있고, 그 주변으로 고관들과 부유층들이 사는 고급 주택가가 밀집되어 있었다. 대개의 중원 성시와 비슷한 구조였다. 그리고 중심부를 기점으로 양쪽으로 나 있는 여덟 개의 대로를 따라 커다란 시장과 번화가가 형성되어 있었으니 위의 세 곳은 성도의 중심이라 할 만했다.

그럼 나머지 두 곳은 어떤 곳일까?

여덟 개의 대로 밖. 성도의 성곽을 따라 커다란 띠처럼 넓게 퍼져 있는 일반인들이 사는 주택가와 빈민가가 그 첫째였고, 두 번째는 번화가의 가장 후미진 곳에 위치한 홍등가였다.

천혜의 천부지국답게 성도에서는 일반인과 빈민의 차이가 그리 심하지 않았다. 그들의 거주지는 혼재되어 있었다. 하지만 그런 성도 역시 창기들이 취객을 유혹하는 홍등가는 엄격히 구분되어 있다. 홍등가

는 한마디로 말해 성도의 가장 하류 인생들이 모이는 곳이라 할 수 있
는 것이다.

중원 어디나 마찬가지겠지만 성도의 홍등가는 밤이 돼야만 살아나
는 특이한 곳이었다. 낮에는 지나다니는 사람 하나가 없지만 밤만 되
면 화려한 홍등이 집집마다 내걸렸다. 불빛만 봐서는 축제라도 하는
듯 화려했고, 아름답기까지 했다.

본래 중원에서 붉은빛은 상서로움과 경사를 나타내는 색깔이었다.
혼례식의 신부가 붉은 옷을 입고, 집안의 경사 때 보내는 배첩이 붉은
건 그런 이유였다. 물론 이곳 홍등가에 떠오른 붉은빛은 전혀 다른 의
미를 내포하고 있었고, 밤이 되어 이곳에 들어선 사람들 중 그런 점을
깊이 생각하는 이는 아무도 없었지만.

홍등이 내걸리고 밤이 깊어지자 홍등 아래엔 요염한 옷차림을 한 아
가씨들이 모습을 드러냈다. 얼마 떨어지지 않은 유흥가를 거쳐 잔뜩
취한 취객들을 붙잡아 그날 가지고 있던 은자를 남김없이 털어내기 위
함이었다. 요염한 아가씨들에게 휩싸인 취객들은 일시 왕이 된 듯한
기분에 휩싸여 능히 자신의 주머니 털기를 아까워하지 않을 터였다.

그런 홍등가의 한곳. 잘 나가는 기녀들과는 거리가 먼 퇴기들이나
모여서 눈먼 봉을 기다리고 있는 허름한 골목의 안쪽엔 화화림(花花林)
이란 촌스런 간판이 내걸려 있었다.

밖에 나서서 몸매를 드러내고 있는 아가씨는커녕 호객꾼조차 보이
지 않는 화화림 앞은 금방이라도 문을 닫을 듯 음산함이 깃들어 있었
다.

하긴 끈적끈적한 아가씨들의 유혹을 이겨내고 이런 후미진 곳까지
들어설 취객이 있을 것 같지도 않지만, 종종 싼값에 욕정을 풀려는 가

난뱅이도 없진 않았다. 근처의 퇴기들 역시 그런 자들을 기다리며 다리품을 팔고 있는 것이다. 그런데 이렇게 간판만 달랑 걸어놓았을 뿐 사람의 그림자도 내비치지 않는다는 건 영업을 하지 않겠다는 뜻이나 마찬가지였다.

"화화림의 미친년이 오늘은 보이지 않네? 간밤에 뒈지기라도 한 거 아닌가?"

"혹시 봉이라도 만나 긴 밤을 뛰었는지도 모르지. 미친년이긴 하지만 제법 반반한 상판을 하고 있잖아."

"흥! 그래 봤자 미친년은 미친년일 뿐이잖아. 어떤 사내가 있어 그런 년을 상대하겠어?"

"그것도 그래."

오늘따라 유난히 홍등가의 뒷골목에는 사람의 그림자도 보이지 않았다. 밖에 나와 다리품을 팔고 있던 화화림 근처의 퇴기들은 서로를 바라보며 히히덕거렸다. 값싼 분으로 얼굴을 떡칠했고 몸매는 이미 망가져 있었지만, 아직 여인 특유의 질투심까지 사라진 건 아니었다.

그때 화화림의 미친년, 즉 광혼녀(狂魂女) 섭이랑(葉二朗)은 화화림의 문을 이중, 삼중으로 닫아걸고 은밀하게 마련해 놓은 지하실 바닥에 엎드려 있었다. 눈앞에 있는 한 사내가 그녀를 그렇게 만들었다.

지하실 안은 몇 개나 되는 방이 있고 현재 여러 손님들이 나눠 들어갔는데, 지금 이곳엔 오직 단 한 사내만이 그녀와 함께하고 있었다. 초저녁도 되기 전에 찾아든 손님들의 우두머리인 담우소였다.

"…그래서 흑상귀는 결국 죽어버렸다는 건가?"

한참의 침묵 끝에 담우소의 입이 떨어지자 섭이랑이 어깨를 벌벌 떨며 말했다.

“그, 그자는 이곳에 왔을 때 이미 앵속(罌粟:양귀비)에 너무 심하게 중독되어 있었습니다. 타관 사람을 배척하는 사천의 염업계에서 몇 차례나 사기를 당하곤 완전히 폐인이 된 것이지요. 속하가 갖은 수단을 다 동원해 목숨을 연장시키려 했지만 며칠 전 숨이 끊어지고 말았습니다.”

“사체는?”

섭이랑이 얼른 대답했다.

“교에서 중시하는 인물인지라 한쪽 방에 안치해 뒀습니다.”

“안내하라!”

담우소의 목소리는 무뚝뚝했다. 평소 수하들을 다룰 때완 다른 모습이었다. 그는 지금 끓어오르는 노화를 억지로 참아내고 있는 것이다.

그러자 혈봉황단 성도지구 책임자인 섭이랑이 얼른 몸을 일으키곤 몇 개나 되는 쪽문 중 하나를 골라 달려갔다. 정확히 오른쪽에서 두 번째 문이었다.

끼이익!

문을 열자 화악 시체 썩는 냄새가 퍼져 나왔다. 며칠 전 죽었다는 말이 실감되는 순간이었다. 일시 담우소의 인상이 가볍게 찌푸려졌지만 이미 이러한 냄새에 이력이 난 듯 섭이랑은 얼른 방 안으로 들어섰다. 오랫동안 성도의 쓰레기 더미 위를 뒹군 그녀에게 시체 썩는 냄새 따위 아무것도 아니었으리라.

섭이랑의 뒤를 좇아 시체가 안치된 방 안으로 들어선 담우소의 무표정한 얼굴에 일시 감정이라 할 만한 것이 떠올랐다.

‘이자가 흑상귀?’

나무로 된 침상의 한자리를 차지하고 있는 시체의 모습은 처량할 정도였다. 과거엔 건장한 체구였으리라 짐작되는 몸은 이미 살이 빠져 홀쭉해져 있었고, 얼굴은 누렇게 뜬 채 죽어 있었다. 확실히 오랫동안 앵속을 해서 생명력이 고갈된 자의 얼굴이었다. 우연찮게 얻은 행운을 마음껏 사용하기 위해 강소성의 대두귀를 떠나왔던 그는 사천에서의 연이은 실패를 견디지 못하고 스스로를 죽여갔던 것이리라.

문득 손을 뻗어 시체의 손목에 손가락을 가져다 댄 담우소의 얼굴로 만감이 교차했다. 흑상귀의 얼굴 위로 대사형인 왕대보와 다른 사형제들의 얼굴이 겹쳐 보였다. 서로 다른 인생을 산 사람들이나 두 경우는 너무 흡사했다. 연이은 실패는 결국 해독할 수 없는 독이 되어 돌아왔을 터였다.

그러나 못난 사형제들과 달리 눈앞의 흑상귀는 담우소를 사천으로 오게끔 만들었고, 그 후 수많은 고난을 겪게 만든 장본인이었다. 지금까지 그는 풍뢰문이 망한 직접적인 원인을 흑상귀가 제공했다고 굳게 믿고 있었다. 아니, 그렇게라도 원망할 상대를 만들지 않고선 연이은 고초를 이겨내지 못했을 게 분명했다.

'하지만 이자는 한마디 설명도 없이 죽어버렸군. 금산상회에서 보낸 무림인들에게 거경방을 빼앗긴 채 미쳐 버린 대두귀처럼 나에게 한마디 변명도 하지 않고서.'

과거와의 단절. 광명신교에 입교한 후 줄곧 느꼈지만 항상 외면해 왔던 느낌에 담우소는 어깨를 가볍게 떨었다. 항상 자신을 용병이라 자청하던 원인 중 하나가 지금 눈앞에서 소멸했기 때문이다.

담우소는 그동안 끝없이 쫓아왔던 풍뢰문의 그림자가 저만치 날아가 버리는 걸 느꼈다. 사부의 무덤 앞에서 울부짖었던 절규 역시 희미해져 이젠 빛이 바래고 있었다. 그는 이미 너무 많은 일을 겪었고, 원망하던 상대는 눈앞에서 비참한 최후를 맞았다. 죽은 자를 상대론 복수고 뭐고 할 것이 없었다.

담우소의 주먹이 소리없이 침상 가장자리에 꽂혔다. 그의 허망한 내심을 대변하는 일권이었다. 천 년을 이어왔으되 한 번도 삼류를 벗어나 보지 못한 문파. 거렁뱅이였던 담우소를 주워다 길러준 사부의 문파 풍뢰문이 지금 그에게서 멀어져 가고 있었다. 그와 풍뢰문을 연결해 주고 있던 작은 고리가 격렬한 소음을 내며 덜그럭거렸다. 이젠 그만 됐다는 소리와 함께.

"빌어먹을!"

폐부 깊숙한 곳으로부터 터져 나온 신음이었다. 담우소의 뒤에 서 있다 움찔 놀란 표정이 된 섭이랑이 얼른 바닥에 엎드렸다. 밑바닥에서 보낸 세월이 그녀를 그렇게 만들었다.

"용서를!"

문득 자신의 실태를 깨달은 담우소가 얼른 자세를 바로 했다. 어느새 흑상귀를 바라보는 그의 표정은 무심해져 있었다. 일시 느꼈던 격분의 기미는 이미 보이지 않았다.

고개를 바닥으로 향한 채 벌벌 몸을 떨고 있는 섭이랑을 바라보며 담우소가 눈살을 찌푸렸다. 그의 입가로 쓴웃음이 번져 나오고 있었다.

"자네도 경화매에게 꽤나 당한 모양이로군."

"경화매라시면?"

"이자를 이곳에 맡긴 아가씨 말야."

"아!"

섭이랑의 입에서 짧은 신음이 터져 나왔다. 정파 강세 지역에서 활동하기 위해 철저한 밑바닥 인생이 되었던 자신을 바라보던 마경화의 경멸에 찬 눈빛을 떠올린 것이다. 그러나 이미 익숙한 일이었다. 얼른 섭이랑은 표정을 평소처럼 바꿨다.

그녀의 얼굴을 물끄러미 바라보던 담우소가 말했다.

"죽은 자를 이렇게 계속 놔두는 건 예의가 아니야. 날이 밝은 후 우리가 떠나거든 이자의 장례를 부탁하겠어. 어디서 돈 주고 사람을 사서 곡이라도 해주라고."

"예, 알겠습니다."

다시 고개를 숙여 보이는 섭이랑의 어깨를 한 차례 두드려 준 담우소가 방을 빠져나갔다. 개인적인 일을 봤으니 이젠 공적인 일을 처리해야 할 시간이었다.

"담 대가!"

마경화는 평소답잖게 목소리를 높였다. 검은색 야행복으로 갈아입은 담우소를 바라보는 그녀의 얼굴은 잔뜩 상기되어 있었다. 지금부터 담우소가 하려는 일을 그녀는 대충 짐작하고 있었던 것이다.

슬쩍 마경화를 돌아본 담우소가 어색한 표정으로 말했다.

"잠깐 나갔다 올 뿐이다."

마경화의 표정이 사납게 변했다.

"저도 따라가겠어요."

"안 돼!"

"잠깐 나갔다 올 뿐이라고 하셨잖아요!"

마경화는 빽 소리를 질렀다. 그러자 한 켠에 쪼그려 앉아 있던 소여영이 불안한 표정이 됐고, 막문위를 살피고 있던 전영화가 눈살을 찌푸려 보였다.

"경화 동생! 그 무슨 무례한 행동이야!"

"영화 언니……."

"담 대가가 야행복까지 갈아입은 건 중요한 볼일이 있어서일 거야. 어찌 수하 된 자가 상관에게 무례를 범할 수 있어!"

"그렇지만 담 대가는 지난번에도……."

담우소의 얼굴에 쓴웃음이 떠올랐다.

"이거이거, 경화매에게 난 항상 걱정만 끼치는 존재였군. 하지만 이 번만은 나 혼자 나서야겠어."

"어째서……?"

"지금부터 내가 갈 곳은 당가보처럼 위험한 곳은 아니지만 은밀함을 요하는 곳이다. 경화매 정도의 경공으론 전혀 도움이 안 된다구."

화악!

마경화의 얼굴이 붉어졌다. 얼굴에 분함이 그대로 드러나고 있었다. 하지만 담우소가 찌른 건 그녀 최대의 약점이었다. 그동안 많이 진보했지만 그녀의 경공으로 담우소를 따른다는 건 말도 안 되는 일이었다.

"그럼 더 이상 이의가 없겠지?"

담우소의 손가락이 마경화의 이마를 한 차례 톡 건드렸다. 소여영을 대하는 것과 달리 조금쯤 조심스런 동작이었다. 아무래도 제자와 수하는 다른 점이 있는 법이었다.

그때 담우소의 귓전을 때리는 목소리가 있었다.

"흥, 여인을 다루는 게 꽤 능수능란하시군. 하지만 오늘 밤은 외출을 삼가는 게 좋을 텐데요?"

'응?

담우소가 돌아보니 막 수혈(睡穴)이 풀려 잠에서 깨어난 막문위가 보였다. 이곳까지 오는 동안 그녀는 수혈이 짚인 채 등짐에 실려왔었다. 그녀의 몸집이 작기에 가능한 일이었다.

막문위의 입가에 남은 침 흘린 자국을 흘깃 바라본 담우소가 입가에 웃음을 담았다.

"잠꾸러기 공주님께서 이제야 기침을 하셨군."

"뭐?"

"아니, 여왕님이라고 해야 하려나?"

담우소는 고개를 흔들어 보이며 입가를 소맷자락으로 스윽 문질렀다. 누가 보더라도 알 수 있는 상황이었다. 그리고 과년한 여인이라면 부끄러워할 만한 상황이었다. 실제 흥미진진하게 두 사람을 지켜보고 있던 소여영은 자신의 일이 아님에도 얼굴을 붉혔다. 그러나 막문위의 대응은 모두의 예상을 깬 것이었다.

"또 자다가 침을 흘린 모양이네."

그녀는 마치 사내처럼 소맷자락으로 얼굴을 몇 차례나 문질렀다. 얼굴에 부끄러워하는 빛은커녕 천연덕스럽기가 길거리에서 동냥하는 거렁뱅이와 비교해도 꿀리지 않을 듯싶었다.

그러자 담우소가 주저없이 막문위를 바라보며 엄지손가락을 치켜보였다.

"역시 여걸이로군!"

"난 그저 상인일 뿐이에요."

"상인은 본시 부끄러움하곤 담을 쌓고 사나 보지?"

"글쎄요. 부끄러워하는 모습을 보여야 장사가 잘된다면 백 번도 더 부끄러워할 순 있어요."

“하하하! 그렇군, 그래.”

연신 고개를 끄떡여 보인 담우소가 웃음을 뚝 그쳤다. 그리고 막문위를 차갑게 쏘아봤다.

“내 발길을 붙잡는 까닭은?”

“당신이 가려는 곳은 관부겠죠?”

“관부?”

자신의 질문에 대답은 않고 오히려 질문을 던진 막문위를 담우소는 한동안 바라봤다. 반문을 던졌지만 그녀의 얼굴은 절대 안 믿는다는 표정을 지어 보이고 있었다. 문득 시간이 아깝다는 생각이 든 담우소가 어깨를 으쓱해 보였다.

“그걸 어찌 알았냐고 물어봤자 대답해 주지 않겠지? 중간 과정은 그냥 대충 건너뛰고 내가 관부에 가선 안 되는 이유나 들어봅시다.”

“역시 시원시원하군요. 날 납치할 만한 사내다워요, 곧 죽을 목숨이지만.”

“이봐!”

마경화가 매섭게 막문위를 노려봤다. 손이 이미 검자루에 닿아 있는 게 결코 그저 그런 위협은 아니었다. 문득 마경화의 얼굴을 바라본 막문위가 표정을 바꿨다.

“그건 그렇고, 중간에 황궁에서 나온 고수들과 손속을 겨뤄봤겠지요?”

“몇 차례 겨뤄봤지.”

“어떻던가요?”

“훌륭하더군.”

“다시 붙으면 이길 자신이 있나요?”

문득 담우소의 얼굴이 꿈틀거렸다. 뭔갈 깨달았다는 표정이 된 것이다. 그리고 그런 얼굴이 된 건 담우소뿐이 아니었다. 한마디 말도 없이 침묵을 지키고 있던 고강남 등이 동시에 얼굴을 꿈틀거렸다.

그때 담우소가 얼른 퉁명스레 목소리를 높였다.

"난 자네들의 의견을 듣고픈 생각이 없다."

"…알겠습니다."

계급으로 주변을 침묵시킨 담우소가 막문위를 향해 피식 웃었다.

"날 꽤나 신경 써주는 게 아닌가?"

"당신은 지금 죽어선 안 되거든요."

"하긴, 내가 지금 나갔다가 황궁 고수들의 손에 죽기라도 하면 당신의 목숨이 위태롭겠군."

"세상에는 희생양이란 걸 꽤나 좋아하는 사람들이 있으니까요."

"그렇군."

고개를 끄떡여 보인 담우소가 손에 들고 있던 검은 두건을 얼굴에 덮어 썼다. 자신의 뜻을 굽히지 않겠다는 결의를 보여주는 행동이었다. 그 모습을 지켜보던 막문위가 옅은 한숨을 내쉬었다. 자신의 뜻대로 안 되는 일을 그녀는 슬슬 받아들이기 시작한 것이다.

발길을 돌려 화화림 밑의 지하실을 빠져나가려던 담우소가 문득 고개를 돌려 막문위를 바라봤다.

"그런데 어떻게 이곳이 성도임을 알았지? 분명 성안에 들어오기까지 수혈이 짚혀 있었을 텐데?"

"당가보와 천외천 고수들의 추격을 피해 숨어들 만한 곳이 성도 외에 더 있을까요? 중간에 붙잡히지 않았으니 이곳은 성도 안임에 분명하겠죠. 당신은 지금 관과 연관된 어떤 사람을 만나러 관부를 침입하려는 것이겠고요."

"허!"

자신의 말이 맞지 않냐는 얼굴이 된 막문위를 바라보며 담우소는 한 차례 혀를 찼다. 이번 계획은 담우소와 강문호가 며칠 밤을 끙끙거리며 세운 것이었다. 그만큼 자신이 있었는데 대번에 막문위에게 요체를 파악당해 버린 것이다.

'저 돈벌레 아가씰 잡아온 게 무척 재수 좋은 일이었군.'

어느새 옆방에서 모습을 드러낸 섭이랑이 지하실의 문을 열자 그 뒤를 좇으며 담우소는 고개를 절레절레 흔들었다. 한비자 외전을 달달 외운 그로서도 아직 상대 못할 심계의 고수들이 세상에는 꽤 많이 남아 있었다.

멀리 야경꾼들이 삼경의 끝을 알리는 소리가 들려왔다. 대성시란 걸 자랑하듯 이곳저곳에서 딱딱거리는 소리는 야천을 뒤흔들고 있었다.

그때 거의 비슷한 높이로 옹기종기 지어진 건물의 지붕을 바람처럼 타 넘는 그림자가 있었다. 홍등가의 뒷골목을 빠져나오자마자 빼곡하게 모여 있는 주택가의 지붕 위를 가로지르기 시작한 담우소였다.

집집마다 지붕을 얹은 기와의 크기가 다르고, 강도가 다름에도 그의 신형은 한 차례의 망설임이 보이지 않았다. 한 차례 도약을 하면 다음 집의 지붕 위였고, 다음 순간엔 벌써 반대 편 지붕에 내려서는 것이다. 그야말로 환상과 같아 만약 누군가 그 모습을 목격한다 해도 그저 잠결에 꿈을 꿨느니 할 정도의 움직임이었다.

그렇게 대략 반 식경 정도 신형을 날렸을 때였다.

주변의 다른 집들보다 한 배 반쯤 높은 지붕 위에 사뿐히 내려선 담우소의 표정이 가볍게 변했다. 얼마 전 삼경이 지났으니 지금쯤이면 슬슬 대부분 불이 꺼졌어야 할 관부의 여러 청사가 대낮처럼 환했다. 상부로부터 비상이 걸린 게 분명했다.

'역시 돈벌레 아가씨의 말처럼 천외천 고수들이 성도 관부를 장악하고 있는 것 같군. 하긴 천외천 출신 고수 둘이 내 손에 당했으니 그냥 그렇게 넘어가리라곤 생각지 않았지만 하필이면 녀석들이 성도 관부에 집결했을 줄이야.'

담우소는 뒤통수를 긁적였다. 두건 위쪽을 긁었으니 긁는다 하여 시원할 리 없건만 그냥 버릇처럼 손이 그쪽으로 향했다. 곤란한 일을 만났을 때 강문호가 하던 버릇이 전염된 것이었다.

하지만 담우소는 곧 뒤통수에서 손을 뗐다. 자신의 군사인 강문호는 지금 이곳으로부터 수백 리나 떨어진 곤륜산맥에 있었다. 아무리 그리워해 봤자 도움을 줄 리 만무했다.

'그러니 현 상황은 역시 내 무력으로 해결해야겠지? 난 반드시 오늘 밤 내로 청해상단의 백 대인을 만나봐야 하니까.'

만약 강문호나 명존 엄철극이 들었다면 그동안 담우소에게 들인 공을 생각하며 통탄해할 만한 결론이었다. 그들의 노력에도 불구하고 담우소의 본성은 전혀 바뀌지 않았던 것이다. 그리고 다음 순간이었다.

휘익!

잠시 쉼터가 돼주었던 대저택의 지붕을 박찬 담우소의 신형이 바람처럼 야천을 가로질렀다. 전력으로 경공을 펼치자 그의 움직임은 지금껏 지붕에서 지붕으로 건너다닐 때완 비교도 되지 않을 정도였다. 그야말로 바람 그 자체가 된 듯했다.

그는 단숨에 십여 장의 거리를 단축했다. 그리고 야천을 휘몰아가는 바람을 따라잡으며 관부의 높은 담장을 가뿐히 뛰어넘었다. 오랜만에 느끼는 해방감에 그의 온몸이 가볍게 떨렸다. 이렇게 아무런 계획 없이 직접 몸으로 부딪치는 게 바로 담우소 본연의 모습이고, 본능이었다.

그러나 곧 불쑥 치솟아오르는 호기를 담우소는 억지로 짓눌렀다. 호기를 부리는 건 한순간이지만 후환은 끝이 없다는 한비자 외전의 한 구절을 떠올린 것이다. 게다가 주변을 대낮처럼 밝히고 있는 횃불의 위용은 한껏 솟아올랐던 호기를 사그라뜨리는 데 확실히 일조했다.

멀찍이 사람의 그림자가 보이자 재빨리 나무 사이로 몸을 숨긴 담우소의 입가로 어색한 웃음이 떠올랐다.

'…상황이 상황이니만치 오늘은 그냥 돌아서 가볼까? 어차피 천외천 녀석들하곤 벌써 싸울 만치 싸워봤고.'

생각은 길었지만 행동은 빨랐다. 눈앞으로 순찰조가 스쳐 간 순간 담우소의 신형이 바람처럼 움직였다. 동료들로부터 뒤처져 걸어가던 병사를 뒤에서 덮친 것이다.

"우우웁!"

담우소에게 제압당해 으슥한 나무 그늘로 끌려온 병사는 잔뜩 겁에 질린 얼굴을 하고 있었다. 습격과 동시에 아혈이 점혈된 탓에 목소릴 내진 못하지만 그의 입에선 희미한 신음이 연신 흘러나왔다. 공포가 그를 그렇게 만들고 있었다.

그때 생각했던 것보다 쉽게 수중에 넣은 병사를 차갑게 내려다보며 담우소가 퉁명스레 말했다.

"본좌는 진천하무적수(震天下無敵手) 북룡천세(北龍千歲)님이시다. 본래 뜻한 바 있어 은거했으나 천기가 크게 진동하는 걸 깨닫고 산에서 내려온 것이다. 당연히 이제부터 위진 천하하며 큰일을 해야겠는데 마침 사천에서 돈이 떨어졌다. 본래 하늘은 큰일을 맡길 사람에게 먼저 시련을 준다고 하지 않더냐! 그래서 오늘 노잣돈을 마련하기 위해 관부의 담을 넘었다. 아아! 그렇다고 해서 날 관청이나 터는 녀석으론 보지 말아라. 내가 이번에 이렇게 왕림한 것은 이곳에 묵고 있는 청해의 부자 녀석과 볼일이 있어서이니.”

“……”

담우소의 장황한 설명을 들으며 연신 눈알을 굴리던 병사의 얼굴이 조금 밝아졌다. 맨 처음 진천하무적수 어쩌구 하는 말을 들었을 때만 해도 무도한 초적이 성주의 목을 노리고 왔다는 생각에 죽음을 생각했는데 알고 보니 그저 좀도둑에 불과하단 생각이 든 것이다. 물론 그런 좀도둑의 손에 제압당한 자신의 처지를 생각하면 더욱 한심하고 한탄스러웠지만.

‘그래도 살아야겠다!’

병사는 연신 입을 뻐끔거렸다. 처음부터 담우소가 바랬던 반응이었다. 손 하나 안 대고 담우소는 가려운 곳을 긁을 수 있게 된 것이다.

“응? 지금 본 진천하무적수 북룡천세님에게 백성들의 고혈을 빨아서 제 배를 채운 청해 부자 녀석이 묵고 있는 곳의 위치를 알려주겠다는 것이냐?”

“으으으!”

병사는 연신 고개를 끄떡였다. 죽을힘을 다 쓴 탓인지 이번에도 그의 입에선 미약한 소리가 새어 나왔다. 역시 인간의 잠재력은 무한한 바가 있었다. 그러자 내심 고개를 끄덕인 담우소가 말했다.

“흠, 본래 본 진천하무적수 북룡천세님은 일을 행함에 있어 남의 도움을 받지 않지만 자네가 정 그렇게 협조하겠다니 고맙게 받아들이겠

네. 그렇지만 자네는 아혈이 풀렸다 하여 큰 소리를 지르거나 해선 안
될 것이야. 본 진천하무적수 북룡천세님이 익힌 천하무적수는 자네의
목뼈를 단숨에 바스러뜨려 버릴 수 있으니까.”

실제로 이때 담우소의 수장은 미약한 광채를 번뜩였다. 오행금기를
수장에 집중시킨 것이다. 그러자 그 광경을 본 병사가 다시 고개를 연
신 끄떡거렸고, 담우소는 흐뭇하게 웃으며 그의 아혈을 풀어줬다.

“어!”

“말하게.”

“그, 그것이…….”

“본 진천하무적수 북룡천세님은 참을성이 좀 부족하다네. 지금 당장
청해의 부자 녀석이 묵고 있는 방을 말하지 않으면 자네의 연약한 목
을…….”

담우소의 수장이 더욱 강렬한 백색 기운을 발산했다. 병사로선 평생
본 일이 없는 모습이었다. 때문에 더럭 겁을 먹은 그가 턱을 덜덜거리
며 말했다.

“마, 말씀하시는 분이 청해상단의 백 대인이…….”

“바로 그자야!”

“그, 그분은 귀빈을 모시는 천향각(天香閣)에 묵고 계십니다.”

“천향각으로 가는 방법은?”

병사는 몇 차례 말을 더듬으면서도 천향각으로 가는 지름길을 상세
히 가르쳐 줬다. 담우소가 처음에 기대했던 대로 관부의 이곳저곳을
순찰하는 임무를 수행하던 자이니 길 하나는 잘 알고 있었다. 그리고
잠시 후.

일부러 몇 번이나 같은 질문을 반복한 끝에 병사의 설명에 이상이

없음을 확인한 담우소의 입가로 희미한 웃음이 떠올랐다. 이때 그의 머리 속에는 이미 성도 관부의 약도가 상세하게 새겨져 있었다. 이젠 이런 후미진 곳에 숨어 있을 필요가 없어진 것이다.

퍽!

병사의 목 뒤에 수도를 먹이고 담우소는 바람처럼 신형을 날렸다. 관부의 지리를 파악하느라 소모한 시간을 조금이라도 단축하기 위함이었다. 그리고 한동안 병사에게 알아낸 지름길을 따라 몇 개나 되는 건물 그림자를 뛰어넘은 담우소가 도착한 곳은 달이 노닐고 있는 조그만 연못 앞이었다.

'항상 달이 떠 있는 월정소(月精沼)가 앞에 있고, 뒤에 엎드린 황소와 같은 와우대석(臥牛大石)이 보이니 이곳이야말로 천향각이 틀림없으렷다!'

담우소는 한눈에 천향각을 알아봤다. 그만큼 눈앞으로 보이는 아담하면서도 기품이 느껴지는 전각의 특성은 뚜렷했다. 담우소는 운 좋게도 사물에 대한 묘사 능력이 탁월한 병사를 습격했던 것이다.

그러나 바로 천향각으로 신형을 날리려던 담우소는 순간 주춤했다. 그는 주춤했을 뿐만 아니라 다음 순간 귀신과도 같은 신법을 발휘해 눈앞으로 보이는 집채만한 바위 뒤로 몸을 숨겼다. 천향각 쪽에서 흘러나오는 익숙한 목소리 때문이었다.

'빌어먹을! 어째서 녀석이 이런 곳에 있는 거야!'

담우소는 등골을 타고내리는 불쾌감에 어깨를 가볍게 떨었다. 선이 가늘면서 요사스런 기운을 풍기는 목소리. 그것은 당가보에서 익히 담우소가 경험해 봤던 사람의 것이었다. 담우소의 반격에 손 하나를 잃은 동창 영반 채경환이 현재 이곳에 있는 것이다.

잠시 염두를 굴리며 담우소는 천시지청술을 극한까지 발휘했다. 채경환이 이곳에 있다는 건 그를 따르는 흑백쌍검귀 역시 근처에 있다는 뜻이었다. 담우소는 그들의 위치를 확인해 둘 필요가 있었다. 그리고 시간이 지나갔다.

'역시 암습과 합공의 고수답군. 이곳에서 가장 이상적인 장소에 둥지를 틀고 들어앉아 있었어. 하지만 분명 저 장소는 순간적으로 튀어나와 암습이나 합공을 하기엔 좋지만, 자신들이 암습당하기도 좋은 자리야. 그들이 설마 날 유혹하고 있는 건 아니겠지?'

입가엔 웃음을 담고 있었지만 담우소의 눈빛은 침중하게 가라앉아 있었다. 관부 안이라 방심한 탓인지 흑백쌍검귀는 은신하고 있는 위치를 너무 쉽게 드러내고 있었다. 담우소로선 함정이 아닌가 의심할 수 있는 상황이었다.

하지만 담우소는 곧 흑백쌍검귀로부터 신경을 껐다. 그들에게 신경을 쓰기엔 귓전으로 파고드는 채경환의 목소리가 심상찮았다. 그는 지금 백문을 엄중히 문초하고 있었다. 관부와 동창의 정보력을 발휘하여 청해상단을 쫓아 담우소 일행이 사천에 들어왔다는 사실을 알아냈음이 분명했다.

담우소는 잠시 역시 관부 녀석들은 건드리는 게 아니었다고 자신을 자책했다. 청해성으로 돌아가는 백문의 청해상단에 끼어 사천을 탈출하려던 계획이 틀어졌으니 앞으로 어찌해야 할지 막막했다. 평소 강문호의 말처럼 세상에 계획대로 되지 않는 일이 십중팔구라는 말이 뼈저리게 느껴지는 순간이었다.

잠시 갈등하던 담우소는 결정을 내렸다. 이대로 홍등가로 돌아갈 순 없다는 판단이었다. 당가보나 금산상회의 추격대가 성도로 몰려오는 건 시간문제였다.

'동창 영반의 권력은 막강하다. 그러니 녀석을 사로잡으면 현 상황을 탈출할 수 있다!'

머리로 생각한 게 아니었다. 본능에 의한 판단이었다. 다시 한 번 흑백쌍검귀가 은신하고 있는 장소를 확인한 담우소의 신형이 한 점 소리도 없이 움직였다. 각기 천향각을 바라보며 월정소 부근에 은신하고 있던 흑백쌍검귀를 동시에 암습해 들어간 것이다.

파앗!

무심히 월정소 안에서 노닐던 달빛이 가벼운 이지러짐을 보였다. 한 줄기 바람이 만들어놓은 파랑이었다. 그리고 부지불식간에 뒤에서 암습을 당한 흑백쌍검귀 중 흑검귀의 얼굴이 경악으로 일그러졌다.

극도에 이른 경공으로 잔영을 만든 후 토둔잠행을 펼친 담우소의 수장이 그의 회음혈을 찍고 있었다. 전날 자신의 백색 도기를 막아낸 그에게 담우소는 무한한 경의를 담아 비열한 암습을 가한 것이다. 그리고 다음 순간이었다.

놀란 표정을 짓기보단 담우소를 덮쳐 가는 쪽을 택한 백검귀의 검에서 시퍼런 검기가 일어났다. 빠르고 정확한 판단력이었다. 그러나 이미 담우소는 대비하고 있었다. 자신을 덮쳐오는 검기 쪽으로 흑검귀의 머리를 밀어 넣은 담우소의 신형이 땅바닥을 뒹굴었다.

파파팍!

결과는 기대했던 대로였다. 흑검귀 때문에 순간 검기를 늦춘 백검귀가 복부를 부여잡고 주저앉았다. 담우소의 맹렬한 연환각이 만들어놓은 성과였다. 기습은 단번에 성공을 거둔 셈이었다.

그런데 신형을 일으키며 담우소는 눈살을 찌푸렸다. 스스로 가장 자신하던 백색 도기를 막아낸 자들치고 너무 쉽게 제압당했다는 판단이 었다. 슬쩍 백검귀에게 다가간 담우소의 입가로 헛웃음이 떠올랐다.

'뭐야? 이런 것이었어? 역시 관부의 녀석들이란!'

백검귀는 겉에 사슬로 된 갑옷을 걸치고 있었다. 손가락으로 만져 보니 촘촘하면서도 가벼운 게 보통의 재질은 아닌 듯싶었다. 흑백쌍검 귀는 무슨 특별한 신공을 익혀서 담우소의 백색 도기를 막아낸 게 아 니었던 것이다.

문득 마음이 움직인 담우소는 연달아 흑백쌍검귀에게서 사슬 갑옷 을 벗겨냈다. 언젠가 쓰일 날이 있으리란 판단이었다. 그리고 막 천향 각으로 신형을 날리려던 담우소의 어깨가 움찔 떨렸다. 그의 발치로 무언가 둥그스름한 물체가 떨어져 내렸다.

"이건……."

반사적으로 뒤로 신형을 빼낸 담우소의 눈빛이 가볍게 일그러졌다. 그가 물러난 자리를 뒹굴고 있는 건 다름 아닌 사람의 머리였다. 그것 도 익히 알고 있는 얼굴이었다. 잔뜩 공포에 질린 얼굴로 청해상단 백 문은 목이 잘린 것이다.

어느새 청향각에서 모습을 드러낸 채경환이 요사스런 목소리로 말 했다.

"그 몸놀림 낯이 익다."

"……."

담우소는 잠시 대답하지 않았다. 그는 백문의 얼굴을 뚫어지게 바라 봤다. 사람이 죽은 모습을 본 게 한두 번은 아니지만 왠지 마음 한 켠 이 슬퍼왔다. 함께 술을 마셨던 사람의 죽음이었다. 여타의 다른 죽음 과 같을 순 없었다.

‘빌어먹을 환관 자식!’

분노로 인해 차갑게 가라앉은 눈빛으로 담우소는 채경환을 노려봤다. 그의 한쪽 손이 붕대로 감겨 있는 모습이 보였다. 그가 완벽한 몸 상태가 아니란 뜻이었다. 그리고 그만하면 충분했다. 과거 같았으면 조금쯤 부끄러워했을 행동을 담우소는 거리낌없이 행했다.

파앗!

땅을 박차며 하늘로 날아오른 담우소의 쌍수가 벼락같이 좌우로 회전했다. 이미 끌어올리고 있던 백색 도기가 연달아 채경환의 붕대 감은 손을 노리며 파고들었다. 눈에 뻔히 보이나 피하기 힘든 기습이었다.

그러나 채경환 역시 절정고수였고, 이미 담우소를 경계하고 있었다. 담우소가 신형을 띄워 올리는 순간 그 역시 움직임을 보였다.

그는 재빨리 신형을 뒤로 뽑아내곤 다시 화려한 동작으로 회전을 일으켰다. 회전 중에 눈부신 혈광이 번뜩이며 담우소가 발출한 백색 도기를 산산조각 냈다. 옆구리에 차고 있던 검을 뽑아 든 것이다. 천혈비와 함께 동창의 이대보물로 꼽히는 천혈마검(千血魔劍)이었다.

바로 그때였다. 공중에 뜬 상태로 자신의 백색 도기가 산산조각나는 모습을 지켜본 담우소의 수장이 땅을 향했고, 다음 순간 기변이 일어났다. 담우소에겐 기변이 아니나 회심의 미소를 지으며 앞으로 튀어나오려던 채경환에겐 심장이 덜컥 내려앉을 정도의 기변이었다.

스륵! 스르르륵!

천향각 주변 곳곳에서 운치를 자랑하던 나무들이 움직였다. 바람에 흔들린 게 아니라 마치 생명이라도 부여된 듯 스스로 움직였다.

넝쿨과 줄기가 채경환의 다리를 휘어 감았고, 우수수 쏟아진 나뭇잎들이 얼굴을 덮었다. 긴박한 상황을 감안하면 거의 채경환에겐 악몽과도 같은 습격이었다. 담우소는 지뢰오행경을 끌어올려 백색 도기를 쏟아냄과 동시에 목의 교룡목어공 역시 운기하고 있었던 것이다.

뿌지직!

발을 휘감았던 넝쿨 줄기를 뜯어내는 것과 동시였다. 현란한 검기를 자랑하던 천혈마검은 힘없이 채경환의 손을 빠져나갔다. 어느새 지척까지 다가선 담우소의 수장이 채경환의 단전에 닿아 있었다.

"헉!"

"한마디만 더 소리 내면 네 녀석의 내공은 공(空)으로 돌아간다."

차가운 눈빛만큼이나 삭막한 목소리였다. 복면을 쓴 담우소를 한 차례 쏘아본 채경환의 붕대 감은 손에 들려 있던 천혈비가 스르륵 밑으로 떨어져 내렸다. 만약 한쪽 손에 부상만 입고 있지 않았다면 절세의 쌍검식을 펼칠 수도 있었으련만 모든 것은 만사휴의(萬事休矣)였다.

"이곳 성도에는 나나 흑백쌍검귀 말고도 천외천의 고수들이 십여 명이나 모여 있다. 이곳을 빠져나갈 순 있다 해도 성도를 빠져나갈 수 있다고 생각하는 것이냐?"

문득 담우소는 입에서 차가운 웃음이 흘러나왔다.

"그야 잘나신 동창 영반께서 도와주셔야 하지 않겠소?"

"내가?"

"살고 싶다면."

그 말을 끝으로 채경환의 혼혈을 점혈한 담우소가 그를 옆구리에 낀 채 야천으로 신형을 뽑아 올렸다. 아무래도 어제에 이어 꽤나 긴 밤이 될 듯싶었다.

제83장 쫓는 자! 쫓기는 자!

지루할 정도로 천천히 시작된 추격이었다. 눈에 보이는 결과를 쫓기 위해 절반이나 되는 수하들을 갈라낸 당한수의 추격은 그러했다. 평소 성격대로 그는 추격할 자의 심리 상태를 먼저 생각했고, 그 다음 철저히 그 뒤를 쫓았다. 비록 열네 대의 마차를 쫓기 위해 수하 절반을 보낸 상황이긴 하나 그는 자신의 선택이 옳다는 확신을 가진 듯했다.

그렇게 당한수가 암전대를 이끌고 도착한 곳은 사천 제일의 도시인 성도였다. 강압적이지만 꾸준한 탐색을 벌인 끝에 일단의 무리가 성도로 향했다는 단서를 찾아낸 것이다.

이때 그 일단의 무리가 소금을 실어 나르는 염상의 행렬이란 부연 설명 따윈 당한수에겐 전혀 필요없는 것이었다. 하필 그 시각, 그 장소에 염상의 무리가 나타났냐는 것만이 그에겐 중요했다.

암전대가 도착한 시각은 마침 성문이 닫힌 때였다. 중간에 박차를 가하긴 했으나 그전에 주변을 탐색하느라 걸린 시간까지 줄일 순 없었다. 암전대가 성도에 도착한 시각은 달이 머리 위로 떠오르고도 한참이 지난 시각이었다.

"이곳에서 새벽이 되기를 기다린다!"

당한수가 손을 들어 올리자 기다렸다는 듯 뒤따르던 삼십여 기의 말들이 격한 투레질을 했다. 광포한 질주로 인해 거칠어졌던 숨결을 고르기 시작한 것이다.

말과 혼연일체의 경지에 오른 암전대원들은 연신 애마의 뺨을 쓰다듬었다. 여기까지 자신들을 실어 날라준 동료에 대한 애정 표현이었다.

그 모습을 한 차례 둘러본 후 타고 있던 말에서 뛰어내린 당한수는 묵묵히 야천을 뚫고 세워져 있는 거성을 바라봤다. 사천 제일의 도시답게 성도의 성벽은 족히 오륙 장이 넘어 보였다. 굳게 닫혀 있는 강철로 된 성문과 성벽 위를 왔다 갔다 하는 경비병들을 보고 있자니 현재 들어가거나 나올 수 있는 자는 아무도 없어 보였다.

"역시 새벽이 될 때까지 기다려야 하는 것인가?"

처음 수하들에게 내렸던 명령과 똑같은 말이나 당한수의 뇌까림은 묘한 색채를 띠고 있었다. 열네 방향으로 찢어진 마차를 쫓기 위해 수하들을 갈라낼 때와 비슷한 묘한 불안감이 그의 내심을 짓누르고 있었다.

그것은 이번 일에 마교가 개입되어 있다거나, 쫓는 자가 붙잡고 있는 게 금산상회의 철혈거상이라는 점을 염두에 두더라도 이해할 수 없는 일이었다.

이곳에 있는 건 당한수였다. 사천당가 최강의 무투 조직이라 불리는 암전대를 이끄는 강철 같은 남아였다. 결코 무언가를 두려워한다거나 꺼려할 사람이 아니었다. 만약 조금이라도 그러한 점이 있었다면 그가 지금 이곳에 서 있진 못할 터였다. 암전대주란 직위는 그러한 자리였다.

그런데 지금 꼬박 하룻밤을 쉬지 않고 말을 달려왔음에도 당한수는 피로를 느끼지 못할 만큼 긴장해 있었다. 분명 새벽까지의 유예 기간을 얻었음에도 그는 스스로를 쉬게 하지 않았고, 수하들에게도 역시 그러했다.

그는 눈앞을 가로막고 선 성채를 원망스레 바라보고 있었다. 아직 끝내지 못한 추격을 생각하며 스스로도 까닭을 알 수 없는 불안감을 애써 짓누른 채.

*　　　　*　　　　*

쉬익!

하늘을 향해 철전이 날아올랐다. 야천이라 지척이라 해도 발견하기 쉽지 않은 궤적을 철전은 그려냈다. 하긴 달빛마저 흐릿한 이 밤에 하늘을 가르는 철전에 신경을 기울일 사람이 몇이나 될까마는, 어쨌든 철전이 하늘로 날아오른 건 사실이었다.

옆구리에 채경환의 노구를 끼고 바람처럼 신형을 날리고 있던 담우소는 문득 하늘을 바라봤다. 그의 예민한 청각은 야천을 가로지르는 철전이 내는 소리를 정확히 잡아냈다. 이와 같이 하늘을 향해 철전을 날리는 건 철혈대 고유의 연락 방법이었다.

'하나, 둘, 셋……'

이름 모를 지붕 위에 신형을 고정시킨 채 담우소는 속으로 숫자를 세었다. 다음 철전이 날아오르길 기다리는 것이다. 그리고 숫자 세기가 열다섯에 이르렀을 때였다.

쉬익!

처음 담우소의 발길을 멈춰 세웠던 것과 비슷한 소리가 야천에 울려 퍼졌다. 철전이었다.

미리 눈에 내력을 집중하고 있던 담우소의 안색이 찌푸려졌다. 철전의 궤적은 그가 예상하고 있던 것과 상반된 것이었다. 납득하기 힘든 일이 벌어진 것이다.

'도대체?

잠시의 망설임 끝에 담우소는 곧 신형을 뽑아 올렸다. 철전의 궤적이 가리키고 있는 방향이었다.

"도대체 어떻게 된 일이지?"

관부로 향하는 십자로의 중심에 내려선 담우소는 다짜고짜 시선을 전영화에게 던졌다. 십자로에는 전영화를 비롯해 이번 사천행에 참가한 모든 병력이 집결해 있었다. 책임있는 자의 답변이 필요한 상황이었다.

책임있는 자. 담우소를 제외하곤 가장 직위가 높다 할 수 있는 전영화가 얼른 고개를 숙여 보이며 말했다.

"모든 게 제 책임입니다."

"지금 책임을 논하자는 게 아니잖아."

담우소는 옆구리에 끼고 있던 채경환을 아무렇게나 땅바닥에 내동댕이치며 얼굴에 쓰고 있던 두건을 벗었다. 밤바람이 얼굴을 쓸어 내리자 긴 머리가 가볍게 흩날렸다.

그 모습을 보고 다시 땅바닥에 얼굴을 묻은 채경환을 바라본 전영화가 여전한 표정으로 말했다.

"그 사람은 백 대인이 아니군요."

"이번 계획은 실패다."

"……."

침묵하는 전영화 뒤에서 밉살맞은 교소가 터져 나왔다.

"호호, 역시 그렇군요."

"역시 그래?"

전영화의 어깨 너머로 시선을 던진 담우소의 표정이 고약해졌다. 교소의 주인공이 막문위임을 알아본 것이다.

그러자 마경화의 등에 업힌 채 고개를 빼꼼이 내밀고 있던 막문위가 담우소에게 시선을 맞추며 말했다.

"다정한 담 대가! 보배처럼 아끼는 당신의 영화매를 닦달하지 마세요. 당신의 수하들은 모두 내 지극히 타당한 의견을 좇아 이곳에 온 것 뿐이니까요."

"당신의 의견을 좇았다?"

"본래 큰 장사꾼이 되려면 사람을 잘 설득해야 하거든요."

"당신은 어떻게 그들을 설득했지?"

"이번 대마교파멸지계는 어디까지나 황궁에서 지원하는 일이에요. 그래서 금산상회도 이번 일에 뛰어든 것이고요. 그러니 황궁의 고수들이 대거 사천에 온 건 당연한 일 아니겠어요?"

"그래서?"

"당신이 떠난 동안 심심하길래 내가 관부와 동창의 정보력이라면 지금쯤 매수해 놨던 사람쯤 파악하지 못했을 리 없다고 친절하게 설명해 줬죠. 그랬더니 당신의 사랑스런 영화매, 경화매들이 알아서 움직이더 군요."

담우소는 막문위가 알미웠지만 다른 한편으론 대단하단 생각도 들 었다. 그녀의 말은 하나 틀린 곳이 없었을 뿐만 아니라 이런 상황에서 도 듣는 이의 심경을 박박 긁는 알미운 말만 골라 내뱉기도 쉬운 노릇 은 아닌 것이다.

담우소가 잠시 말이 없자 막문위가 눈알을 살짝 굴렸다.

"어머! 또 사람을 납치해 왔군요. 복장을 보니 황궁의 벼슬아치 같 은데……."

퍽!

땅바닥에 코를 묻고 있는 채경환을 발로 걷어차 자세를 바꿔준 담우 소가 퉁명스레 말했다.

"이 사람은 우릴 사천 밖까지 안전히 모셔다 줄 귀빈이다. 당신같이 쓸데없이 종알대기만 할 뿐인 여자와는 다르다구."

"아아, 그런가요? 하긴 당신의 사랑스런 영화매, 경화매, 그리고 제 자로 삼고 있는 귀여운 아가씨와 나는 확실히 차이가 있겠지요."

"제 이름은 소여영이에요!"

자신만 이름이 호명되지 않자 서운했으리라. 소여영이 얼른 끼어들 며 말하자 마경화가 살짝 주의의 눈짓을 해 보이다 담우소의 시선을 느끼곤 얼른 고개를 숙였다. 이번 일에는 그녀의 주장도 상당한 힘을 발휘했기 때문이다.

'뭐, 마침 잘됐다고 할까나?

한쪽 눈을 슬쩍 찡그려 보인 담우소가 힐끔 주변을 한 차례 살피곤 말했다.

"어차피 이렇게 된 거 새벽까지 기다릴 것 없이 바로 출발한다."

"어? 진짜 고관을 붙잡았나 보네?"

막문위가 놀란 목소리를 내자 슬쩍 고개를 돌린 담우소가 어깨를 한 차례 으쓱해 보였다.

"나는 놀려고 관부에 들어갔던 게 아니니까."

"흥, 그런가요?"

"암!"

담우소는 바로 막문위의 혼혈을 짚었다. 그녀가 깨어 있어도 좋은 시간은 이제 끝이었다.

털썩 마경화의 어깨에 얼굴을 묻은 막문위를 무심히 내려다본 담우소가 다시 채경환을 옆구리에 끼곤 먼저 앞장섰다. 성문이 있는 방향이었다.

*　　　　*　　　　*

당한수는 깜박 잠이 들었다. 대략 반 시진 정도였던 것 같다. 정면으로 성문이 내려다보이는 산봉에 가부좌를 튼 채 앉아 그는 잠시 휴식을 가졌다. 새벽이 되기 전에 잠에서 깨어나리란 점을 분명히 한 휴식이었다.

그러나 오비이락(烏飛梨落)이라 해야 할까?

변괴는 짧지도, 길지도 않은 그때 찾아왔다. 당한수가 잠에서 깼을 때 그의 주변엔 암전대의 부장인 당기호(唐嗜好)가 엎드려 있었다.

당한수 자신이 부장으로 삼은 만큼 당기호는 침착 냉정한 사내였다.

잠 기운이 남은 상황에서도 당기호가 자신의 앞에 부복할 만한 일이 무얼까를 생각한 당한수의 안색이 딱딱하게 굳었다.

"설마 사냥감을 놓친 것이냐?"

당기호가 머리를 바닥에 박았다.

"확실치는 않습니다."

"확실치 않다?"

"대략 한 시진 전 성문이 열리긴 했는데, 알아보니 황궁의 고관이 급한 볼일이 있어 성을 빠져나갔다고……."

"황궁의 고관이란 누구를 말하는 것이냐?"

"그 점이 확실치 않습니다. 황궁의 고관이란 말에 불침번을 섰던 자가 크게 조사하지 않은 듯합니다."

"으음."

당한수의 입에서 나직한 신음이 흘러나왔다. 성도 앞에 도착했을 때부터 느꼈던 기이한 불안감이 다시 스멀거리며 일어났다. 오랫동안 쫓는 자의 위치에 섰던 자만이 느낄 수 있는 독특한 감각이었다.

'성도에 들어간 자들은 마교에서 파견된 자들이고, 당가보를 들쑤셔 놓은 실력자들이다. 고관 한두 명쯤 중간에 납치해 이용하는 게 어려운 일은 아니다.'

순간적인 판단이었다. 그리고 어쩌면 당한수가 그동안 쌓아온 경력에 커다란 오점으로 남을 판단이기도 했다. 마차를 따르지 않고 상인들의 뒤를 쫓은 게 이성에 바탕을 둔 철저한 조사 끝에 내려진 판단이라면 이번 건 그저 감에 불과했다. 지나친 모험이었다. 도박이나 다름없었다.

하지만 자리에서 벌떡 몸을 일으킨 당한수는 한 치의 망설임도 없이 눈앞의 당기호에게 명령했다.

"지금 당장 그들을 추격한다!"

"전부입니까?"

"이곳에는 전령 역할을 할 두 명만 남긴다."

"하지만…….."

"성문을 나선 자들이 진짜 황궁의 고관이라면 성문이 열리기 전 다시 돌아올 수 있다."

"존명!"

언제 우려의 빛을 보였냐는 듯 평소의 표정으로 돌아간 당기호가 한 차례 고개를 숙여 보이곤 야영지를 향해 신형을 날렸다. 잠을 잤다기보다는 그저 몸을 땅에 댄 채 쉬고 있을 암전대원들을 소집하기 위해서.

한편 그 시각 담우소 일행은 바람처럼 달리고 있었다. 일행 모두가 경공에 능해 이동 속도는 대단히 빨랐다. 당가보에서 성도로 향할 때와는 판이한 속도였다. 평범한 상인 노릇을 할 때와 무림 고수 간의 차이란 그만큼 대단한 것이다.

'하지만 곧 추격병이 따라붙을 것이다. 당가든 금산상회든 간에. 아! 내 등 뒤에 업힌 녀석은 동창의 영반이니 그 천외천인가 하는 황궁의 고수들이 추격대를 편성할 수도 있겠군. 그야말로 엄청난 도주가 아닌가!'

히죽거리는 웃음이 끊이지 않는 입가와 달리 담우소의 눈은 차갑게 가라앉아 있었다. 이미 고심해서 짰던 사천대탈주 계획은 한참이나 어긋난 상황이었다. 언제 어디서 합공을 당할지 알 수 없었다. 지금까지 추격대를 만나지 않은 것만 해도 천우신조랄까?

그때 막 수혈이 풀린 막문위의 하품 섞인 목소리가 들려왔다.

"아함! 사람을 계속 재우기밖에 할 줄을 모르니, 참 창조적이지 못한 사람이군요."

"깼나?"

"덕분에 또 침을 잔뜩 흘렸네요."

"그건 경화매에게 미안한 일이군."

"어머! 그렇군요."

호들갑스런 목소리를 낸 막문위가 재빨리 마경화의 어깨를 몇 차례 털었다. 자신이 흘린 침을 닦고 있음이 분명했다.

문득 고개를 돌려 그 모습을 보고 싶어진 담우소의 입가에 쓴웃음이 떠올랐다.

"이런이런!"

막문위가 유쾌하게 웃었다.

"호호, 달빛이 그럴듯하군요. 당신한테 납치될 때와는 또 다른 맛이 있네요."

더 이상 말하지 말아야지 했던 담우소가 참지 못하고 한마디 쏘아붙였다.

"몇 번이나 생각한 건데, 어쩐지 당신은 지금 상황을 즐기는 것 같단 말야?"

"설마요?"

"정말이야! 내가 보기에 당신은 지금 자신이 납치당하는 상황을 진심으로 즐기고 있어."

"그런가?"

“엉?”

담우소는 일순 당황했다. 농담으로 던진 말인데 막문위가 진지하게 받아들이자 황당한 기분이 된 것이다. 그러나 다음 순간 담우소의 입가에는 다시 쓴웃음이 떠올랐다. 막문위를 업은 마경화의 퉁명스런 목소리 때문이었다.

“막 소저! 담 대가를 향해 그런 짓 하지 마세요.”

‘그런 짓?’

담우소는 뒤돌아보지 않았다. 뒤돌아보지 않고도 능히 막문위가 자신의 등 뒤에서 무슨 짓을 하는지 짐작이 갔다. 필시 감자라도 먹이고 있으리라. 담우소는 굳이 고개를 돌려 눈을 버리고 싶은 생각은 없었다.

그러자 재미없다 생각한 것일까?

막문위의 목소리가 진지해졌다.

“성도를 벗어났으니 무석 쪽으로 가는 건가요?”

“그쪽은 이미 봉쇄됐을 거야.”

“그렇군요. 당천위가 바보가 아니라면 분가들로 하여금 천라지망을 구축하게 하지 않았을 리 없을 테니.”

“게다가 벌써 하루가 지나 이틀째가 돼가고 있다. 이미 각 처의 분가에서 병력들이 움직이고 있을 거야.”

“하지만 각 분가들의 전력은 평준적이지 못해요. 강한 곳이 있는 반면 꽤나 약한 곳도 있지요.”

“그건 그렇지.”

“그런데도 무석 쪽으로 가지 않겠다는 건가요?”

“내가 당 가주라면 뱃길은 철저히 봉쇄한다.”

“어째서 그렇죠?”

"강으로 나서는 순간 당가의 강점인 독과 암기는 거의 무용지물이 된다. 수전에서 쓰는 병기는 따로 있는 법이니까."

"그리고?"

"강의 경계란 애매하다. 사천 안에서라면 상관없겠지만 청해성의 신교에서 시비를 걸어오면……."

"바로 전쟁 시작이로군요."

문득 담우소는 오싹한 기분을 느꼈다. 그동안 막문위에게 느꼈던 느낌이 이 순간 확신으로 다가왔다. 얼굴을 보고 대화할 때는 느낄 수 없었던 느낌이 지금은 더욱 확연했다. 막문위는 지금 즐거워하고 있는 것이다.

'어째서?'

담우소는 반문했다. 그리고 일순 느껴진 바대로 행동했다.

스윽!

속력을 줄인 담우소는 곧 마경화와 어깨를 나란히 했다. 마치 처음부터 그러리라 짐작하고 있었던 듯 막문위가 반가운 목소리로 맞아줬다.

"역시 일 잘하게 생긴 사람이 달리기도 잘하는군요."

"머슴 같다는 뜻인가?"

"글쎄요?"

말과 달리 막문위는 딴청 따윈 부리지 않았다. 그녀는 사람의 내심을 꿰뚫어 보는 듯한 눈빛으로 담우소에게 말했다.

"어차피 마교와 정파 간의 전쟁은 이제 피할 수 없어요. 내가 그렇게 만들었어요. 괜히 고생하지 말고 투항하는 게 어때요?"

"투항?"

“그동안 지켜봤는데, 당신과 당신의 수하들은 꽤 괜찮은 실력자들이에요. 천하의 사천당가를 그렇게 농락할 정도이니 실력 검증은 끝난 거나 다름없어요.”

“그러니 우리들을 사고 싶다는 건가?”

“상당히 후한 가격을 쳐드리죠. 덤으로 사천당가로부터 보호를 해주는 건 물론이고.”

“자신만만하군.”

“사천에는 이미 금산상회 최강인 철기군이 집결해 있어요. 지금쯤 열심히 주인인 내 뒤를 쫓고 있겠지요.”

“상관옥이 가지고 있던 비둘기를 믿는 건가?”

“당신이 어떻게……?”

담우소와 만난 후 처음이었다. 놀란 목소리를 냈던 막문위의 표정이 다소 굳었다.

“대단하군요. 조 군장을 물리칠 때만 해도 그러려니 했는데 상관옥의 존재까지 알고 있을 줄이야. 당신은 그를 죽였나요?”

“난 살인마가 아냐.”

“마교의 마두로부터 그런 말을 들으니 웃기군요. 뭐, 어차피 조 군장이 따로 연락을 취했을 테니 하루나 이틀이 늦을 뿐이에요.”

“그런 것치곤 꽤 놀라던 것 같은데?”

“며칠 더 당신이 으스대는 꼴을 보기 싫었을 뿐이에요.”

“그렇군.”

담우소는 고개를 끄떡였다. 넉넉한 성격의 오라버니 같은 태도였다. 물론 입가에는 비웃음이 가득 담겨 있었다. 막문위의 말을 전혀 믿지 않는다는 걸 보여주기라도 하려는 듯.

“흥!”

코웃음을 터뜨린 막문위가 말했다.

“그래서, 결국 내 제의를 거부하는 건가요? 당신도 마교에서 잔뼈가 굵은 사람은 아니니 이번 기회에 배를 옮겨 타는 것도 나쁘진 않을 텐데요?”

“어떻게?”

“당신의 이름이 왠지 낯설지 않더군요. 하도 보잘것없는 이름인지라 잊고 있었는데, 당신한테 억류되어 있는 동안 할 일도 없고 해서 생각을 좀 해봤더니 생각나는 일이 있더군요.”

“흥, 금산상회에 빚진 문파라도 떠올린 건가?”

“나는 천하의 광명소주가 일부러 부탁했던 사람의 문파와 이름이 떠올랐을 뿐이에요. 그때는 어째서 마교에서 당신 같은 삼류문파의 파문제자를 원하는지 몰랐는데 지금 보니 대충 납득이 가네요. 당신 정도의 인재는 꽤 드물고 귀하니까.”

막문위는 드물게 진지한 표정을 지어 보였다. 그녀의 눈빛은 담우소의 얼굴을 뚫어지게 바라보고 있었다. 그냥 빈말을 하는 건 아닌 듯했다.

문득 담우소의 입가로 웃음이 떠올랐다.

“당신과 대주 사이에 그런 거래가 있었군. 남의 인생을 걸고서.”

“세상이란 게 본래 그렇지 않던가요? 이용당하는 자가 있으면 이용하는 자가 있는 법이지요.”

“그래서 난 결국 이용당하는 자란 건가?”

“지금으로선 그렇지요. 당신이 마교의 명령대로 날 납치한다면.”

“어째서 그렇지?”

"내가 마교로 잡혀가면 바로 전쟁이에요. 당신은 지금 도화선에 불을 붙이고 있는 거예요. 그리고 삼류이긴 하나 정파에 속했던 풍뢰문의 그늘로 다신 돌아갈 수 없는 길을 가고 있는 거고요. 그래도 당신은 괜찮은 건가요? 마교의 주구로 세상에 이름이 알려져 다신 풍뢰문의 이름으로 돌아가지 못하게 돼도?"

꿈틀!

담우소의 볼 살이 떨렸다. 조금 전 상관옥에 대한 이야기가 막문위의 아픈 곳이었다면 풍뢰문에 대한 이야긴 담우소의 아픈 곳이었다. 아니, 아픈 걸로 따지면 비교가 되지 않을 정도였다. 막문위의 말은 모두 옳았던 것이다, 아무리 인정하고 싶지 않다 해도.

하지만 담우소는 곧 흑상귀를 떠올렸다. 그가 죽었을 때 느꼈던 사문 풍뢰문과의 단절을 떠올렸다. 세상에서 평하는 마교가 아니라 자신이 그동안 겪었던 광명신교를 생각했다. 자신과 울고 웃었던 사람들을. 비록 그것이 사적이라기보다는 공적인 관계라 하나 담우소는 지금 그 모든 것을 버릴 수 없었다. 그것이 진실한 내심이었다.

'어차피 난 화심인을 받은 상황이다. 그런 갈등은 화심인에서 벗어난 후에 해도 된다.'

언제 표정이 변했냐는 듯 담우소는 웃었다. 그리고 평소처럼 자신을 빤히 바라보고 있는 막문위를 향해 말했다.

"의외로 나에 대해서 참 많은 걸 알고 있구려. 미인에게 관심을 받는다는 건 기분 좋은 일이지만 딴 남자와 정혼한 여자에게는 관심없소."

막문위의 눈에 이채가 떠올랐다.

"역시 마교의 주구가 되겠다는 건가요?"

"현재 상황도 결코 즐겁진 않지만, 돈에 팔려 누군가의 밑에 들어가는 건 역시 적성에 안 맞아서 말야."

"후회할 텐데요?"

"그럴지도 모르지. 하지만 세상의 모든 일 중 자신의 뜻대로 되는 게 과연 몇이나 있을까? 절대 후회하지 않을 일만 하는 사람은? 나는 그저 지금 내가 할 수 있는 일을 할 뿐이야."

"그렇군요."

막문위의 입에서 가는 한숨이 흘러나왔다. 자신의 뜻대로 움직이지 않는 담우소에게 심통이 난 표정이었다. 평소보다 훨씬 많은 말을 했음에도 담우소를 설득하지 못한 자신에게 화가 난 것이다.

그러자 웃음 띤 얼굴로 다시 뭐라 말하려던 담우소의 안색이 가볍게 변했다. 그의 귀가 미세한 움직임을 보였다. 그리고 그때였다.

일행의 최후미에 붙어 경계의 시선을 늦추지 않고 있던 전영화가 어느새 담우소의 등 뒤로 다가와 있었다.

"추격대가 따라붙었습니다."

"몇 명이지?"

"흙먼지가 날리는 모양으로 봐선 대략 오륙 기 정도인 것 같습니다."

"기마병이군."

미미하게 고개를 끄떡인 담우소가 얼른 목소리를 높였다.

"강개, 전충, 고강남! 뒤로 처져 추격병을 처리하고 와라."

"존명!"

거의 동시에 대답한 세 사내가 곧 신형을 돌려 바람처럼 앞으로 달려갔다. 이때 그들의 손에는 하나같이 장창이 들려 있었다. 기마병을 상대하기 위해 옆구리에 차고 있던 단봉과 단검을 연결한 것이다.

그때 추격병이란 말에 얼른 고개를 다시 담우소 쪽으로 돌린 막문위가 고양이 같은 웃음을 입가에 매달았다.

"호호, 드디어 추격병이 따라붙었군요. 그런데 저들만으로 되겠어요? 기마병이라면 필시 당가의 최정예라 불리는 암전대일 텐데."

"암전대가 당가의 최정예라면, 내 수하들은 광명신교 최정예인 철혈대의 용사들이다. 적의 숫자가 두 배를 넘지 않는다면 저들만으로 충분하다."

"그런가요? 하지만……."

"아아, 그만! 한마디만 더 하면 또 혼혈을 짚어버리겠어."

"소인배!"

화를 내면서도 막문위는 얼른 입을 다물었다. 하루 두 시진 이상 자본 일이 없는 그녀에게 혼혈이 짚여 억지로 자야 한다는 건 고문이나 다름없었다.

잠시 후.

돌아온 고강남 등은 한 명의 낙오자도 없었다. 이미 들고 갔던 창은 분해가 되어 다시 옆구리에 매달려 있었다. 그들이 끌고 온 여섯 필이나 되는 준마를 바라보며 담우소는 눈살을 지푸렸다.

"여섯 명이었나?"

고강남이 나서서 보고했다.

"사람은 셋이었습니다. 아마 추격 속도를 빨리하기 위해 여분의 말을 끌고 온 것 같습니다."

"징기스칸의 전법이군. 그래서 모두 처리한 건가?"

"오로지 추격에만 힘을 쏟은 탓인지 그리 어렵지 않게 처리할 수 있었습니다.”

“수고했어.”

세 사내에게 고개를 끄떡여 보인 담우소가 눈앞에 있는 여섯 필의 말을 바라봤다. 먼 길을 달려왔음에도 그리 지친 기색이 보이지 않는 게 명마의 혈통을 이은 말들임에 분명했다.

담우소의 표정을 살피고 있던 막문위가 피식 웃었다.

“설마 그 말을 타고 달아날 생각은 아니겠죠?”

“왜 안 되지?”

“선발대가 죽었으니 이제부터 당가의 암전대는 전력으로 당신들의 뒤를 쫓을 거예요. 진정한 추격은 지금부터 시작이란 거지요. 그런데 말을 타고 달아난다면…….”

“확실히 날 잡아잡수 하는 꼴이 되겠군.”

“분명 그렇겠죠. 그러니까…….”

“강개, 전충! 말의 등에 사람 무게 만큼의 돌을 얹어서 사방으로 풀어놔라.”

“존명!”

강개와 전충은 빠르게 움직였다. 그 모습을 바라보며 자신을 외면하고 있는 담우소에게 막문위가 버럭 목소리를 높였다.

“날 무시하는 건가요?”

“내가 언제 당신을 무시했다는 거지?”

“그렇지 않으면 어째서 내 말이 끝나길 기다리지 않는 거죠?”

“그야 당신은 적이니까 필요한 말만 들으면 그만이거든.”

“적?”

자신을 손가락으로 가리킨 막문위가 깔깔거리며 웃었다. 그리곤 담우소를 향해 비웃는 표정을 던졌다.

"당신은 참 한심한 사람이군요. 무공 한 점 배운 적 없는 여인을 그렇게 경계하다니."

"당신의 요사스런 삼촌설은 웬만한 무공 고수보다 무섭거든."

막문위의 비아냥거림을 한마디로 일축한 후 담우소는 등에 업고 있던 채경환을 땅바닥에 내려놨다. 전신 십팔 개 대혈이 모두 찍혔을 뿐만 아니라 혼혈마저 찍힌 그는 여전히 인사불성인 상태였다. 담우소가 혈도를 찍을 때 지뢰오행경을 사용했기 때문에 스스로 혈도를 풀 수 없었기 때문이다.

타탁!

혼혈이 풀리자 채경환은 잠시 눈꺼풀을 부르르 떨었다. 오랫동안 혈도가 짚여 있었기 때문에 가뜩이나 창백하던 그의 안색은 혈색 한 점 찾을 길이 없었다.

"안녕하시오!"

담우소가 웃어 보이자 잠시 뱀과 같은 눈을 이리저리 굴리던 채경환의 얼굴에 악독한 기운이 떠올랐다.

"반역자 놈!"

"반역자?"

"네 녀석들! 마교의 잡배 녀석들은 항상 만승천자의 강토를 노리는 반역자들이 아니더냐! 이번에 본 영반이 풀려난다면 당장 천외천의 고수들과 십만 강병을 데려와……."

"호오, 동창의 영반께서 이번 일에 개입하신 줄은 몰랐네요?"

일시 채경환의 얼굴에 낭패한 기색이 떠올랐다. 목소리의 주인공을 만난 일은 없지만 대충 상황을 파악하고 누군지 짐작한 것이다.

"소저는……?"

"이거 인사가 늦었습니다. 강남에서 터를 잡고 있는 금산상회의 막 문위입니다."

'역시!'

채경환의 얼굴에 어색한 표정이 떠올랐다. 그가 이번 대마교파멸지 계에 끼어든 건 금산상회 측에 비밀로 되어 있는 일이었다. 금산상회 와 사천무림을 동시에 움직이려는 게 바로 황실의 생각이었던 것이다.

채경환의 변한 표정을 살피는 것만으로 충분히 위와 같은 상황을 파 악한 막문위의 얼굴에 미소가 떠올랐다.

"그렇군요. 금산상회와 강남무림은 이번에 완전히 황실에 당한 것이 군요. 어쩐지 너무 파격적인 조건을 제시한다 싶었더니……."

"막 대인! 그것이 아니라……."

"아아, 됐어요. 어차피 천하는 황실의 것이고, 우리 평민들은 위대하 신 황상 폐하와 그분을 받드는 동창의 명령에 따르면 그만이니까요."

"허허, 역시 막 대인은 배포가 크신 분이십니다. 확실히 천하는 황상 폐하의 것이고, 우리 신하들과 백성들은 오직 지엄한 명에 따르면 되는 것이지요."

채경환의 얼굴엔 어느새 화색이 돌아오고 있었다. 막문위가 상인답 게 현실을 파악했다고 생각한 것이다. 그러나 그 순간 막문위는 안색 을 돌변했다.

"하지만 말예요, 역사상 얼마나 많은 제국이 흥망성쇠를 거듭했을까 요?"

"그게 무슨?"

"세상에 영원한 제국은 없다는 뜻이에요. 그리고 제국이 망하면 그를 따르던 자들은 죽지 않으면 천한 노예의 운명밖엔 될 것이 없지요.”

“허허, 막 대인께서 많이 노하신 모양이군요. 하지만 어찌 그런 불경한 말을 하시는 겁니까?”

“호호, 그냥 그렇다는 겁니다. 어차피 저희 천한 상인들이야 제국의 흥망성쇠와는 관계없이 이익만을 좇으면 되니까요. 어떤 불경한 뜻을 가질 리가 없지요.”

‘이년이!’

채경환은 겉으로 화를 내진 않았다. 그 대신 속으로 막문위를 향해 이를 갈았다. 언젠가 자유의 몸이 되면 손을 봐주겠다는 다짐과 함께.

바로 그때였다. 불꽃 튀는 두 사람의 언쟁을 흥미롭게 지켜보던 담우소가 그제야 채경환에게 입을 열었다.

“자! 그럼 정경유착에 관한 얘기는 일단락하고, 내가 한 가지 제의를 하겠소.”

“반역자 녀석과는 할 말이 없다!”

“그 반역자 손에 죽기 싫으면 말을 좀 가려서 하시지요.”

“크으!”

채경환이 입을 다물자 담우소가 히죽거리며 말했다.

“이곳은 성도로부터 대략 사백 리가량 떨어진 관도 위요. 슬슬 날이 밝아올 시간이니 이젠 마음을 결정할 때지요. 아! 물론 나는 이미 도주로에 대해서 생각해 둔 바가 있으니 당신만 결정하면 되는 것이오.”

“내게 뭘 결정하란 것이냐?”

“이곳에서 내 손에 죽던가, 아니면 내가 사천을 벗어나는 걸 도와주던가.”

“이곳에서 죽겠다!”

“나는 당신을 곱게 죽이진 않을 거요.”

“그게 무슨 소리냐?”

“당신의 내공을 전폐한 후에 나병촌에다 던져 놓겠다는 거요. 물론 팔이나 다리도 하나쯤 자르고서.”

“이!”

채경환의 얼굴 근육이 부르르 떨렸다. 어려서 황궁에 들어가 태감이 된 후 권력층이 된 그에게 있어 황제란 자신의 특권을 보호해 주는 든 든한 바람막이였다. 황제에 대한 충성은 곧 자신의 영달을 위함인 것이다. 그러니 지금 생명이 경각에 이르자 마음이 흔들리지 않을 수 없었다. 두려움이 엄습해 온 것이다.

그때 성도를 빠져나올 당시 이미 채경환이란 인간의 본질을 꿰뚫고 있던 담우소가 이를 드러내며 웃었다.

“다 좋은 게 좋은 거 아니겠소? 사천만 빠져나갈 수 있다면 당신의 목숨 정도는 내가 보장할 테니까.”

“……”

채경환의 뱀눈이 꽈악 감겨졌다. 그는 이때 황제에 대한 충성보다는 미래를 선택하고 있었다.

*　　　*　　　*

“세 군데로 나눠져 출발했던 수색조 중 한 개 조가 돌아오지 않았습니다.”

“방향은?”

“무석 쪽으로 향하는 관도입니다.”

“무석?”

“예, 속하의 판단으론······.”

“추격에 있어 섣부른 판단은 금물이다.”

손을 들어 부장인 당기호의 입을 다물게 한 당한수는 하늘을 바라봤다. 밤을 새운 추격 끝에 먼동이 터오고 있었다. 몇 개나 되는 수색조를 운용한 끝에 날이 밝기 전에 사냥감의 꼬리를 잡았다. 그리 나쁘지 않은 결과였다.

‘내 결정은 틀리지 않았다. 하지만 아직 부족하다! 사냥감의 목덜미를 물고 늘어져 숨통을 끊기 전 사냥꾼에게 휴식이란 없다.’

하늘 쪽에서 시선을 뗀 당한수가 명령했다.

“몇 명을 보내서 근처 마방(馬房)의 말들을 모조리 끌고 와라. 한 명당 적어도 세 필의 말이 필요할 것이다.”

“존명!”

당기호가 고개를 숙여 보였다. 목표가 정해졌으니 이젠 돌진밖에 남은 게 없었다.

제84장 사천의 끝에서

말이란 국가에서 중히 관리하는 세 가지 중 하나였다. 여기서 말하는 세 가지란 곡식과 소금, 말이었는데, 그것들은 하나의 국가를 이루는 데 없어선 안 될 중요 요소였다.

곡식과 소금은 사람이 살기 위해 없어선 안 됐고, 말은 노동력과 더불어 국가의 강대한 무력의 중추에 위치해 있었다. 어떤 제국이든 기마병의 힘이 없고선 강대한 영토를 유지할 수 없느니만큼 당연한 일이랄까.

마방이란 그런 말을 관리하고, 거래하는 장소였다. 본래는 국가의 관할이었지만 상당 기간 전쟁이 없자 곧 민간인들에게 관리가 맡겨졌다. 이윤을 좇는 상인들의 끈질긴 청탁이 얻어낸 결과였다. 말의 효용은 국가뿐 아니라 일반인들에게도 마찬가지로 중요했기 때문이다.

그러나 어쨌든 천하의 모든 마방은 좋든 싫든 국가의 관리를 벗어날

수 없었다. 반란의 씨앗을 애초에 가로막기 위한 최소한의 조건이었
다.

담우소는 그런 마방의 특성을 철저히 이용했다. 그는 날이 밝자마자
채경환을 이용해서 주변 백여 리에 걸쳐 영업하던 마방의 말들을 죄다
끌어냈다.

대략 수백 필이나 되는 말을 그는 단숨에 끌어 모았다. 그리고 웬만
한 기마병을 조직할 수 있는 숫자의 말들이 사천 전역을 향해 지축을
울리며 달리기 시작했다.

두두두두두!

꼬리에 불이 붙은 말들은 거의 광란에 가까운 질주를 시작했다. 평
생 한 번 보기 힘든 장관을 연출하며 말들은 달렸다. 마방 주인들의 가
슴을 찢어놓으며.

"우리는 천서평원(川西平原)을 가로질러 사천북고원(四川北高原)을
통과한다."

"무석 쪽은 포기하는 겁니까?"

전영화가 묻자 담우소가 고개를 끄떡였다.

"무석 쪽은 속임수였다."

"알겠습니다."

전영화가 물러서자 더 이상의 질문은 없었다. 담우소가 제시한 방향
은 육로로 청해성에 이르는 최단거리의 길이었다. 수로인 무석 쪽을
포기한 이상 당연한 선택이었다.

'하지만 너무 당연하잖아. 아무리 수백 필이나 되는 말을 사방으로
풀어놨다고 해도 생각이 있는 자라면 도주로쯤 파악하지 못할 리 없는
데. 설마 당가의 천라지망을 힘으로 뚫으려는 건가?'

막문위의 눈이 동그래졌다. 여태까지만 해도 대충 짐작할 수 있었던 담우소의 행동이 짐작되지 않자 불안감이 엄습해 왔다. 그녀 같은 부류의 사람에게 자신이 이해할 수 없는 일만큼 두려운 건 없었다.

그렇게 막문위가 고민에 빠져 있는 동안 담우소 일행은 모두 말 위에 올라탔다. 사방으로 말을 풀어놨으니 이젠 더 이상 힘들게 흔적을 최소화할 필요가 없었다. 말을 타지 않을 이유가 사라진 것이다.

담우소가 앞장서서 박차를 가하자 일행 모두가 그 뒤를 따랐다. 담우소가 새롭게 목표로 제시한 사천북고원 쪽이었다. 지금쯤 이중, 삼중으로 당가의 천라지망이 펼쳐져 있을지도 모를 그곳으로.

닷새 후.

담우소 일행은 천서평원을 거의 횡단했다. 중간에 몇 차례나 말을 갈았기 때문에 이동 속도는 대단히 빨랐다. 채경환이란 존재는 참으로 담우소 일행에겐 금보다 귀한 존재였다. 그가 없었다면 이렇게 빨리 천서평원을 가로지르진 못했을 게 분명했다. 그 자신은 결코 인정하려 하지 않을 테지만.

그렇게 사천북고원을 눈앞에 뒀을 때였다. 오랜 강행군으로 인해 막문위는 파김치가 되어 있었다. 만약 그녀가 평범한 규방의 여인이었다면 병이 나도 큰 병이 났을 터였다. 그만큼 지난 닷새간의 강행군은 지독한 것이었다.

여느 때와 같이 먼저 강개와 전충을 보내 지형을 탐색한 끝에 정한 장소에 야영을 지시한 담우소는 문득 막문위를 바라보곤 마경화에게 손짓했다.

"무공을 모르는 여인이야. 혹시 아프거나 하진 않나? 아직 노정이 꽤 많이 남았는데 병이라도 나면 큰일인데 말야.”

“생각보다 잘 참고 있습니다. 그보다 영아가 좀 힘들어하는 것 같습니다.”

“영아가?”

“예, 그동안 이렇게 장기간에 걸친 강행군을 경험해 보지 못해서 좀 힘에 부치는 것 같습니다.”

“흠, 그렇군.”

담우소는 가만히 고개를 끄떡였다. 확실히 전령의 임무만을 보던 그녀에겐 지금과 같은 강행군이 무리가 있겠단 생각이 든 것이다.

그러자 마경화가 조심스런 표정으로 말했다.

“그래서 말인데, 지금부터라도 조금 행군 속도를 늦추면 어떨는지요? 이제 곧 사천북고원이니 말을 타고 갈 수도 없을 텐데요.”

“그건 안 돼!”

“…….”

담우소는 딱 잘라 말했다. 그리곤 불빛에 비친 마경화의 얼굴을 바라보며 약간 누그러진 어조로 말했다.

“물론 나도 여태까지의 행로가 좀 무리였단 건 잘 알아. 만약 풍뢰영에서도 뽑고 뽑은 자네들이 아니었다면 여기까지 오지도 못했을 테지. 하지만 우리가 사천을 무사히 빠져나가느냐 못 나가느냐는 지금부터가 고비야. 힘들더라도 이제 와서 발길을 늦출 순 없다.”

“알겠습니다.”

마경화는 고개를 가만히 숙여 보였다. 불빛 탓인지 그녀의 얼굴은 평소답잖은 여성스러움을 물씬 풍겼다. 무인이라 해도 여인은 여인이었다.

마경화의 얼굴을 물끄러미 바라보며 잠시 상념에 잠겼던 담우소가 벌떡 신형을 일으켜 세웠다.

"잠시 주변을 돌고 오겠다!"

고개를 숙이고 있던 마경화가 황급히 몸을 일으켜 세웠다.

"그런 일이라면 제가……."

턱!

마경화의 어깨에 손을 얹어 일어서는 걸 막은 담우소가 고개를 흔들어 보였다.

"경화매는 지쳤다. 그리고 이런 밤중에 예쁜 아가씨는 밖을 돌아다니는 게 아냐."

화악!

밤중임에도 마경화의 안색이 붉게 달아올랐다. 그녀가 담우소에게 예쁘단 말을 들은 건 이번이 처음이었다.

그러나 담우소는 마경화의 붉어진 얼굴을 보지 못했다. 말을 끝내자마자 그는 전영화 쪽으로 걸어가 몇 마디 지시를 하곤 야천을 향해 신형을 뽑아 올린 것이다.

"쯧쯧, 참 무심한 사람이네. 자기 좋다는 아가씨의 맘도 몰라주다니."

"아!"

"어랏! 내가 다가오는 줄도 몰랐던 건가?"

담우소의 뒷모습을 정신없이 바라보고 있던 마경화는 화들짝 놀라 돌아섰다. 그녀의 뒤에는 막문위가 빙글거리고 있었다. 야영 시에만 혈도가 풀리는지라 조금씩 딱딱하게 굳은 몸을 풀던 중 이곳까지 걸어온 것이다.

“…….”

마경화의 얼굴에 안 좋은 기색이 번지자 막문위가 얼른 입가에 떠올라 있던 짓궂은 미소를 지웠다. 몇 번이나 자신의 목에 검을 들이대던 옛 기억 때문이었다.

그러나 한 차례 이맛살을 찌푸렸을 뿐 마경화는 더 이상 막문위를 상관하려 하지 않았다. 그녀의 얼굴에는 어두운 음영이 드리워져 있었다.

기회를 잡았다 판단을 내린 막문위가 슬그머니 마경화 옆으로 다가왔다.

“좋아하죠?”

밑도 끝도 없는 질문이었다. 아니, 질문이라기보다는 확인이라 해도 과언이 아니었다. 마경화의 얼굴을 살피는 막문위의 얼굴에는 확신이 담겨 있었다. 그러자 발길을 돌리려던 마경화가 눈살을 가볍게 찌푸렸다.

“난 당신이 싫어요!”

“어머! 난 중대 인질인데 너무 심한 거 아닌가요? 최소한 마교에 도착할 때까진 날 아끼고 지켜줘야 할 텐데…….”

“당신이 위험해지면 난 목숨을 걸 거예요. 하지만 개인적으로 당신과 친해지고픈 마음은 없어요.”

“그런가요? 하지만 인생의 선배로서 내가 몇 가지 조언은 해줄 수 있을 듯한데.”

“인생의 선배?”

“내가 몇 살 더 먹은 줄로 아는데요?”

“흥! 그런 걸로…….”

“게다가 난 정혼자에게 처절히 배신당한 기억도 있다고요. 물론 덕분에 더 괜찮은 혼처를 잡긴 했지만, 여인으로서 꽤 큰 질곡을 겪었다 할 수 있어요. 당신이 지금 괴로워하는 일에 대해 몇 가지 조언쯤은 해줄 만한 인생을 경험했다는 거지요.”

“……..”

만약 방금 전 담우소와의 대화가 없었다면 마경화는 일고의 가치도 없다는 듯 발길을 돌렸을 것이다. 그게 바로 평소 그녀의 모습이었다. 하지만 밤의 마력 때문일까? 마경화는 강철로 에워쌌던 마음의 한쪽 벽에 균열이 가는 걸 느꼈다. 막문위의 한마디 말에 마음이 크게 흔들리고 있었다.

‘풋사랑이란 건가?

마경화가 우두커니 선 채 말이 없자 막문위의 입가에 다시 고양이 같은 웃음이 번져 나왔다. 그동안 가장 힘들게 생각되던 마경화에게 비집고 들어갈 틈이 보였다. 나머지는 막문위가 하기에 달렸음이 분명했다.

이때 모닥불 옆에 둘러앉아 도란도란 얘기를 나누고 있는 두 여인을 바라보는 눈길이 있었다. 주변을 둘러보러 떠난 담우소에게 전권을 위임받은 전영화였다.

항시 냉철한 판단력으로 이번 사천대탈주에 큰 공을 세운 그녀는 지금 홀로 떨어져 있었다. 같은 여인인 마경화나 소여영은 물론이거니와 삼교대로 돌아가며 주변을 감시하고 있는 고강남 등과도 가깝지 않았다.

그녀가 서 있는 곳은 모닥불을 중심으로 모여 있는 일행 전부를 한눈에 살필 수 있는 곳이었고, 또한 자신의 모습은 내보이지 않는 곳이었다. 관리자의 입장에선 더할 나위 없는 입지 선정이라 할 만했다.

그런데 지금 마경화와 막문위를 바라보는 그녀의 얼굴엔 묘한 경계심이 떠올라 있었다. 남 앞에선 결코 내보이지 않는 어두운 종류의 기운이 그녀의 얼굴에 감돌았다.

'과연 젊은 나이로 금산상회를 장악한 인물답다. 경화 동생은 쉽사리 남에게 마음을 여는 사람이 아닌데 며칠 만에 저렇게 가까이 다가가다니. 감시의 눈을 떼지 말라는 대주님의 명이 틀리지 않구나. 하지만 이제 곧 대주님께서 오신다. 며칠만 더 조심하면 내 임무는 끝이 나는 거야.'

잠시 더 눈앞의 여인들을 주시하던 전영화의 신형이 어둠 속으로 사라졌다. 처음부터 그곳에 없었던 것처럼 그녀의 모습은 자취를 감춘 것이다. 일행 중 누구도 모르게, 그리고 어떤 주의도 끌지 않은 채.

담우소의 신형은 물이 흐르듯 부드럽게 평야를 가로질렀다. 밤의 어둠과 완전히 동화된 그의 경공은 한줄기 미풍처럼 부드러웠고, 광풍처럼 날카로웠다.

만약 그에게 경공을 전수해 준 최고봉이 지금 이 광경을 본다면 크게 놀랐으리라!

계속되는 도피와 강행군 중 담우소의 경공은 어느새 미세한 부분까지 갈고닦여져 있었다. 더 이상 최고봉의 한 수 아래 수준이 아니게 된 것이다.

한 가닥 바람이 되어 대지를 가로지르던 중 문득 담우소의 발길이 멈추어졌다. 그의 발끝은 바람에 휘청이는 풀잎을 사뿐히 밟고 서 있었다. 초상비(草上飛)였다.

시력을 돋운 담우소의 표정은 심상치 않았다. 벌써 며칠째 홀로 주변을 순찰했던 그의 표정이 이렇게 변한 건 처음 있는 일이었다. 잠시 침묵 속에 잠겨 있던 담우소의 입술을 뚫고 가벼운 한숨이 흘러나왔다.

"하아!"

담우소의 시선이 멈춘 곳에선 한줄기 연기가 하늘을 향해 솟아오르고 있었다. 주변이 온통 광대한 평야 지대인 천서평원이기에 확인할 수 있는 연기였다. 실제 연기가 솟아오르고 있는 곳은 담우소가 멈춰 선 장소보다 한참이나 멀리 떨어져 있다는 뜻이다.

그 거리는 적게 잡아도 백여 리는 족히 넘어 보였다. 게다가 이 밤 담우소가 질주한 거리가 대략 사, 오십 리가 넘으니 어림잡아 백오십 리 정도를 담우소 일행은 앞서 있었다. 아직 추격병의 추격에 떨 만한 상황은 아니었다.

하지만 담우소는 오싹한 소름을 느꼈다. 그가 천서평원을 가로지르는 동안 추격병을 떨구기 위해 사용한 수법은 앞서 마방에서 끌어 모은 말을 이용한 방도 외에도 수십 가지가 넘었다.

앞에서 나타날 천라지망은 어쩔 수 없다지만 뒤에서 만큼은 습격당할 수 없다는 판단이었다. 내심 자신이라면 모든 추격병을 떨궈낼 수 있다는 자신감도 한몫했음은 물론이다.

그만큼 담우소는 자신이 있었다. 오늘까지 매일 순찰을 돌았던 것도 완벽을 기하고자 하는 마음에 불과했다. 지금 이 순간까지 그 마음에 조금의 변함도 없었다.

'그런데 이렇게 내 자존심을 짓밟다니! 저것이 바로 사천의 지배자인 당가의 저력인가?'

지체없이 담우소는 발길을 돌렸다. 곧 천서평원은 끝이 난다. 그 뒤는 사천북고원이었다. 설혹 천라지망이 펼쳐져 있을진 모르겠으되, 기마병이 쫓아올 수 있는 지형이 아니었다. 그곳까지만 도주할 수 있다면 일단 사천대탈주는 절반쯤 성공한 것이나 마찬가지였다.

"뭐, 천라지망에 걸린 다음에 찰거머리 같은 당가의 암전대와 금산상회 철기군의 합공을 당하지 않으면 다행이랄까?"

담우소는 다시 바람이 됐다. 어서 돌아가 발길을 재촉해야 했다. 스스로 내뱉은 뇌까림이 현실이 되기 전에.

＊　　　＊　　　＊

"잠시만 기다렸으면 합니다."

사천북고원을 눈앞에 뒀을 때였다. 평소 용건이 없다면 절대 입을 열지 않던 전영화가 자신의 앞을 가로막자 담우소의 안색이 가볍게 변했다.

"이유는?"

"제가 따로 알아본 바에 의하면 현재 사천북고원에는 근처에 위치한 당가의 삼 개 분가가 천라지망을 펼치고 있습니다. 저희를 바짝 추격하고 있는 암전대에서 연락한 모양입니다."

"그런 것쯤은 예상했던 일이 아닌가?"

"그렇습니다. 예상됐던 일이지요."

문득 담우소의 입가로 미소가 떠올랐다.

"설마?"

전영화가 드물게 미소 지어 보였다.

"대장님께서 도주에 신경 쓰시는 동안 저는 사천의 혈봉황단을 전력

으로 운용했습니다. 당가를 비롯한 세력의 이동 경로를 알아보는 것과
더불어 철혈대에도 현 상황을 보고했습니다. 이대론 사천을 탈출하기
힘들다는 판단이었습니다."

"그래서?"

"어젯밤 확답을 받았습니다."

"원군인가?"

"예, 이틀 뒤 사천북고원을 넘어 철혈대의 이 개 부대가 옵니다."

"이 개 부대씩이나?"

"대주님께서는 그만큼 이번 작전의 수확물을 높게 평가한 것 같습니
다."

전영화의 시선이 마경화의 등에 업힌 막문위를 향했다. 그러자 역시
막문위에게 시선을 던진 담우소가 히죽 웃었다.

"확실히 값나가는 수확물이긴 하군."

"소인배!"

막문위는 굳이 담우소를 바라보려 하지 않았다. 느닷없는 원군 소식
은 그녀에게도 충격이었던 것이다. 마음이 움직인 담우소가 몇 마디
막문위를 희롱하는 말을 하려는데 전영화가 슬쩍 목소리를 높였다.

"대장님! 명령을 내려주십시오."

"원군이 온다면 당연히 기다려야겠지."

"그럼 근처에 은신할 장소를 찾아보겠습니다."

자신에게 한 차례 고개를 숙여 보인 후 신형을 날리려던 전영화를
담우소가 문득 불러 세웠다.

"근데 잠깐만!"

"다른 명령이라도?"

"아니, 그런 게 아니라……."

자신도 모르게 뒤통수를 긁적이며 잠시 우물거린 담우소가 어색하
게 웃어 보였다.

"어째서 날 다시 대장님이라 부르는 거지?"

"그동안 제가 대장님을 담 대가라 부른 건 어디까지나 작전 시 타인
들의 이목을 끌지 않기 위해서였습니다. 이젠 작전이 끝날 때가 됐으
니 더 이상 그런 사적인 호칭을 할 필요는 없다고 생각합니다."

"그, 그런가?"

"예, 공사는 구분해야 하니까요."

다시 고개를 숙여 보인 전영화가 앞으로 신형을 띄웠다. 지금까지
달려왔던 천서평원이 끝나는 곳이라 험악해진 지형을 세세히 살피러
떠난 것이다.

"…역시 그런 것인가?"

전영화의 뒷모습을 바라보며 담우소는 한숨을 터뜨렸다. 전영화에
게 특별한 감정을 지녔던 건 아니지만 그녀가 한 말에 서운함을 느끼
지 않았다면 거짓말일 터였다. 적어도 담우소는 이번 사천행 동안 일
행 모두에게 특별한 감정을 느꼈기 때문이다. 인위적인 계급에 의한
것이 아니라 인간과 인간으로서의 *끈끈한 감정의 고리*를.

하지만 다음 순간 담우소는 금세 마음을 되돌렸다. 뜻하지 않은 원
군 소식은 환영할 만하지만 아직 그들이 현실이 되기엔 이틀이란 시간
이 필요했다. 함부로 낭비할 시간 따윈 아예 없다고 보는 게 옳았다.

"강개, 전충, 고강남!"

"옛!"

"전 대장이 돌아올 때까지 경계 태세에 들어간다."

“존명!”

고강남이 앞으로 달려가자 강개와 전충이 각기 우측과 좌측으로 갈라졌다. 그동안 마경화와 소여영 등이 포로들을 돌본 탓에 경계 임무를 도맡은 그들의 움직임에는 한 치의 빈틈도 보이지 않았다. 지켜보던 담우소가 후일 철혈대로 돌아가면 풍뢰영의 대원들에게 주변 경계에 대한 조교를 시켜야겠다는 생각을 할 정도였다.

그때였다. 담우소를 외면하고 있던 막문위가 마경화의 귀에 조그만 목소리로 속삭였다.

“잠시만 내려줄 수 없겠어요?”

“예?”

“잠시 저 사람한테 할 말이 있거든요.”

막문위의 눈짓을 좇아 시선을 돌린 마경화의 얼굴에 곤란한 기색이 떠올랐다. 그동안 막문위와 친해졌기 때문이고, 그녀가 가리킨 사람이 담우소였기 때문이다.

그러나 마경화는 무사였다. 사적인 감정으로 공적인 일을 그르칠 순 없었다. 냉정히 마경화가 고개를 가로젓자 막문위의 얼굴이 와락 구겨졌다. 그녀는 본능적으로 전영화가 없는 지금이 담우소를 설득할 유일한 기회라 생각했던 것이다. 그리고 그녀는 자신의 본능에 승부를 걸 줄 아는 승부사였다.

“소인배!”

쩡하고 귓청을 울리는 목소리. 담우소의 미간이 꿈틀거렸다. 일순 아차 하는 기분이었다. 얼른 신형을 돌려 막문위를 바라본 담우소의 얼굴에 확신이 떠올랐다.

“내가 한 방 먹었군.”

막문위가 헐떡이며 웃었다.

"호호, 나도 마음먹으니 제법 큰 목소릴 낼 수 있군요."

"처음에 날 소인배라고 불렀을 때부터 이런 상황을 염두에 뒀던 건가?"

"글쎄요."

"이곳이 비록 당가의 천라지망으로부터 대단히 가까운 곳이긴 하지만 아직까지 철기군의 흔적은 보지 못했는데?"

"글쎄요."

"이미 목적은 이뤘다는 거로군. 하지만 한마디 더 물어봐야겠군."

"……."

"앞으로 다신 기회가 없을 텐데 후회는 없는 건가?"

막문위가 노래하듯 말했다.

"내 인생에 후회는 없었노라!"

"인물났군."

가차없이 막문위의 혼혈을 짚은 담우소가 바로 목소리를 높였다.

"지금 당장 이동한다!"

"아직 전 대장이 안 왔습니다만?"

"표식을 남긴다."

그 말을 끝으로 담우소는 자기가 먼저 앞장섰다. 막문위의 까닭 모를 자신감이 그를 불안하게 만들고 있었다. 스스로는 인정하려 하지 않았지만.

두두두두두!

지축을 울리는 말굽 소리. 검게 번뜩이는 갑주의 덜그럭거림. 그저 한차례 쓸고 지나가는 것만으로 대지를 폐허로 만들 듯한 파괴력을 지닌 철기군의 출현은 갑작스러웠다. 마치 하늘에서 뚝 떨어지기라도 한 것처럼 철기군은 천서평원을 가로질러 왔다. 그들의 뒤에 펼쳐진 것은 거대한 폐허였다.

고작 일 다경 전에야 주변 정찰을 나갔던 암전대원으로부터 철기군이 나타났단 소식을 전해 들은 당한수의 안색은 가히 좋지 못했다.

주인인 그가 보기에 느닷없이 모습을 드러낸 철기군의 광포한 모습은 불청객이나 다름없었다. 그것도 여차하면 주인까지 위협할 듯 불순한 기운을 잔뜩 풍기는 불청객이었다.

'그러니 일단은 달래야 하는 건가?'

순간적으로 판단을 내린 당한수가 손을 들어 뒤에 도열해 있던 암전대원들을 뒤로 물렀다. 그리곤 말에서 뛰어내리니 주변을 온통 암흑으로 물들이고 있던 철기군 측에서도 한 명이 뛰어내렸다. 철기군장 조극충이었다.

쿵!

몸에 걸치고 있는 갑주와 장창의 무게 때문이리라. 조극충이 발을 디딘 땅은 나직한 비명을 터뜨렸다. 겉에 걸치고 있는 갑주의 두께가 어떠한지 짐작케 하는 대목이었다.

철컥! 철컥!

묵직한 발걸음으로 당한수에게 다가선 조극충이 수중의 장창을 가슴으로 모아 보였다.

"늦었소이다."

'철기군이 이곳에 있는 게 당연하단 뜻이군.'

순간 힘없이 늘어져 있는 조극충의 왼팔에 시선을 던진 당한수가 무심한 표정 그대로 말했다.

"금산상회의 정보력이 천하에서 다섯 손가락 안에 든다고 하더니 그 말이 사실이군요. 본인도 오늘에서야 마교도의 행적을 발견했는데 이렇게 빨리 철기군이 올 줄이야!"

"……."

"요 근래 조 대협의 명성이 어째서 천하를 울리는지 이제야 알겠습니다."

"암전대주는 입에 발린 말을 할 필요가 없소이다. 본인은 마교도의 손에 패하고 주인을 납치당한 우부(愚夫)에 불과하오."

"그게 무슨?"

"나는 막 대인이 납치당하던 날 마교의 흉적과 손속을 겨뤘소만 그자에게 패했소이다."

"설마!"

"진짜요. 그자는 범처럼 강하고, 이리처럼 교활했소. 그래서 이렇게 추격이 늦은 것이고."

"으음."

당한수는 신음했다. 그는 지금까지 자신을 골탕먹인 사냥감을 낮춰 생각한 적은 없었다. 오히려 상당히 높게 평가하는 편이었다. 하지만 당대의 절정고수라 할 수 있는 조극충을 패퇴시켰으리라곤 상상조차 해본 적이 없었다. 그만한 절정고수가 지금까지 변변한 반격은 고사하고 고된 도주를 마다하지 않았다는 게 납득되지 않는 것이다.

그때 조극충이 말했다.

"암전대주가 믿든 믿지 않든 간에 내가 한 말은 모두 사실이오. 그렇기 때문에 오늘 이렇게 암전대주를 찾은 것이고."

“합공을 하자는 겁니까?”

“그래야만 하오.”

“하지만 사천북고원에는 당가의 천라지망이 펼쳐져 있습니다만?”

“마교가 움직였소.”

“뭣!”

당한수의 무심하던 얼굴에 균열이 일었다. 평생 두 번 보기 힘든 광경이었다. 그는 마음 깊은 곳으로부터 경악을 느낀 것이다. 그리고 바로 그때였다.

히히히힝!

서로 마주 본 채 투레질을 하고 있던 백여 필의 말들이 일제히 고개를 하늘로 쳐들고 울부짖었다. 말들은 기마술에 능숙한 암전대원들과 철기군들이 잇달아 고삐를 잡아채야 했을 정도로 큰 동요를 보였다. 온통 붉게 물든 서쪽 하늘의 영향이었다.

“한발 늦었구나!”

조극충은 탄식을 터뜨렸다. 이때 그의 시선은 서쪽 하늘에 고정되어 있었다. 말들을 공포에 질리게 만든 화마의 뜻을 그는 알 수 있었던 것이다. 그리고 그의 곁에서 잠시 넋이 나간 표정이 됐던 당한수의 목에서 가래 끓는 소리가 터져 나왔다.

“마교 녀석들!”

불타오르는 건 서쪽 하늘뿐이 아니었다. 사천북고원 전체가 불타오르고 있었다. 그곳에 펼쳐져 있던 당가의 천라지망과 더불어.

그때 담우소 일행은 전력으로 불길을 피해 사천북고원에 오르고 있었다. 느닷없이 전개된 화공 때문에 수차례나 위험과 부딪쳤지만 담우소와 전영화의 지휘 아래 하나하나 위기를 넘겼다. 본래 화공은 철혈대의 기본 전술 중 하나이기 때문에 대처 요령쯤은 모두 숙지하고 있었다. 요는 얼마나 침착하게 상황을 파악할 수 있느냐였다.

그런 점에서 담우소나 전영화는 충분히 합격점을 받을 만했다. 포로를 업은 마경화와 소여영을 가운데 둔 채 앞에는 담우소가, 뒤에는 전영화가 무리를 이끌었다. 중간중간 불을 피해 튀어나오는 당가의 무인들은 고강남 등이 처리했다. 그들만으로도 이미 혼비백산한 자들을 처리하긴 충분했다.

그렇게 불꽃의 강을 건너 반대 편 산정에 도착했을 때 담우소 일행은 온통 검댕이투성이었다. 담우소의 머리 중 일부분은 불이 붙어 중간에 잘라내야만 했다. 그가 선봉에 섰음을 보여주는 대목이었다.

그때 하늘 높이 떠오른 태양과 더불어 모습을 드러낸 사람이 있었다. 검댕이투성이에 머리가 절반이나 불에 탄 담우소완 비교가 되지 않는 눈부신 용모. 흡사 하늘에서 막 내려온 천신과 같은 모습으로 엄정하가 새하얀 치열을 드러냈다.

"늦었군."

"어떻게 여기에?"

일시 할 말을 잊은 담우소를 제외한 모든 이가 바닥에 부복했다. 그들의 주군이 자신들을 구하기 위해 친히 모습을 드러낸 것이다. 그리고 그때였다. 담우소를 향해 햇살같이 웃음짓던 엄정하의 얼굴이 싸늘하게 식었다.

"거행하라!"

"존명!"

대답한 이는 전영화였다. 그리고 담우소를 뒤돌아서게 만든 것은…….

"아악!"

비명은 마경화의 입에서 튀어나왔다. 전영화의 손이 그녀의 전중혈을 뚫고 가슴으로 비어져 나와 있었다. 섬뜩하면서도 가련한 핏빛. 자신의 가슴을 꿰뚫은 혈수를 내려다보고 다시 담우소의 얼굴을 바라본 마경화의 입술을 뚫고 핏물이 흘러내렸다.

"다, 담 대가…….."

"경화야!"

담우소의 명문혈로 무시무시한 거력이 파고들었다. 호교육대신공 중 하나인 천붕이었다. 사천의 끝에 도달했으나 기다리고 있는 건 처절한 배신이었다.

〈제7권 끝〉